GW00818691

SAS

OTAGE
DES TALIBAN

DU MÊME AUTEUR

(* TITRES ÉPUISÉS)

N° 1 S.A.S. A ISTANBUL
N° 2 S.A.S. CONTRE C.I.A.
*N° 3 S.A.S. OPÉRATION APOCALYPSE
N° 4 SAMBA POUR S.A.S.
*N° 5 S.A.S. RENDEZ-VOUS A SAN FRANCISCO
*N° 6 S.A.S. DOSSIER KENNEDY
N° 7 S.A.S. BROIE DU NOIR
*N° 8 S.A.S. AUX CARAÏBES
*N° 9 S.A.S. A L'OUEST DE JÉRUSALEM
*N°10 S.A.S. L'OR DE LA RIVIÈRE KWAÏ
*N°11 S.A.S. MAGIE NOIRE A NEW YORK
N° 12 S.A.S. LES TR OIS VEUVES DE HONG KONG
N° 13 S.A.S. L'ABOMINABLE SIRÈNE
N° 14 S.A.S. LES PENDUS DE BAGDAD
N° 15 S.A.S. LA PANTHÈRE D'HOLLYWOOD
N° 16 S.A.S. ESCALE A PAGO-PAGO
N° 17 S.A.S. AMOK A BALI
N° 18 S.A.S. QUE VIVA GUEVARA
N° 19 S.A.S. CYCLONE A L'ONU
N° 20 S.A.S. MISSION A SAIGON
N° 21 S.A.S. LE BAL DE LA COMTESSE ADLER
N° 22 S.A.S. LES PARIAS DE CEYLAN
N° 23 S.A.S. MASSACRE A AMMAN
N° 24 S.A.S. REQUIEM POUR TONTONS MACOUTES
*N° 25 S.A.S. L'HOMME DE KABUL
*N° 26 S.A.S. MORT A BEYROUTH
N° 27 S.A.S. SAFARI A LA PAZ
N° 28 S.A.S. L'HÉROÏNE DE VIENTIANE
*N°29 S.A.S. BERLIN CHECK POINT CHARLIE
N°30 S.A.S. MOURIR POUR ZANZIBAR
N°31 S.A.S. L'ANGE DE MONTEVIDEO
*N°32 S.A.S. MURDER INC. LAS VEGAS
N°33 S.A.S. RENDEZ-VOUS A BORIS GLEB
*N°34 S.A.S. KILL HENRY KISSINGER !
N°35 S.A.S. ROULETTE CAMBODGIENNE
*N°36 S.A.S. FURIE A BELFAST
*N°37 S.A.S. GUÉPIER EN ANGOLA
*N°38 S.A.S. LES OTAGES DE TOKYO

*N°39 S.A.S. L'ORDRE RÈGNE A SANTIAGO
*N°40 S.A.S. LES SORCIERS DU TAGE
N°41 S.A.S. EMBARGO
N°42 S.A.S. LE DISPARU DE SINGAPOUR
*N°43 S.A.S. COMPTE A REBOURS EN RHODÉSIE
N°44 S.A.S. MEURTRE A ATHÈNES
N°45 S.A.S. LE TRÉSOR DU NÉGUS
N°46 S.A.S. PROTECTION POUR TEDDY BEAR
N°47 S.A.S. MISSION IMPOSSIBLE EN SOMALIE
N°48 S.A.S. MARATHON A SPANISH HARLEM
*N°49 S.A.S. NAUFRAGE AUX SEYCHELLES
*N°50 S.A.S. LE PRINTEMPS DE VARSOVIE
N°51 S.A.S. LE GARDIEN D'ISRAËL
N°52 S.A.S. PANIQUE AU ZAÏRE
*N°53 S.A.S. CROISADE A MANAGUA
N°54 S.A.S. VOIR MALTE ET MOURIR
N°55 S.A.S. SHANGHAÏ EXPRESS
N°56 S.A.S. OPÉRATION MATADOR
N°57 S.A.S. DUEL A BARRANQUILLA
*N°58 S.A.S. PIÈGE A BUDAPEST
N°59 S.A.S. CARNAGE A ABU DHABI
N°60 S.A.S. TERREUR AU SAN SALVADOR
N°61 S.A.S. LE COMPLOT DU CAIRE
N°62 S.A.S. VENGEANCE ROMAINE
N°63 S.A.S. DES ARMES POUR KHARTOUM
N°64 S.A.S. TORNADE SUR MANILLE
*N°65 S.A.S. LE FUGITIF DE HAMBOURG
*N°66 S.A.S. OBJECTIF REAGAN
*N°67 S.A.S. ROUGE GRENADE
*N°68 S.A.S. COMMANDO SUR TUNIS
N°69 S.A.S. LE TUEUR DE MIAMI
*N°70 S.A.S. LA FILIÈRE BULGARE
*N°71 S.A.S. AVENTURE AU SURINAM
*N°72 S.A.S. EMBUSCADE A LA KHYBER PASS
*N°73 S.A.S. LE VOL 007 NE RÉPOND PLUS
*N°74 S.A.S. LES FOUS DE BAALBEK
*N°75 S.A.S. LES ENRAGÉS D'AMSTERDAM
*N°76 S.A.S. PUTSCH A OUAGADOUGOU
*N°77 S.A.S. LA BLONDE DE PRÉTORIA

GÉRARD DE VILLIERS

OTAGE DES TALIBAN

Éditions Gérard de Villiers

COUVERTURE
Photographe : Thierry VASSEUR
Armurerie : Courty et fils
44 rue des Petits-Champs 75002 PARIS
maquillage/coiffure : Marion MAZO

© Éditions Gérard de Villiers, 2007.
ISBN 978-2-84267-872-2

CHAPITRE PREMIER

Trois points noirs apparurent soudain dans l'immensité ocre du désert de Khash, surgis de nulle part, avançant en direction de la piste Zaranj-Delaran. Le paysage était magnifique et presque lunaire. Une étendue plate, constellée de rochers qui semblaient posés sur le sol, sans la moindre végétation, à perte de vue.

Cette piste de tôle ondulée, criblée d'énormes trous, de rochers coupants, remontait de l'extrême sud de l'Afghanistan, à la frontière avec l'Iran, pour croiser l'itinéraire Kandahar-Herat, une route goudronnée, traversant du sud au nord la province du Hilmand, qui jouxtait celle de Kandahar, à l'est. Rien ne différenciait les deux provinces à la géographie identique, semées de villages où les maisons se confondaient avec le désert. Zone presque entièrement consacrée à la culture du pavot, dont la récolte, consistant en trois saignées pour extraire le suc de la tige, venait de se terminer. La Toyota Land Cruiser rebondissait avec tant de violence de trou en trou que Ron Lauder, assis derrière Mohammad, le chauffeur, mit assez longtemps à identifier les points noirs, dont la trajectoire allait croiser la leur.

Il s'agissait de trois motos tout-terrain, en file indienne, laissant derrière elles des nuages de poussière ocre. Ron Lauder regarda la carte posée sur ses genoux.

Ils avaient déjà parcouru près de cent dix miles depuis Zaranj et il leur en restait presque autant avant d'atteindre leur destination : l'aéroport de Shindand, en plein désert, entre Farah et Herat, la capitale de la province. Le génie US l'avait remis en état, avec une piste capable d'accueillir des F-16, à tout hasard. Aucun vol ne le desservait, sauf quelques appareils – hélicos ou avions légers – pour des missions discrètes. Comme l'exfiltration de Ron Lauder, *senior field officer* de la Central Intelligence Agency, et de sa partenaire, Suzie Foley. Un hélicoptère Blackhawk les attendait à Shindand, pour les transporter jusqu'à l'aéroport de Kandahar d'où un appareil de l'US Air Force les emmènerait à Bagram, la grande base au nord de Kaboul. Ensuite, c'était le retour au pays, le debriefing et les vacances.

Les trois motos roulaient désormais presque parallèlement à la piste et Ron Lauder pouvait distinguer leurs pilotes : des hommes en turbans foncés, Kalachnikov en bandoulière, le pan libre de leur turban serré entre les dents pour qu'il ne s'envole pas.

L'Américain sentit son pouls s'accélérer. Les Kalachnikov, cela ne voulait rien dire. C'était aussi indispensable à un Afghan que sa brosse à dents. Mais les motos tout-terrain étaient souvent utilisées par les taliban. Ceux-ci fourmillaient dans la région, de la frontière iranienne, à l'ouest, jusqu'à Kandahar, à l'est. Tapis dans les innombrables villages d'où ils ne sortaient que pour mener des opérations coup de poing contre les patrouilles de l'ISAF[1], en particulier les Britanniques basés dans le Hilmand.

Affrontements qui se terminaient toujours de la même façon : les taliban, grâce à une embuscade ou à une IED[2] bien placée, causaient quelques pertes aux

---

1. *International Security Assistance Force.*
2. *Improvised Explosive Device :* charge explosive artisanale disposée sur une piste, commandée à distance.

militaires et se retranchaient dans un village. Ceux-ci appelaient la « cavalerie » au secours et les F-16 ou les hélicos d'assaut écrabouillaient le village coupable d'abriter les insurgés. Mêmes « intelligentes », les bombes n'étaient pas sélectives. Tuant à peu près deux fois plus de civils que de taliban.

Dans le *body-count*[1] tous les morts étaient catalogués comme taliban, ce qui faisait de très rassurants communiqués de victoire. Et permettait aux vrais taliban d'enrôler sans mal les survivants des familles anéanties par les bombes. D'où le nombre de taliban en progression constante opérant dans le sud de l'Afghanistan. Dépourvus d'armement lourd, ils tenaient pourtant tête sans mal aux 37 000 hommes de l'hétéroclite coalition de l'ISAF où se mêlait une bonne douzaine de nationalités, et qui semblait avoir oublié qu'un quart de siècle plus tôt, 140 000 soldats de l'Union soviétique n'étaient pas venus à bout des *mudjahidin* afghans. Dont faisaient partie les taliban.

Ron Lauder se pencha vers Aziz, le traducteur assis à côté du chauffeur, soucieux. Les trois motos roulaient à leur hauteur, parallèlement à la piste.

– Qu'est-ce que vous en pensez ?

Mohammad, accroché à son volant, le visage couvert de poussière, en nage malgré la clim mise à fond, semblait tendu, mais Aziz secoua la tête avec un sourire rassurant.

– *No problem! They are probably taliban, but they are not chasing us*[2].

Les trois motos venaient de rejoindre la piste derrière eux et rebondissaient à leur tour dans les trous. Ron Lauder se dit qu'il aimerait bien être déjà à Delaran où il y avait souvent des Britanniques au

1. Le compte des morts.
2. Pas de problème ! Ce sont probablement des taliban, mais ils ne nous poursuivent pas.

« check-point » de l'armée afghane. Hélas, ils en
étaient encore éloignés de vingt kilomètres.

Soudain, une des motos accéléra, doubla la Land
Cruiser et parcourut quelques mètres, puis s'immobilisa en travers de la piste…

Ron Lauder sentit son cœur remonter dans sa gorge.
En trois mois de présence en Afghanistan, c'était leur
premier problème. Installés à Zaranj, juste sur la frontière iranienne, ils étaient censés représenter une ONG
canadienne équipant d'appareillages orthopédiques les
enfants mutilés par des mines. À Zaranj, qui ressemblait à une ville de la conquête de l'Ouest américain,
avec son unique rue donnant directement sur le désert,
les villageois s'étaient facilement accoutumés à leur
présence. Naturellement hospitaliers, ces Afghans
voyaient d'un œil sympathique ces deux Canadiens
venus s'occuper d'enfants mutilés. Inlassablement, les
deux « ONG » parcouraient les villages le long de la
frontière avec l'Iran, distribuant leurs appareils orthopédiques et accomplissant du même coup leur mission :
repérer toute présence iranienne dans cette zone frontière sensible. La CIA voulait absolument savoir comment des armes iraniennes – explosifs, missiles sol-air
ou armes antichars – parvenaient entre les mains des
taliban.

La Direction des Opérations de la CIA avait longtemps hésité avant d'envoyer ses deux agents dans
cette zone lointaine, éloignée de tout support militaire
de l'ISAF ou des 8 000 soldats américains de l'opération « Enduring Freedom ». L'aéroport de Zaranj était
désaffecté et cette piste était le seul lien avec le monde
extérieur.

Le sourire d'Aziz s'était brutalement effacé. Le
conducteur de la moto avait mis pied à terre et fait

glisser sa Kalachnikov de son épaule. L'arme à bout de bras, il se contentait de lever le bras, faisant signe au 4×4 de s'arrêter. Ron Lauder se retourna et lança à mi-voix, d'un ton apparemment calme :

– *Don't worry, Suzy*, ils veulent simplement nous contrôler. *Keep smiling*[1].

La jeune agente de la CIA avait du mal… Ces trois mois avaient été éprouvants. D'abord, à cause de la chaleur – entre 40 et 48 °C –, de l'obligation de s'envelopper en permanence de vêtements la couvrant jusqu'aux pieds et du hijab[2], quand même moins contraignant que la burqa[3]. Le plus étonnant c'est que les pachtounes[4] n'étaient pas des fanatiques religieux : simplement des gens extrêmement conservateurs, pour qui le rôle de la femme était de pondre et de faire la cuisine, sans se montrer. C'était exclusivement un univers d'hommes.

Si les *madrasas*[5] étaient très fréquentées par les villageois pauvres, c'est parce qu'elles offraient à leurs élèves le logement et la nourriture.

Machinalement, Suzie Foley plongea la main dans son sac, à la recherche de son beau passeport canadien, création de la Division technique de la CIA. Réalisant qu'elle avait les mains moites et que ce n'était pas seulement à cause de la chaleur.

À leur tour, les deux autres motards venaient de stopper, immobilisant leurs machines derrière la Land Cruiser, avant de rejoindre leur camarade.

Tous les trois se ressemblaient, avec leur barbe noire, leur regard brûlant et leur air juvénile.

---

1. Ne t'en fais pas, Suzie. Continue à sourire.
2. Foulard.
3. Vêtement couvrant entièrement une femme, avec une grille en tissu pour la vision.
4. Ethnie peuplant une grande partie de l'Afghanistan.
5. Écoles coraniques.

Aziz, l'interprète, était sorti du 4 × 4. La main sur le cœur, à l'afghane, il salua les trois hommes.

— *Salam aleykoum!*

— *Aleykoum salam*, répondit poliment le premier taleb, entamant aussitôt la conversation en pachtou, d'un ton mesuré, presque timide.

Après quelques minutes, Aziz se retourna.

— Ils veulent savoir d'où nous venons et où nous allons.

— Expliquez-leur ce que nous faisons ici, dit aussitôt Ron Lauder.

En même temps, il tendit leurs deux passeports canadiens, sans être certain que ces jeunes gens connaissent l'existence du Canada. Aux yeux de la plupart des Afghans, tous les étrangers étaient américains…

À l'arrière, Suzie Foley serrait ses mains l'une contre l'autre pour les empêcher de trembler.

Sans clim, la chaleur était effrayante. Pas un souffle d'air. Les trois taliban vêtus de sombre examinaient les passeports en discutant à voix basse. Finalement, l'un d'eux lança une phrase brève à Aziz qui se retourna vers la Land Cruiser.

— Ils disent que vous êtes peut-être des espions, lança-t-il d'une voix mal assurée.

Ron Lauder essaya de sourire.

— Nous sommes depuis longtemps dans ce pays, les gens nous connaissent à Zaranj. Nous sommes des humanitaires. Et, en plus, nous partons. S'ils nous retiennent trop, nous allons rater notre avion.

L'argument ne sembla pas troubler les taliban. Le premier jeta une phrase brève et remit sa Kalach en bandoulière, remontant sur sa moto. Aziz, défait, lança à Ron Lauder :

— Ils veulent qu'on les suive, pour rencontrer leur chef, le mollah Mahmoud Shah Nazay, que Dieu le garde. C'est lui qui décidera de votre sort.

Ron Lauder se retourna vers Suzie.

– O.K., il n'y a rien à faire. Je suis sûr que cela va bien se passer.

Ils ne possédaient pas d'armes, aucun document compromettant et seulement un Thuraya[1].

La Land Cruiser quitta la piste et s'engagea dans le désert, en direction de l'est, suivant une piste presque invisible, à peine plus mauvaise que la piste principale. Les deux motos les suivaient à bonne distance, noyées dans le même nuage de poussière. Ron Lauder ramassa son Thuraya posé sur le plancher, sortit l'antenne et appuya sur un bouton rouge situé à côté de l'écran. Déclenchant un signal automatique de détresse retransmis aussitôt par le satellite. Ainsi, on saurait qu'un incident s'était produit et on saurait exactement où, le Thuraya indiquant la position comme un GPS.

Ce qui ne changeait pas vraiment leur sort...

Cahotant dans l'immensité ocre, il essaya de tromper son angoisse en mâchant un chewing-gum. Priant le ciel pour que cette équipée ne se termine pas trop mal.

L'hélicoptère qui les attendait à Shindand repartirait dans trois heures s'il ne les voyait pas, pour éviter de voler de nuit.

* *
*

Ils avaient roulé près d'une demi-heure en plein désert. Ils débouchèrent brusquement dans un petit village niché au pied d'un énorme rocher nu. Il y avait un peu de végétation à cause d'un ruisseau qui coulait en contrebas. L'Afghanistan comptait de nombreux points d'eau, ce qui expliquait sa fertilité.

La première moto s'arrêta devant une maison aux murs de terre battue. Quelques enfants leur jetèrent un regard curieux sans s'approcher. Le taleb jeta un ordre bref.

1. Téléphone satellite.

– Sortez de la voiture et asseyez-vous devant, traduisit Aziz.

Suzie Foley et Ron Lauder obéirent sans discuter, s'asseyant en plein soleil, dans la poussière. Intérieurement terrifiés. Aziz, leur interprète, descendit à son tour et apostropha violemment les taliban. Sans un mot, le chef fit glisser sa Kalach de son épaule et frappa l'Afghan d'un violent coup de crosse sur le côté de la tête !

Premier acte de brutalité.

Aziz poussa un cri bref et tomba au soleil, à côté des deux Américains. Ron Lauder échangea un regard avec Suzie Foley, luttant contre la panique.

– Il a dû leur dire des choses désagréables ! fit-il. Il ne faut pas leur résister.

Suzie Foley était blanche comme un linge.

– Ils vont nous tuer ! souffla-t-elle. *My God*, pourvu qu'ils ne me violent pas…

– Les taliban ne violent pas les femmes, affirma avec un aplomb sans fondement le *senior case officer*.

C'est ce qu'il avait lu dans le manuel…

Aziz, accroupi à côté d'eux, demeurait silencieux. Mohammad l'avait rejoint, impassible, pour s'accroupir à côté de lui. Apparemment pas concerné. Aziz tenait sa tête ensanglantée entre ses mains, le visage tourné vers le sol. Brutalement, Ron Lauder se dit que cette interception en plein désert n'était pas accidentelle. Comment était-on arrivé pile sur eux ? Les taliban ne possédaient pas de GPS… Quelqu'un, à Zaranj, avait sûrement signalé leur départ. Il y avait des indicateurs des taliban dans tous les villages et ils étaient les seuls étrangers à deux cents kilomètres à la ronde.

Suzie Foley se pencha soudain vers lui et murmura :
– *Look !*

Les trois jeunes gens étaient en train de vider la Land Cruiser de tout ce qu'elle contenait ! Bagages, médicaments, appareils orthopédiques, ordinateurs !

Le Thuraya fut examiné avec attention puis glissé

dans la sacoche d'une des motos. Le soleil tapait féro-
cement et Ron Lauder avait l'impression de fondre.

– Je vais me trouver mal, fit Suzie Foley d'une voix
faible. *My God*, j'ai peur !

Un des taliban, ignorant délibérément l'interprète,
lança un ordre à Mohammad qui le répercuta aussitôt :

– Il faut leur donner vos portables, vos montres, vos
papiers, votre argent.

Ron Lauder s'exécuta, se disant que c'était plutôt
bon signe. Si c'étaient simplement des coupeurs de
route, ils les relâcheraient après les avoir dépouillés...
Un des taliban cria quelque chose et une femme en
burqa bleue apparut à la porte de la maison.

– On va fouiller *ghanomé*[1] Suzie ! annonça
Mohammad.

Un homme ne pouvait pas fouiller une femme. Suzie
Foley s'engouffra avec la femme dans la maison et ressortit quelques minutes plus tard, visiblement choquée.

– Elle cherchait je ne sais quoi, lança-t-elle. Elle
m'a pincé les seins.

Elle se rassit en plein soleil. La Land Cruiser était
totalement vidée. Un des taliban prit le volant et s'éloigna, suivi par un autre en moto. Ron Lauder sentit son
estomac se nouer : s'ils leur prenait la voiture, ce
n'était pas bon signe, cette fois... Le soleil était de plus
en plus écrasant. À part les oiseaux et les piaillements
des gosses, pas un bruit.

Les quatre prisonniers semblaient ne pas exister pour
les habitants de ce village, qui continuaient à vaquer à
leurs occupations. Soudain, ils entendirent un bruit de
moteur et un vieux pick-up déboucha de la piste dans
un nuage de poussière, bourré d'une dizaine de militants, barbus, armés jusqu'aux dents, de Kalach, de
RPG 7[2], et bardés d'étuis de toile contenant leurs char-

1. Madame.
2. Lance-roquettes.

geurs. L'un s'avança vers eux, le visage mince pro-
longé par une longue barbe noire effilochée qui le faisait ressembler à Bin Laden, en plus jeune.

Un des taliban kidnappeurs lança à la cantonade
une longue déclaration, traduite aussitôt par Aziz,
l'interprète.

– C'est le mollah Mahmoud Shah Nazay, en charge
du district de Bakwa. Il va nous juger, au nom de
l'islam.

Ron Lauder sentit son sang se glacer dans ses veines
et Suzie devint livide. L'Américain protesta aussitôt.

– Nous juger ! Mais nous n'avons rien fait !

Le chef taleb le foudroya d'un regard luisant de
haine et éructa quelques mots.

– Vous êtes des espions ! traduisit Aziz, et vous
êtes entrés illégalement sur le territoire de cet Émirat
islamique.

Les lèvres de Suzie Foley bougèrent silencieusement : elle priait.

*
* *

Le capitaine Robert Lewis regarda son chrono, de
plus en plus inquiet : cinq heures et quart. Il pouvait
encore attendre quinze minutes. Ensuite, il devrait
redécoller pour Kandahar. Avec ou sans les passagers
qu'il attendait. Assis sous le fuselage du Blackhawk, le
sergent Ross, des *Special Forces* américaines, examinait l'horizon à travers ses jumelles, mais la piste
venant du Sud restait désespérément vide. La radio grésilla et le second pilote établit le contact, lâchant
quelques instants plus tard :

– La FOB [1] a capté un signal automatique de
détresse émis par le Thuraya de nos amis, au sud de
Delaran, il y a plus de deux heures.

1. *Forward Operating Base :* base d'opération avancée.

Lui et le capitaine Lewis se penchèrent sur une carte : c'était à environ cent cinquante miles au sud de l'aéroport de Shindand. La radio grésilla à nouveau.

– Nous avons l'autorisation de décoller et de nous rendre au point indiqué, annonça le copilote. Interdiction de voler à moins de 3 000 pieds. Ils sont peut-être tombés en panne.

Aucun des deux n'y croyait. Dans ce cas, l'équipe de la CIA aurait utilisé son Thuraya pour demander de l'aide.

Les six membres des *Special Forces* remontèrent dans l'hélico dont les pales commencèrent à tourner avec un sifflement de plus en plus aigu, jusqu'à ce que le Blackhawk s'élève dans un nuage de poussière ocre et prenne la direction du sud-est. Dans cette zone, le désert était plat comme la main, à part quelques massifs rocheux peu élevés et, même à 3 000 pieds, on distinguait facilement un véhicule.

À cette altitude, l'hélico était relativement à l'abri des missiles sol-air qui commençaient à foisonner dans le coin. Vingt minutes plus tard, ils arrivaient au point où le Thuraya avait émis pour la dernière fois.

Le Blackhawk se mit à tourner autour. Aucun signe de véhicule. Inutile de descendre plus bas. À tout hasard, le pilote élargit les cercles, sans plus de résultat. La mort dans l'âme, le capitaine Robert Lewis, chargé de la récupération des deux agents de la CIA, se résigna à appeler la FOB de Kandahar, sur une fréquence protégée.

– *Black and White are missing*[1]. Aucune trace de leur véhicule. Nous revenons.

Tandis que le Blackhawk mettait le cap à l'est, le sergent Ross, penché à l'extérieur de la porte latérale, le visage fouetté par le vent, se déboita le cou pour apercevoir une dernière fois la piste presque invisible.

---

1. Black and White ont disparu.

C'était une sale affaire. Cette partie de l'Afghanistan était sous le commandement du mollah Dadullah Akhund, connu pour sa haine des Américains.

*
* *

D'une voix grave, avec des excursions dans l'aigu, le mollah Mahmoud Shah Nazay, planté devant Aziz, l'interprète, psalmodiait une phrase interminable : «Paix sur le Prophète Mahomet, le Guide de l'Humanité ! Au nom du Dieu Tout-Puissant et Miséricordieux, qui m'inspire cette juste sentence…»

La dernière phrase fut couverte par un hurlement inhumain poussé par Aziz. Il tenta de se mettre debout, repoussé à coups de crosse par les taliban. Depuis une heure, les prisonniers avaient les mains liées derrière le dos avec des liens de plastique. On les avait aussi forcés à s'agenouiller dans la poussière, tandis que la chaleur du soleil tendait à diminuer.

– Qu'est-ce qu'il dit ? cria Ron Lauder à Mohammad.

– Ils vont le tuer, balbutia le chauffeur. Ils disent qu'il a trahi l'Islam en travaillant pour vous…

Déjà, on les forçait à se lever. Encadrés par des taliban les houspillant sans arrêt, les quatre prisonniers durent s'engager dans un sentier rejoignant la rivière au fond du ravin. À peine y furent-ils que quatre robustes jeunes gens se ruèrent sur Aziz. Ils le courbèrent d'abord en avant, puis lui enfoncèrent la tête dans la rive sablonneuse.

Le «commandant» Mahmoud Shah Nazay s'approcha, prit de la main gauche les cheveux du prisonnier, le forçant à relever un peu la tête. Puis, avec la vitesse de l'éclair, il glissa un poignard sous son cou et donna un rapide coup de poignet.

Aziz poussa un long gémissement, interrompu net. Le sable se teintait de rouge, tandis que le corps était agité de quelques soubresauts. Le taleb s'était mis à scier littéralement le cou de sa victime ! Jusqu'à ce qu'il parvienne à détacher la tête du corps ! Il la posa alors sur le haut des épaules du mort et jeta un ordre bref. Les quatre jeunes gens prirent d'abord la tête et la jetèrent dans la rivière, tandis que le taleb essuyait la lame de son poignard aux vêtements du mort. Ensuite, les mêmes firent basculer le cadavre dans l'eau où le courant l'entraîna.

Suzie Foley sanglotait sans pouvoir s'arrêter, la tête sur la poitrine, s'attendant à subir le même sort. Pâle comme un linge, Ron Lauder essayait de conserver sa dignité, choqué par cette exécution sauvage.

De nouveau, les taliban aboyèrent et Mohammad traduisit.

— Revenez sur la route !

Ils suivirent, les jambes tremblantes, trop heureux de s'éloigner de cet endroit sinistre. Nouveau coup de gueule, traduit par Mohammad.

— Montez chacun sur une moto. Si vous tentez de vous échapper, vous serez tués !

Les deux Américains obéirent, ainsi que le chauffeur. Une fois qu'ils furent installés, les taliban les attachèrent au tansad, par précaution supplémentaire, puis les trois engins démarrèrent.

De nouveau, ce fut une piste à peine tracée, serpentant cette fois au milieu d'hectares de pavot encore en fleur ! Les magnifiques fleurs rouge et blanc exhalaient une odeur douceâtre, presque agréable…

Depuis quelques semaines, des milliers de travailleurs saisonniers incisaient les tiges pour en extraire la sève. L'opium brut de couleur noirâtre, destiné à la fabrication de l'héroïne. La production de cette année 2007 était de six mille tonnes, en hausse de 40 %. L'Afghanistan était devenu le premier fournisseur du monde et une manne de près de trois milliards de dollars s'abattait tous les ans sur ce pays moyennageux où seuls 6 % des foyers possédaient l'électricité. Un kilo d'héroïne valait 2 000 dollars à Kandahar, 4 000 dollars à Kaboul et 200 000 dollars en Europe. Le commerce extérieur représentait 60 % du PIB de l'Afghanistan. Les taliban se contentaient de prélever une taxe sur chaque *man* [1] vendu environ 600 dollars aux grossistes. De quoi s'acheter de nouveaux tapis de prière, envoyer quelques pèlerins à La Mecque et, surtout, s'acheter des armes... Or, il ne fallait pas beaucoup de place : un hectare de pavot produisait quarante-cinq kilos d'opium.

Cahotés, asphyxiés par la poussière, les deux Américains avaient toutes les peines du monde à se maintenir en place, réalisant que, s'ils avaient échappé à la mort immédiate, ils étaient désormais otages.

Un sort pas vraiment enviable. Les taliban avaient la mauvaise habitude de décapiter leurs prisonniers, si on ne leur donnait pas satisfaction...

Enfin, comme la nuit commençait à tomber, ils parvinrent à un autre village, purent enfin mettre pied à terre. Leur soulagement fut de courte durée : les taliban les poussèrent vers une sorte de grange au sol de terre battue, encombrée de ballots enveloppés de plastique noir. Une odeur fade les prit à la gorge. C'était de l'opium de la saison précédente, stocké pour ne pas faire baisser les prix. On débarrassa les deux Américains de leurs liens, mais deux taliban entrèrent aussitôt avec des chaînes, suivis d'une femme en burqa, une Kalachnikov en bandoulière. Elle se dirigea vers Suzie Foley et l'empoigna par le bras. L'Américaine se mit à hurler, aussitôt rabrouée par Mohammad.

– Ne protestez pas. Ils ne veulent pas laisser les hommes et les femmes dans la même pièce.

Suzie Foley se laissa entraîner et disparut dans une autre partie du bâtiment. Ron Lauder en était malade : dire qu'elle avait été volontaire pour cette mission !

---

1. Environ 4,5 kilos.

Un taleb s'accroupit à ses pieds et lui enchaîna les chevilles : il avait l'impression d'être un bagnard. Ensuite, on le poussa dans un coin de la pièce où il s'affala sur le sol. Le temps qu'on entrave ses mains avec des chaînes et qu'on lui bande les yeux, il entendit Mohammad lancer, avant d'être entraîné à l'extérieur :

– Ne luttez pas ! N'essayez surtout pas de vous évader. Ils vous tueraient. Tout va bien se passer...

C'était de l'humour noir. Les yeux bandés, enchaîné, dans un lieu dont il ignorait tout, l'agent de la CIA ne voyait vraiment pas comment il aurait pu tenter une évasion. Il s'allongea, calant sa tête sur une brique repérée avant qu'on ne lui bande les yeux, et chercha à retrouver son calme. Si on ne les avait pas exécutés immédiatement, ils avaient une chance de survie... Il fallait se raccrocher à cette idée... Épuisé par la course folle en moto et les heures passées en plein soleil, il allait basculer dans le sommeil lorsqu'un vacarme venu de l'extérieur le fit sursauter.

Des tambourins, des flûtes, accompagnés de chants lancés par des voix enfantines. Il y avait de quoi se frotter les yeux : dehors, on faisait la fête ! Amer, il se consola en se disant que les recherches pour les retrouver avaient sûrement déjà commencé. Avec une chance de succès sur un million...

S'accrochant à cet espoir ténu, il essaya de chasser de son esprit les vidéos d'otages en Irak, égorgés en direct.

CHAPITRE II

La nouvelle était remontée jusqu'au CentCom[1], à Bagram, au nord de Kaboul, chez le général Dan Mc Neil, commandant les forces de l'OTAN en Afghanistan, puis de là à Washington. Uniquement par des messages protégés : personne ne devait savoir que les deux « humanitaires » canadiens enlevés par des taliban étaient en réalité des agents de la CIA. La haine pathologique de certains taliban pour l'Amérique était telle que cela pouvait signer leur arrêt de mort immédiat.

Les ordres étaient revenus à la vitesse de l'éclair : dans un premier temps, tout faire pour les retrouver. Cela concernait particulièrement l'unité des *Special Forces* américaines installée dans l'ancien « compound » du mollah Omar, à l'ouest de la ville de Kandahar, en plein désert. D'habitude, ces troupes d'élite appuyaient les forces britanniques stationnées dans le Hilmand voisin. C'étaient les troupes américaines les plus proches et les plus aptes à mener une opération « sensible ». Grâce à leurs hélicoptères lourds Chinook, ils pouvaient se déplacer rapidement avec leur équipement, soutenus par les F-16 américains de la base de Kandahar.

1. Commandement central.

L'ordre atteignit le colonel Steve Davidson, commandant le détachement des *Special Forces*, à huit heures dix du soir, alors que la nuit était déjà tombée. L'officier convoqua aussitôt ses officiers dans la salle d'ops, devant une carte des deux provinces d'Hilmand et de Kandahar, piquetée d'innombrables points rouges : les bastions taliban. Il y en avait partout, le long des deux grandes rivières, l'Argendalb et le Hilmand. L'endroit où avaient disparu les deux Américains et leurs accompagnateurs afghans n'en était pas très éloigné. Le colonel releva la tête et annonça à ses officiers :

— Nous partirons à 4 heures pour être sur place aux premiers rayons du soleil. Les F-16 nous protégeront si besoin est.

— Quelle est la mission ? demanda un capitaine, arrivé deux semaines plus tôt et qui n'avait encore jamais participé à une opération.

— *Find'em*[1] ! lança le colonel Davidson. On va partir du point 0. Là où ils ont lancé leur message de détresse, et on va ratisser les villages avoisinants. Il faudra être sur nos gardes, ils s'attendent à ce genre d'opération et nous serons sûrement accrochés.

Avec leur équipement lourd, les gilets pare-balles, les munitions, le paquetage, ses hommes pouvaient à peine se déplacer sous le soleil du désert. Les officiers et les sous-officiers se dispersèrent en silence. Les plus expérimentés savaient qu'il n'y avait pratiquement aucune chance de retrouver les deux Américains disparus. Les taliban pullulaient dans cette zone, dans des dizaines de villages.

Mais on ne pouvait pas abandonner à leur sort deux agents de la CIA.

*
* *

1. Les retrouver !

Le mollah Mahmoud Shah Nazay, confortablement calé sur des coussins posés à même le sol et contre les murs, les jambes repliées sous lui, à l'afghane, suivait des yeux les jeunes garçons en train de danser en cercle pour ses hommes et lui. De charmants bambins de la province d'Uruzgan, qui venaient ainsi se produire dans les villages de la région. Un genre de « Petits Chanteurs à la Croix de Bois » musulmans.

Ceux d'Uruzgan étaient particulièrement recherchés. Pour leur art et aussi leur gentillesse. C'est-à-dire qu'ils n'hésitaient pas à agrémenter leurs chants et leurs danses de quelques prestations sexuelles..

Dans l'univers pachtou, uniquement masculin, cela ne choquait nullement. Il fallait bien que les corps exultent de temps en temps. Surtout pour ceux qui menaient un combat courageux pour l'islam.

C'est en grande partie pour cette distraction que le mollah Mahmoud Shah Nazay avait décidé de passer la nuit dans ce village, tout en mesurant le risque encouru, après avoir expédié les otages dans un autre village. On allait se mettre à la recherche de ceux qu'il avait kidnappés et il eût été plus prudent de s'éloigner, même si le risque était minime…

Hélas, il avait craqué pour les grands yeux verts du jeune Rahimullah, le meneur de la troupe, qui dansait à ravir, se balançant sensuellement, juste en face de lui… Très à cheval sur la morale, le mollah s'était assuré que le jeune Rahimullah avait douze ans depuis quelques semaines. Au-dessous, c'eût été de la pédophilie, sévèrement réprimée par le Coran. À partir de douze ans, l'âge de la dernière épouse du Prophète Mohammad, les relations étaient théologiquement licites.

Comme s'il avait senti l'intérêt qu'il déclenchait, le jeune Rahimullah se rapprocha encore pour danser à un mètre du mollah Mahmoud, ses beaux yeux verts fixés sur lui. Du fait de la tenue *camiz-charouar*[1], on ne voyait pas grand-chose de son corps, mais le mollah en avait l'eau à la bouche. Ses hommes, eux aussi, étaient fascinés par ces jeunes garçons de l'Uruzgan, graciles et pleins de douceur.

Les tambourins cessèrent brusquement et les garçons s'arrêtèrent de danser.

Il n'y avait pas d'électricité dans le village et la seule lumière provenait d'un grand feu allumé sur le sol de terre battue. Les villageois, habitués à se coucher avec le soleil, étaient en train de se disperser. Le mollah Mahmoud Shah Nazay adressa un petit signe au jeune garçon qui vint aussitôt s'accroupir en face de lui.

— Allah t'a donné beaucoup de grâce et de talent !

Le jeune danseur baissa modestement ses magnifiques yeux verts.

— Viens ! proposa le mollah.

Rahimullah vint aussitôt se blottir contre lui, appuyant sa tête contre sa poitrine. Ils demeurèrent ainsi de longues minutes sans parler. Le taleb sentait son ventre s'enflammer. Il observa les longs cils qui battaient comme des papillons, se pencha et demanda à voix basse :

— Tu as envie d'être gentil avec moi ?

— *Baleh ! Baleh*[2] ! souffla le jeune garçon.

Très flatté d'avoir été remarqué par un grand homme, puissant et redouté. Tout naturellement, sa main droite glissa sur les vêtements du mollah et se posa sur son ventre, sans bouger. Mahmoud Shah Nazay eut l'impression de prendre feu. Sans qu'il fasse un seul mouvement, son sexe se détendit comme un ressort qu'on lâche, faisant une bosse sous le *charouar*.

D'un geste discret, les doigts du jeune garçon se refermèrent dessus, d'abord immobiles. Puis,

1. Chemise longue et pantalon vague.
2. Oui ! Oui !

imperceptiblement, ils entreprirent de le masser, déclenchant un soupir rauque chez le mollah. Ce dernier commençait à se tortiller, mal à l'aise. Finalement, il se redressa et lança au garçon :

— Viens !

Ils pénétrèrent dans la pièce mise à sa disposition, équipée sommairement de vieux tapis et de coussins, éclairée par une lampe à huile. Mahmoud Shah Nazay se débarrassa de son turban, ne conservant que sa calotte tricotée en laine blanche. Puis il fit glisser discrètement son *charouar*, ne gardant que la longue *camiz* descendant jusqu'à mi-mollets.

Encouragé, le jeune Rahimullah se déshabilla à son tour, mais complètement. Il connaissait le goût des hommes pour son corps gracile. Debout, il se laissa admirer. Lorsque le mollah aperçut son jeune sexe dressé le long de son ventre, il sentit le feu envahir ses veines.

Comme s'il avait deviné ses pensées, Rahimullah vint s'agenouiller face à lui et les doigts du mollah se refermèrent sur le membre juvénile, le pressant de toutes ses forces. Il était si excité qu'il se mit à le secouer à toute vitesse, tandis que le garçon se tortillait avec un rire gêné. Qui se termina en un couinement aigu lorsque sa sève jaillit sous la poigne du mollah. Lui inondant les mains.

Les beaux yeux verts s'étaient emplis d'une expression trouble. N'en pouvant plus, le mollah se laissa aller en arrière et souffla ;

— Continue comme tout à l'heure.

Sans hésiter, le jeune Rahimullah glissa la main sous la *camiz* et reprit sa masturbation. Sa petite main pouvait à peine faire le tour du gros sexe un peu recourbé. À genoux, il accomplissait avec sérieux son sacerdoce, sans aucune réticence. Le mollah haletait, allongé sur le dos. C'est lui qui releva sa *camiz*, afin de dégager son ventre d'où jaillissait le sexe désormais dressé. L'image de cet épieu acheva de l'enflammer.

— Arrête ! gronda-t-il.

Rapidement, il fit passer la *camiz* par-dessus sa tête, et lança au garçon :

— Allonge-toi là !

Docilement, Rahimullah s'étendit sur les coussins, le bassin légèrement relevé, comme on le lui avait appris. Il sentit les doigts du mollah caresser ses fesses offertes, puis s'interrompre. Presque déçu, il jeta un coup d'œil derrière lui : le mollah était en train d'ouvrir une mangue en deux.

Lorsque les doigts s'intéressèrent de nouveau à lui, Rahimullah éprouva une sensation de fraîcheur inattendue : Mahmoud Shah Nazay humectait son anus avec le jus de la mangue. De l'autre main, il se masturbait avec l'intérieur du fruit odorant, afin de bien humecter son sexe imposant. Lorsqu'il sentit qu'il devait cesser sous peine de se faire jouir, il bascula à genoux au-dessus du garçonnet.

Guidant le gland enduit du jus de la mangue jusqu'au petit orifice déjà un peu dilaté, il posa dessus son sexe mafflu et le point de chaleur contrastant avec la fraîcheur du jus de mangue lui donna presque un éblouissement.

Il accentua légèrement sa pression et, docilement, les fesses du jeune Rahimullah se soulevèrent pour venir à sa rencontre. Ce fut plus que ne pouvait supporter le mollah. D'un fantastique coup de boutoir, il se laissa tomber sur le garçon, transperçant le fragile œillet et s'enfonçant profondément dans les reins de Rahimullah.

Malgré sa dévotion, ce dernier poussa un cri de souris, sans chercher à se dégager. Ce n'était pas son premier viol, mais le mollah Mahmoud était particulièrement bien doté par la nature. Celui-ci pesait maintenant de tout son poids et acheva de l'envahir jusqu'à la racine de son sexe.

Puis il fit mine de se retirer et s'enfouit à nouveau, une main sur la bouche du gamin, pour l'empêcher de crier.

Cela dura de longues minutes et, grâce au jus de la mangue, Rahimullah n'éprouvait plus de douleur. Enfin, après avoir tout fait pour le retarder, le mollah atteignit un paroxysme sans retour. Avec un grognement de bouc, il se répandit dans les entrailles de l'enfant, demeurant collé à lui, le cœur battant. Comme un somnambule, il bascula ensuite sur le côté, repu, contemplant son membre encore énorme, se demandant comme il avait pu violer ce tout petit cul. Il se sentait merveilleusement bien. Allah lui avait vraiment octroyé une bonne journée !

Gentiment, il congédia le jeune garçon.

– Va prier Allah ! conseilla-t-il, qu'il te garde ta grâce. Tu as été très gentil.

Le garçonnet se rhabilla rapidement et vint baiser la main du mollah, avant de disparaître. Après avoir remis son *charouar*, par respect, le mollah s'agenouilla en direction de La Mecque et se lança dans la cinquième et dernière prière de la journée. Priant Allah de lui donner la force de continuer son combat contre les infidèles, commencé un quart de siècle plus tôt contre les *chouravis*[1].

Son chef, le mollah Dadullah Akhund, à qui il avait envoyé un messager, allait être content de sa prise. Il avait aussi demandé des instructions concernant Mohammad, le chauffeur, qui les avait renseignés sur la présence de ces deux espions, après avoir remarqué, dans leur demeure, une pièce toujours fermée à clef, où seuls les deux « Canadiens » avaient accès.

Un jour, la femme avait posé son trousseau de clefs sur une table pendant qu'elle allait aux toilettes et Mohammad en avait profité. La pièce secrète contenait

_____

1. Soviétiques.

un matériel de communication sophistiqué... Ce n'étaient pas de vrais humanitaires.

Fallait-il le récompenser ou l'égorger ?

Sa prière terminée, le mollah Mahmoud Shah Nazay s'allongea et trouva immédiatement le sommeil.

L'âme en paix.

**

Les cinq énormes Chinook camouflés étaient presque invisibles sur le tarmac de l'aéroport de Kandahar, alignés juste à côté de trois drones Predator qui ressemblaient à des libellules, avec leurs longues pattes.

Chargés comme des baudets, les hommes des *Special Forces* s'engouffraient en silence dans les gros hélicos, chacun pouvant en transporter une quarantaine. Le colonel Steve Davidson, un œil sur son chrono, surveillait l'embarquement. À quatre heures trente, il donna le top et les rotors commencèrent à tourner lentement.

En quelques minutes, le vacarme devint effroyable, puis le premier Chinook s'arracha du sol en se balançant comme un gros insecte maladroit, dans un nuage de poussière ocre, et prit la direstion de l'ouest.

Au même moment, deux F-16 américains décollaient de la piste principale, afin d'assurer la couverture aérienne. Le jour se levait à peine. Vingt minutes plus tard, le premier Chinook arriva à la verticale du point signalé par le Thuraya des agents de la CIA, c'est-à-dire au milieu de nulle part, la piste étant quasi invisible. Le colonel aperçut dans ses jumelles un village collé à un amas rocheux, sur sa droite.

— Que le numéro 2 se pose à l'entrée de ce village, ordonna-t-il. On va le fouiller.

Un des Chinook quitta la formation et alla se poser à une centaine de mètres du village. Les soldats en jaillirent aussitôt, courbés en deux, et se disposèrent de façon à encercler les quelques masures ocre.

Pas âme qui vive.

Le village semblait abandonné.

Le Chinook remit les gaz et redécolla avec l'équipage et deux hommes qui avaient eu un malaise. Il se trouvait à une dizaine de mètres du sol lorsqu'un trait lumineux jaillit d'une masure en ruines, à l'entrée du village. Le pilote n'eut même pas le temps d'effectuer une manœuvre. La roquette auto-propulsée frappa l'appareil à la base du rotor arrière, l'arrachant. L'appareil se mit à tournoyer et s'écrasa comme une pierre sur le sol où il s'embrasa instantanément.

Horrifié, le colonel Davidson hurla dans son micro, à l'intention de la base :

– *Chinook down ! Chinook down ! Request air support*[1] *!*

Les hommes largués par l'hélico couraient vers l'appareil en train de se consumer mais il n'y avait rien à faire pour sauver les sept hommes pris dans les flammes. La rage au cœur, un *platoon* des *Special Forces* se dirigea vers le village, accueilli par une rafale de Kalachnikov. Plusieurs combattants étaient planqués dans la ruine d'où était partie la roquette de RPG 7. Les Américains parvinrent à les encercler et à en venir à bout, à coups de grenades.

Lorsqu'ils pénétrèrent dans la ruine, deux taliban étaient morts et un troisième gravement blessé.

Presque automatiquement, un sergent lui tira une balle dans la tête avec son calibre .22 équipé d'un silencieux, l'arme préférée des *Special Forces*. La consigne était de ne pas faire de prisonniers, sauf cas particulier.

La radio grésilla.

– *Pull back ! Pull back*[2] *!*

---

1. Chinook abattu ! Demande appui aérien !
2. Reculez ! Reculez !

Deux minutes plus tard, dans un fracas d'enfer, les deux F-16 effectuaient un passage au-dessus du village, larguant deux bombes de mille livres.

* * *

Ron Lauder fut réveillé alors qu'il avait enfin réussi à s'assoupir, dévoré par des myriades de puces. Trois taliban firent irruption dans la grange et se mirent à le battre avec des tuyaux en caoutchouc, en hurlant des choses incompréhensibles. Ensuite, il le firent lever et le traînèrent dehors, où il retrouva Mohammad le chauffeur, enchaîné comme lui.

– Qu'est-ce qui se passe ? demanda-t-il.

Le chauffeur avait la bouche fendue par un coup et parlait difficilement.

– Des avions ont bombardé le village où se trouvait le mollah Mahmoud. La *madrasa* a été écrasée par les bombes. Il y a sept enfants morts, et il a été tué. Impossible de vérifier.

Un des taliban était en train de défaire ses chaînes. On les traîna jusqu'à des motos qui attendaient et ils foncèrent sur un sentier entouré de hauts plans de pavot.

– Et Suzie ? cria l'Américain.

Personne ne lui répondit.

Il se força à se maintenir en équilibre sur la moto qui rebondissait de trou en trou, aveuglé par la poussière. D'après la hauteur du soleil, il devait être six heures du matin.

Ils roulèrent près de deux heures avant de s'engouffrer dans une autre grange, située à l'entrée d'un village, tout près d'un petit cours d'eau. À peine descendus, on leur remit des chaînes et on les sépara de nouveau. Mohammad semblait terrifié quand on l'entraîna.

* * *

L'opération *rescue* se terminait. Harassés, les hommes des *Special Forces* regagnaient les quatre Chinook restants, la gorge sèche et le cœur lourd. Sous les 48 °C, on se déshydratait à toute vitesse, même en avalant trois litres d'eau. Bien entendu, ils n'avaient trouvé aucune trace des personnes kidnappées, même pas leur voiture. Mais cette région fourmillait de villages qu'on ne pouvait fouiller un par un. Quant au désert, personne ne pouvait y survivre en plein soleil plus de quelques heures.

Le colonel Davidson était amer. En sus des sept morts du Chinook, il y avait les villageois bombardés. L'ISAF venait de publier un communiqué revendiquant la mort de seize taliban. Le nombre de corps repérés dans le village.

Dont sept enfants.

Évidemment, comme ils se trouvaient dans la *madrasa*, on pouvait les considérer comme des futurs taliban…

Hamid Karzai, le président de l'Afghanistan, amené dans les bagages des Américains, allait encore protester contre les dommages collatéraux. C'est tout ce qu'il pouvait faire. Le colonel Davidson s'assoupit, exténué. Il devait encore rédiger son rapport, précisant qu'aucune trace n'avait été trouvée des deux agents de la CIA enlevés. Ce qui n'avait rien de surprenant. Cette guerre transversale était impossible à gagner… Il allait falloir faire appel à d'autres moyens pour récupérer les deux Américains et leurs assistants afghans.

Mohammad Saleh Mohammad, correspondant à Kandahar du *New York Times*, entendit son portable émettre un couinement : il venait de recevoir un texto. Allongé sous le dôme bleu de la mosquée du mollah Omar, hélas inachevée pour cause de fuite hâtive, juste en face de l'université de Kandahar, il prenait un peu de repos après avoir interviewé des étudiants obligés de ne pas revenir dans leur village, sous peine de se faire égorger : les taliban interdisaient qu'on étudie en dehors des *madrasas* où l'on n'apprenait que le Coran... Ceux qu'il avait interviewés préféraient être agronomes, ingénieurs ou informaticiens... Mais ils étaient condamnés à aller travailler en Inde...

Il ouvrit son portable et bascula sur les messages.

Aussitôt, l'écran afficha une image qui lui fit froid dans le dos : un homme et une femme agenouillés, les mains liées derrière le dos, le visage bien visible en dépit du foulard porté par la femme. Plusieurs taliban, le visage dissimulé par une cagoule, les encadraient, avec, derrière la femme, une Afghane en burqa tenant une Kalachnikov.

Des otages.

Il ignorait qu'il y avait eu une prise d'otages, mais à Kandahar, ancienne capitale des taliban, d'où ils étaient partis en 1996 à la conquête de l'Afghanistan, les nouvelles circulaient mal, et les journalistes étaient mal vus. Pour se déplacer, Mohammad utilisait des taxis et non sa voiture personnelle, et se faisait passer pour un paysan.

Une voix grave et un peu chevrotante commença à lire un texte, enregistré sur la messagerie :

« Au nom du Dieu Tout-Puissant et Miséricordieux, nous annonçons détenir deux espions américains capturés dans le district de Bakwa. Le traître qui leur servait d'interprète a été exécuté à la suite du jugement d'un tribunal islamique, et son corps abandonné aux chiens. Les deux espions seront exécutés à leur tour si le cheik Hadji Habib Noorzai n'est pas remis au mollah Dadullah Akhund dans un délai de huit jours. *Allah Ou Akbar !* »

Le journaliste afghan repassa deux fois le texte.

Ce n'était pas la première fois que les taliban lui envoyaient des textos ou des messages. Eux qui abhorraient la technique, ils avaient bien changé, depuis 2001, se servant à merveille des moyens de communication modernes. Tous les mollahs combattants abreuvaient les journalistes locaux de textos ou de messages annonçant leurs faits d'armes qu'il n'y avait plus qu'à vérifier ensuite auprès de l'ISAF ou des villages concernés.

Généralement, ils étaient fiables.

Mohammad Saleh Mohammad se leva et sortit de l'ombre fraîche de la mosquée. Dans la mémoire de son téléphone, il chercha le numéro de son interlocuteur au sein des forces britanniques stationnées dans le Hilmand. Le major Brougham qui l'emmenait parfois dans un hélico survoler des champs de pavot ou lui permettait d'accompagner – *embedded*[1] – une opération. C'était son seul contact avec les troupes étrangères.

Le major britannique répondit immédiatement.

– J'ai une information à vous transmettre, annonça Mohammad Saleh Mohammad, je crois que c'est intéressant...

– O.K. Je vous rappelle, fit le Britannique après avoir écouté.

Il rappela trois minutes plus tard, visiblement nerveux.

– Votre information semble O.K., dit-il d'un ton stressé. J'ai eu la confirmation à Kaboul. Avez-vous un moyen de joindre ces gens ?

– J'ai un numéro, mais il ne répond pas toujours, expliqua prudemment l'Afghan.

– O.K., appelez-le : dites que le message a été reçu et demandez le nom d'un interlocuteur pour engager des négociations.

En remontant dans sa vieille Corolla, Mohammad Saleh Mohammad était mal à l'aise. Les Britanniques

1. Intégré.

allaient mettre son portable sous surveillance, afin de tenter de localiser son interlocuteur taleb éventuel. Pour tomber ensuite dessus comme la foudre. Si les taliban l'apprenaient, il était mort. Et, de toute façon, ils n'étaient pas fous. Celui qui serait chargé de négocier ne se trouverait sûrement pas avec les otages.

Le Hilmand et la province de Kandahar fourmillaient de groupes taliban dans les innombrables villages ne vivant que de la culture du pavot, en plein désert, grâce à des puits artésiens. Les taliban circulaient en moto, comme tout le monde, et rien ne les distinguait des paysans ordinaires.. Dans ces conditions, une opération de sauvetage militaire relevait de l'impossible.

Dès qu'il fut chez lui, il appela le bureau du *New York Times* à Kaboul et transmis la vidéo, puisqu'on ne le lui avait pas interdit. Cela lui vaudrait une prime de cinq cents dollars. Et la reconnaissance des taliban.

Il n'était pas de leur bord, mais les cadavres des civils tués dans les raids de représailles le dégoûtaient. Sans compter que cela servait les intérêts des taliban. Beaucoup des orphelins de familles décimées par les bombes américaines étaient enrôlés ensuite par les taliban et formés comme kamikazes, le cerveau bien lavé.

Il se demanda qui était ce cheik Hadji Habib Noorzai que les taliban voulaient échanger contre deux précieux otages américains. Les Noorzai étaient une des grandes tribus du sud de l'Afghanistan.

CHAPITRE III

— *My God !*

Ted Simpson, nouveau patron de la Direction des Opérations de la CIA, murmura ces deux mots presque pour lui-même, en reposant le « brief » que venait de lui remettre Francis Redmond, le *Deputy Director of Intelligence*[1]. Son exclamation étouffée retentit comme un glas dans la salle de conférences du septième étage de l'OHB[2] de la CIA, dominant les cent hectares du complexe de la Central Intelligence Agency, le long du Potomac, au nord de Washington. Le *meeting* venait juste de commencer, réunissant Myron Garland, responsable du secteur « Afghanistan-Irak » à la DO, l'adjoint de Ted Simpson, Wilbur Murray, un rouquin frais émoulu de Harvard, et son patron Francis Redmond.

Ted Simpson releva la tête et jeta un regard noir à Francis Redmond.

— Qu'est-ce qui vous a pris d'envoyer ces deux-là dans ce coin pourri ? demanda-t-il d'une voix acerbe. Dont une femme, en plus.

L'interpellé désigna du doigt la cloison qui séparait

1. Directeur du renseignement.
2. *Original Headquarter Building*.

la pièce du bureau du général Hayden, le nouveau patron de la CIA

— Le DCI [1], dit-il simplement. Sur l'ordre de la Maison Blanche. Là-bas, il y a des gens qui sont obsédés par l'Iran. Ils voulaient savoir ce qui se passait dans la zone frontière avec l'Afghanistan.

— Et vos gens ont obtenu des informations ?

Tandis que Francis Redmond baissait le nez, son adjoint Wilbur Murray vola courageusement à son secours :

— Ils ont repéré des mouvements de véhicules significatifs, *sir*.

Ted Simpson secoua la tête :

— Et les satellites, ça sert à quoi ? Maintenant, vos deux *field officers* sont aux mains des taliban, éructa-t-il, maîtrisant mal une colère froide. Et vous me demandez de les sortir de la merde !

— Apparemment, cela ne se présente pas trop mal, protesta Francis Redmond. D'après Kaboul, les taliban se disent prêts à échanger nos deux agents contre un certain Hadji Habib Noorzai. Toujours d'après Kaboul, cet homme serait entre nos mains. Si l'échange demeure secret, cela pourrait se faire.

Devant la candeur du DDI, Ted Simpson faillit exploser. D'un ton trop calme, il demanda :

— Francis, savez-vous qui est Hadji Habid Noorzai ?

— Un Afghan, *sir*. Un partisan des taliban, qui se trouve sous notre contrôle. Ou sous celui du gouvernement Karzai.

Ted Simpson, réprimant une forte envie de planter son stylo dans l'œil de Francis Redmond, réussit à dire d'une voix calme :

— Gentlemen, les taliban veulent qu'on leur remette Hadji Habib Noorzai pour l'égorger.

Un ange traversa la pièce dans un silence pesant et

1. *Director of Central Intelligence :* patron de la C.I.A.

s'écrasa contre le mur. Francis Redmond se figea et le regard bleu de Wilbur Murray perdit de son éclat.

Ted Simpson enchaîna aussitôt :

– Je vais vous expliquer qui est Hadji Habib Noorzai, avant de vous dire où il se trouve actuellement. Hadji Habib Noorzai est un chef de tribu afghan, originaire de Kandahar, qui, depuis 2002, vivait à Quetta, au Baloutchistan, en compagnie de ses trois femmes et de ses dix-sept enfants. Ne venant à Kaboul que pour y rencontrer sa maîtresse, Bianca Robinson, une journaliste canadienne follement amoureuse de lui. Noorzai a combattu les Russes, de 1980 à 1989, à la tête de sa tribu. C'est un homme respectable, selon les critères pachtous. Et un ami des États-Unis. Vous souvenez-vous de l'opération *Stingers* en 1990 ?

– Vaguement, reconnut Francis Redmond.

Dix-sept ans plus tard, il avait des excuses. Ted Simpson se fit un plaisir de lui rappeler les faits. La guerre contre l'Armée rouge terminée, la CIA s'était mise en quête des missiles sol-air « stingers » non utilisés, généreusement distribués aux *mudjahidin* et qui avaient largement contribué à la défaite de l'Armée rouge.

– M. Noorzai nous a aidés à retrouver une centaine de « stingers », enchaîna Ted Simpson. Certes, en nous les facturant 100 000 dollars pièce bien qu'ils soient inutilisables. Mais c'étaient les ordres de la Maison Blanche. Nous avons donc remercié M. Noorzai, qui a pu faire quelques cadeaux à ses enfants… Et puis, un jour, un ponte de la DEA[1] est venu faire un scandale en nous demandant de rompre tout contact avec Hadji Habib Noorzai, prétendant qu'il était un des plus importants *druglords*[2] du sud de l'Afghanistan, contrôlant au moins 20 % du pavot produit là-bas ! On l'a envoyé promener ! La drogue, ce n'est pas notre bou-

1. Drug Enforcement Administration.
2. Barons de la drogue.

lot et Noorzai pouvait encore être très utile. Quelques années plus tard, vers 1996, c'est notre station de Kandahar qui nous a alertés. Hadji Habib Noorzai armait les taliban qui se préparaient à marcher sur Kaboul... On l'a interrogé, il a nié. Retombant de nouveau dans l'oubli. Jusqu'au 9/11 [1]... L'ordre est arrivé de la Maison Blanche en octobre 2001 : il faut éradiquer les taliban, complices d'Al-Qaida. Leur chef, le mollah Omar, avait pris Oussama Bin Laden sous sa protection. On commença alors à faire le tour des chefs de tribu afghans prêts à coopérer. Au nom de notre « vieille amitié », nous avons recontacté Hadji Habib Noorzai. Ce dernier – peut-être pour se protéger de la DEA – accepta avec enthousiasme, après une série de rencontres à Kandahar. Pour preuve de son efficacité, il fit ratisser le territoire contrôlé par sa tribu, apportant à notre base quinze camions pleins d'armes et de munitions, dont 400 missiles sol-air Sam 7. On s'embrassait sur la bouche !

Ted Simpson fit une pause, le temps de parcourir son auditoire.

– Encouragée par ce premier succès, l'Agence lui a demandé un autre petit « service », reprit-il. À cette époque, dans le nord de l'Afghanistan, le général Dostom, membre de l'Alliance du Nord, enfermait des centaines de taliban dans des containers et nous les vendait... Ça a contribué au peuplement de Guantanamo. Seulement, c'était du menu fretin. Or, nous voulions mettre la main sur le ministre des Affaires étrangères des taliban, Wakil Muttawakil, évanoui dans la nature depuis le 11 septembre. On en a parlé à Hadji Habib Noorzai. Miracle : c'était le fils du mollah de son village natal. Grâce à son intervention, Wakil Muttawakil accepta de nous rencontrer « pour discuter », dans la propriété de Kandahar de son ami

1. Le 11 septembre 2001. La destruction des tours.

Hadji Habib Noorzai. La réunion ne dura pas longtemps : juste le temps de lui lire ses droits avant de le
mettre dans l'avion pour Guantanamo… Noorzai lui
jura qu'il n'était pas au courant de nos intentions, mais
quelques jours plus tard, une dizaine de membres de sa
famille, heureusement assez éloignés, étaient décapités
par des taliban et lui filait à Quetta pour ne pas subir
le même sort.

– C'est donc *vraiment* un ami, souligna Francis
Redmond

– Je continue, enchaîna Ted Simpson. Réfugié à
Quetta, avec des excursions à Kaboul pour rencontrer
sa chérie, Noorzai avait repris une vie paisible, tout en
contrôlant, selon la DEA, des monceaux d'opium. Ce
qui lui laissait un peu d'argent de poche. Rien ne se
passa jusqu'en 2005. La DEA arriva à l'inscrire sur une
liste secrète de personnes recherchées pour trafic de
drogue, juste derrière Pablo Escobar. Sans nous le dire,
je précise. Or, à Quetta, il avait été victime de plusieurs
tentatives d'attentat, menacé par des taliban rancuniers
qui reprenaient du poil de la bête. Effrayé, il recontacta
l'Agence et demanda si, au nom des services rendus,
il pourrait obtenir le statut de réfugié politique aux
États-Unis. Le DCI obtint un accord de principe du
State Department pour que M. Noorzai continue à
coopérer. Il accepta et, en avril 2005, prit l'avion à
Dubai pour New York City. Nous lui avions réservé
une suite à l'*Embassy Suite Hotel* pour le debriefer.

Il s'interrompit comme pour ménager le suspense.

– Et alors ? interrogea Francis Redmond.

Ted Simpson eut un sourire amer.

– M. Hadji Habib Noorzai n'a jamais profité de sa
suite. Une équipe de la DEA l'attendait à JFK avec un
mandat d'arrêt pour le conduire directement dans une
prison du Bronx sous l'inculpation de trafic de drogue
aggravé. Quelques heures plus tard, la DEA publiait
un communiqué triomphant, révélant qu'elle avait

« capturé » un baron de la drogue, l'équivalent afghan
de Pablo Escobar, et qu'il encourait plusieurs centaines
d'années de prison.

Un ange traversa la pièce, à tire-d'aile, épouvanté de
tant de duplicité, et le DDI osa quand même demander :

– Vous n'avez pas pu le faire relâcher ?

Ted Simpson lui jeta un regard torve.

– Vous voyez l'Agence intervenir auprès du minis-
tère de la Justice pour faire libérer un trafiquant de
drogue ? On a essayé discrètement de dire à la DEA
qu'elle faisait une connerie, mais elle a fait la sourde
oreille. Pour une fois qu'elle arrêtait un vrai *druglord*…

– Il est toujours en prison ? demanda Wilbur Murray.

– Toujours ! laissa tomber le DDO. Et désormais, il
nous hait…

L'ange voletait lourdement au-dessus de la table.
Tout cela n'était pas gai.

– Que comptez-vous faire pour sauver nos agents ?
demanda finalement Francis Redmond.

Ted Simpson retrouva son sourire.

– On va d'abord essayer de baiser ces *motherfuckers*[1] de la DEA. J'envoie une note à la Maison
Blanche pour leur refiler le bébé.

– Et s'ils refusent de se mouiller ? demanda timidement Wilbur Murray. On ne peut pas laisser tomber nos
gens…

Le directeur des Opérations sourit de nouveau.

– Dans ce cas, nous appliquerons le plan B.

– C'est-à-dire ?

– Des fuites dans la presse. J'ai un bon copain au
Washington Post. Il sera ravi de clouer la DEA au
pilori. Il les hait. Et ces connards auront du mal à expliquer qu'il font passer leurs principes avant la vie de
deux courageux agents américains.

1. Enculés.

L'ange retraversa la pièce en se voilant la face…
Francis Redmond se rembrunit.

— Ted, objecta-t-il, dans ce cas, nous sommes obligés de révéler que ces deux « humanitaires canadiens »
sont en réalité des agents de chez nous. Cela peut
mettre leur vie en danger.

Ted Simpson lui jeta un regard apitoyé.

— Francis, si ces enfoirés de taliban *nous* réclament
Hadji Habib Noorzai, c'est qu'ils savent… J'ignore
comment, mais quelqu'un a dû baver. O.K., je vous
tiens au courant.

Le silence fut à nouveau rompu par Francis Redmond.

— Ted, remarqua-t-il, ce Noorzai sait que les taliban
veulent sa peau. Il ne va peut-être pas coopérer.

— Francis, vous avez déjà été dans une prison du
Bronx ? répliqua Ted Simpson. Avec comme perspec-
tives d'avenir des dizaines d'années dans un pénitencier ? D'après ce que je sais, Noorzai va sauter sur
l'occasion de rentrer dans son pays.

— Et ensuite ?

Ted Simpson n'hésita pas :

— Ensuite, on va l'enfumer. Lui demander de nous
rendre un gros service, en négociant avec les taliban.
On improvisera mais, avec du doigté, cela devrait fonctionner. Il faudra un chef de mission un peu vicieux.
Noorzai s'est toujours tiré de tout. Il doit avoir
confiance en son étoile.

L'ange, affolé, volait en rond dans la pièce, accablé
de tant de noirceur. Le silence se prolongea jusqu'à ce
que Ted Simpson conclue :

— O.K., la séance est levée. Croisez les doigts et
priez pour que la Maison Blanche réagisse favorable-
ment. Ces *motherfuckers* de la DEA n'oseront pas tenir
tête au Président des États-Unis.

Depuis des années, CIA et DEA se livraient une
guerre féroce, les seconds accusant les premiers de

fermer les yeux sur les activités illicites de leurs «alliés» dans des pays comme la Colombie, l'Afghanistan ou le Pakistan. Heureusement, l'éradication de la drogue, aux yeux de la Maison Blanche, passait bien après la guerre contre Al-Qaida.

Jusqu'ici, les médias avaient peu parlé des deux humanitaires canadiens retenus en otages par les taliban. Ce n'était pas une histoire américaine. Si les choses évoluaient mal, cela risquait de changer. Et, de nouveau, la CIA serait clouée au pilori pour ses «imprudences».

Les participants à la réunion se dispersèrent en silence, pensant aux deux agents, à des milliers de kilomètres de là, qui devaient vivre un calvaire. Pour tous les Américains engagés sur des théâtres d'opérations extérieurs, le kidnapping était le cauchemar absolu.

* * *

Ron Lauder écoutait d'une oreille distraite un jeune taleb barbu sentant la crasse et la sueur, accroupi en face de lui, qui cherchait, dans un anglais à peu près incompréhensible à le convaincre de se convertir à l'islam. L'agent de la CIA était épuisé, démoralisé et, s'il n'avait pas été enchaîné, il lui aurait sauté à la gorge.

Il en était à son quatrième transfert depuis son enlèvement. Chaque fois, c'était un gymkhana en moto tout-terrain, pendant lequel il était secoué comme un prunier. La dernière fois, il avait dû rester allongé au milieu d'un champ de pavot pendant deux heures parce qu'un hélicoptère tournait au-dessus d'eux. Sous 52 °C de chaleur. En plus, depuis deux jours, il souffrait d'une effroyable diarrhée, ce qui faisait rire ses geoliers. L'eau souillée qu'on lui donnait à boire en était sans doute la cause. Son estomac n'était pas habitué.

Et toujours aucune nouvelle du monde extérieur. On

le trimballait comme un colis, de grange en grange. Désormais, il s'était habitué à la senteur âcre de l'opium dont il était entouré.

Pour faire stopper le taleb, il lança :

— *Where is Suzie*[1] *?*

L'autre ne répondit pas, eut un sourire doux et sortit, laissant Ron Lauder se traîner jusqu'à un coin du local afin de vider ses intestins pour la huitième fois de la journée. Et il n'était encore que deux heures de l'après-midi ! Son menu, pourtant, était d'une simplicité biblique : riz, où flottaient des morceaux d'un animal ne vivant probablement pas sur la même planète qu'eux, accompagné d'une mangue ou de pastèque. Avec de l'eau où il croyait voir flotter des amibes...

Après quelques spasmes, il retourna s'étendre. La chaleur était accablante à l'intérieur, entre 40 et 45 degrés. Inhumain.

C'était surtout le manque de nouvelles qui l'abattait. Pourtant, il était certain que l'Agence ne le laissait pas tomber. Il n'avait plus revu Mohammad, leur chauffeur. Il essaya de fermer les yeux, guettant les bruits extérieurs. Priant secrètement pour entendre le *vlouf-vlouf* d'un hélicoptère. Tout en se disant que les taliban auraient mille fois le temps de l'égorger avant que les *Special Forces* le découvrent, coincé entre ses ballots d'opium. Il commençait à comprendre pourquoi les taliban étaient sans cesse en train de prier. C'est ce qu'il faisait, intérieurement, presque à chaque moment de la journée. Il sursauta : sans s'en rendre compte, il était en train de se vider.

Doucement, sournoisement, comme une blessure invisible. Et à sa grande honte, il ne bougea pas.

* * *

1. Où est Suzie ?

Malko fit enfin ce dont il avait eu envie durant tout l'interminable dîner servi dans la grande salle à manger lambrissée du château de Liezen, où il avait rendu d'un coup plusieurs invitations.

Plaquant Alexandra contre le mur de leur « chambre d'amour », dans une des tours, il glissa la main sous la jupe noire très ajustée et remonta le long de la cuisse, jusqu'à trouver la peau tiède au-dessus du bas.

Alexandra lui jeta un regard moqueur et plein de gaieté. Juste au moment où il effleurait la dentelle de sa culotte.

– Attention, Katzi, ne la déchire pas, avertit-elle. Je vais l'enlever.

– Non, je veux te baiser dedans, insista-t-il.

Déjà, il avait commencé à faire glisser le triangle de Nylon le long des cuisses de son éternelle fiancée. Celle-ci, charitable, descendit le zip de son pantalon d'alpaga, dégageant un membre déjà dressé. À dose raisonnable, la vodka avait des effets bénéfiques.

Toute la soirée, Malko avait fantasmé sur cet instant. Alexandra, dans cette robe ajustée qui mettait en valeur sa croupe de rêve et sa poitrine, l'excitait prodigieusement, même si ses seins magnifiques étaient totalement couverts. Rien que de les palper augmentait son désir.

La robe relevée sur ses hanches, il la barattait sauvagement d'une main impatiente, sentant son désir grandir. Alexandra, le bassin un peu en avant, savourait cette prise de possession brutale qui ressemblait presque à un viol. Comme une soubrette surprise par son maître et culbutée à la va-vite. D'elle-même, elle s'approcha du grand lit à baldaquin et posa son escarpin droit sur le rebord du lit, permettant à Malko de l'embrocher plus facilement. Il s'enfonça verticalement dans son ventre et, pendant un moment, on n'entendit que leurs souffles haletants. Puis, Alexandra, en riant, finit par tomber sur le lit, entraînant Malko qui s'interrompit à peine. Couché sur la jeune femme, il réinvestit son ventre, puis releva ses cuisses à la verticale, recommençant à la marteler sans répit. Le grand miroir qui renvoyait l'image de leur couple piqua encore son désir. Les longues jambes gainées de noir dressées vers le plafond avaient un pouvoir érotique magique.

Alexandra, pilonnée, commença à soupirer, puis à gémir, et enfin, comme Malko accélérait le rythme, elle cria.

Au moment où il se vidait en elle.

Cela avait été rapide mais exquis. Le portable de Malko sonna au moment où il se redressait. Alexandra encore allongée, son buisson blond exposé, lança :

– Ne me dis pas que ce sont tes « spooks[1] » !

Vu l'horaire, c'était très possible : à Washington, il n'était que cinq heures de l'après-midi. Malko ouvrit son portable et lança :

– *Jawohl*[2].

La voix rocailleuse de Frank Capistrano, le *Special Advisor* de la Maison Blanche, éclata dans l'appareil, toute proche, chaleureuse.

– *Malko ! How are you ?*

– *Fine*, dit Malko, en se rajustant. *Just fine.*

Cinq minutes plus tôt, il aurait maudit l'Américain. Hélas, il avait besoin de l'argent de la CIA pour assurer son train de vie.

– *Good !* lança Frank Capistrano. *I think I have a nice job for you. Something cool[3].*

---

1. Affreux.
2. Oui.
3. Bon. Je pense que j'ai un bon boulot pour vous. Quelque chose de cool.

CHAPITRE IV

L'homme qui s'encadra dans la porte coulissante des arrivées de l'aéroport de Dubai avait fière allure. Très grand, légèrement voûté, de grands yeux un peu proéminents, un nez busqué important. Sur lui, la tenue traditionnelle afghano-pakistanaise – *camiz-charouar* et gilet brodé – ne paraissait pas ridicule. En prison, Hadji Habib Noorzai s'était laissé pousser la barbe, une magnifique barbe blanche, tranchant avec ses cheveux encore noirs, qui lui donnait l'air d'un patriarche plein de sagesse.

– C'est lui, murmura à Malko John Muffet, le chef de la station de la CIA à Kaboul.

Avec ses cheveux blonds, son visage poupin et son petit bouc, celui-ci paraissait fragile à côté du colosse afghan. Derrière lui, se tenaient quatre montagnes de chair, dont un Noir, de véritables « bêtes », engoncées dans des tenues paramilitaires comportant d'énormes gilets pare-balles tapissés d'étuis en toile pleins de chargeurs. Arrivés de Kaboul en compagnie de John Muffet, c'étaient des agents de sécurité de la société Blackwater, payés cinq cents dollars par jour.

Malko, lui, était arrivé le matin même de Vienne.

L'agent de la CIA qui escortait Hadji Habib Noorzai serra chaleureusement la main de Malko.

– *Happy to meet you, sir. You're a legend*[1] ! (Il se tourna vers l'Afghan et précisa :) M. Malko Linge va coordonner nos efforts pour régler cette affaire.

Hadji Habib Noorzai enveloppa la main de Malko dans la sienne pour une poignée de main d'une douceur inattendue.

– Ravi de vous rencontrer, monsieur Linge. On m'a dit que vous connaissiez mon pays. Cela facilitera les choses. Je suis certain que nous parviendrons à résoudre cette crise.

Il semblait parfaitement détendu. On n'aurait pas dit qu'il sortait d'une cellule pour gagner un pays où on l'attendait pour l'égorger. Bien entendu, on ne lui avait pas dit toute la vérité. En particulier que les taliban réclamaient qu'on le leur livre en échange des deux otages. La CIA lui avait seulement demandé si, grâce à ses contacts afghans, il pensait pouvoir négocier avec les taliban. Il avait aussitôt dit oui, confiant dans sa faculté d'adaptation. En Afghanistan, on changeait facilement de camp.

– À quelle heure est notre vol pour Kaboul ? demanda-t-il.

– Dans deux heures, terminal 2, répondit John Muffet. Un vol spécial de l'Agence.

Le terminal 1 de l'aéroport de Dubai grouillait d'animation. Un « hub » important pour la région. Hadji Habib Noorzai et son accompagnateur venaient d'arriver sur un vol militaire de l'US Air Force, qui continuait sur Douchanbé, au Tadjikistan. Le chef de tribu afghan, immobile au milieu du hall, regardait autour de lui, suivant des yeux les rares femmes non voilées. À part les étrangères, toutes l'étaient, certaines transformées en véritables fantômes noirs. Après deux ans dans une cellule, Hadji Habib Noorzai n'avait visiblement pas perdu le goût de vivre.

_____

1. Heureux de vous rencontrer. Vous êtes une légende !

L'agent de la CIA arrivé de New York avec Noorzai prit Malko à part et lui tendit une enveloppe scellée.
  – Ceci est un message de M. Ted Simpson. Il y a aussi un petit mot de M. Frank Capistrano qui vous souhaite bonne chance.

Il n'aurait plus manqué qu'il le maudisse... Frank Capistrano lui avait expliqué que la Maison Blanche avait décidé d'utiliser les relations de Hadji Habib Noorzai à Kandahar pour négocier avec les taliban la libération des deux otages américains. Ce dernier, sous la menace d'une condamnation pour trafic de drogue, se verrait gracié en cas de succès.

Officiellement, il se trouvait toujours au fond d'une cellule de prison du Bronx. Sur un ordre écrit de la Maison Blanche, la DEA avait consenti à le confier pour quelque temps à la CIA pour un debriefing. La DEA ignorait qu'il devait quitter le territoire américain et qu'elle n'était pas près de le revoir. Si elle s'en doutait, elle ne pouvait rien refuser au président des États-Unis. Donc, théoriquement, l'Afghan se trouvait en Caroline du Nord, à la « Ferme », le centre de debriefing de la CIA.

  – On y va, proposa John Muffet.

Ils se dirigèrent vers la sortie. Malko eut l'impression d'entrer dans un four : il faisait 44 °C... Arrivé directement de Liezen où on était venu le chercher en hélicoptère pour le transférer dans un jet de la CIA, il était encore en hiver...

Deux Toyota Land Cruiser aux vitres fumées attendaient devant l'aérogare. Hadji Habib Noorzai, John Muffet et Malko prirent place dans le premier véhicule, les « Blackwater » prirent place dans le second. Le petit convoi se mit en route vers l'aérogare n° 2, réservé à certains vols locaux. Ils roulèrent plusieurs kilomètres : les Dubaiotes n'avaient pas le sens des distances. Ce terminal-là était nettement moins luxueux que l'autre, desservant surtout l'Afghanistan et le

Pakistan. Les passagers étaient pour la plupart des travailleurs immigrés.

Le petit groupe mené par John Muffet remonta l'interminable queue, assisté d'un officier de la police locale, et franchit la douane en un temps record. À Dubai, les Américains étaient chez eux. Un SuperCitation attendait en face du terminal, réacteurs tournant au ralenti. L'agent de la CIA venu de New-York se tourna vers John Muffet et Malko.

— On se quitte ici. *Take care et good luck*[1].

— Il n'y a pas de nouvelles fraîches ? demanda Malko.

C'est John Muffet qui répondit.

— Si, on a retrouvé le corps de leur interprète, décapité, dans une rivière…

Ce n'était pas vraiment bon signe. À Liezen, Malko avait eu une longue conversation avec Frank Capistrano, soulignant le caractère sacré de cette mission. Il fallait sauver les soldats Ron Lauder et Suzie Foley… Étant donné la haine de nombreux taliban à l'égard des Américains, la nationalité neutre de Malko était un plus. Le *Special Advisor* de la Maison Blanche était resté flou sur le rôle dévolu à Hadji Habib Noorzai, se contentant d'assurer qu'il serait très utile. Malko avait tous pouvoirs pour négocier, ne devant en référer qu'à la Maison Blanche. Les *Special Forces* américaines stationnées à Kandahar étaient à sa disposition, comme la station de la CIA installée à l'hôtel *Ariana* de Kaboul.

Ils prirent place dans le petit jet, dans la fraîcheur délicieuse de la clim. À peine assis, Hadji Habid Noorzai, assis juste derrière Malko, ferma les yeux et sembla s'endormir. Il y avait une heure et demie de vol jusqu'à Kaboul. Malko attendit que le jet eût décollé pour ouvrir la lettre qui lui était destinée. Il lut d'abord

---

1. Faites attention et bonne chance.

le mot de Frank Capistrano, chaleureux et vague. La lettre de la CIA était beaucoup plus précise. Une suite d'instructions.

D'abord, M. Noorzai était toujours un prisonnier fédéral, sous la responsabilité de Malko et de ses gardes de sécurité, et il n'était pas impossible qu'il cherche à leur fausser compagnie.

Deuxième point : il fallait entrer en contact le plus vite possible avec les ravisseurs, afin de leur faire préciser leurs intentions.

Troisième point : aucune négociation ne devait être entamée avant d'avoir une preuve de vie irréfutable des deux otages.

Quatrième point : les autorités afghanes devaient rester hors de la négociation.

Cinquième point : on n'était pas certain des sentiments de certains taliban à l'égard de M. Noorzai. Il convenait donc d'être prudent.

Sixième point : dans le cas du versement d'une rançon, la station de la CIA de Kaboul avait ordre de mettre à sa disposition tout l'argent dont il aurait besoin.

Malko replia la feuille avec une impression de malaise.

Quel était son rôle exact ? L'affaire aurait très bien pu se régler par une collaboration entre John Muffet et Hadji Habib Noorzai. Il avait l'impression qu'on ne lui disait pas tout. Intrigué, il alla s'installer à côté de John Muffet.

– Par quoi vais-je commencer ? demanda-t-il.

– Le mieux est de contacter le journaliste que les taliban ont utilisé pour faire savoir ce qu'ils voulaient. Mohammad Saleh Mohammad. Il est basé à Kandahar. Afin qu'il les avertisse qu'un négociateur est arrivé. Vous lui communiquerez le numéro du portable local qu'on va vous attribuer.

– Quelles sont leurs premières revendications, dans ce message ?

L'Américain eut l'air embarrassé et mit plusieurs secondes à répondre.

– Ils veulent parler à Noorzai, finit-il par avouer. N'oubliez pas qu'ils ne comprennent que le pachtou.

C'était une explication comme une autre. Malko n'insista pas. La CIA lui avait expliqué qu'Hadji Habib Noorzai était un chef de tribu puissant, ce qui comptait en Afghanistan. Les choses se décanteraient d'elles-mêmes. Il regagna sa place.

Ils survolaient le désert du Baloutchistan, magnifique de beauté sauvage. Hadji Habib Noorzai se leva et vint le rejoindre.

– Je suis content de rentrer dans mon pays ! dit-il avec un sourire plein de charme.

– Il faut remercier les autorités américaines, remarqua Malko.

L'Afghan eut un sourire teinté d'amertume.

– Je leur ai rendu beaucoup de services, pourtant, elles ne se sont pas toujours bien conduites avec moi. Ils m'ont arrêté par surprise en m'invitant à New York. J'espère que, dans cette affaire, ils n'ont pas une idée derrière la tête…

– Laquelle ?

Hadji Habib Noorzai eut un geste évasif.

– *Inch'Allah !* On verra ! J'ai hâte d'arriver à Kaboul.

– Mais nous continuons aussitôt sur Kandahar, remarqua Malko.

– Moi, je m'arrête à Kaboul, trancha calmement Noorzai. Mon amie s'y trouve toujours. Cela fait deux ans que je ne l'ai pas vue, mais nous nous sommes écrit.

– Elle est afghane ?

– Non, canadienne. Journaliste. Je lui ai appris un peu de pachtou. J'ai hâte de la retrouver.

– Mais les otages ? objecta Malko

L'Afghan eut un sourire candide et froid.

– Je commencerai les contacts au téléphone. Pour eux, quelques jours de différence, ce n'est pas très grave. Dès que les taliban sauront que les négociations commencent, ils ne sont plus en danger. Je ne resterai pas longtemps à Kaboul, *inch'Allah*.

L'aérogare de Kaboul n'avait pas vraiment changé depuis le dernier passage de Malko. Un petit bâtiment minable, isolé dans un *no man's land* de barbelés, en pleine réfection, avec des fils qui pendaient partout et des queues interminables.

Dès que le SuperCitation s'était arrêté, deux Toyota Land Cruiser aux vitres noires avaient surgi. Un colosse moustachu était descendu de la première, crâne rasé, deux mètres, carrure de docker. Il tenait plus du gorille que de l'être humain, deux holsters accrochés à sa ceinture. John Muffet l'avait présenté à Malko :

– Douglas Godley, mon *deputy*.

Des appareils militaires décollaient et se posaient sans arrêt sur l'unique piste. Cela sentait la guerre. Kaboul se trouvait dans une vallée à 1 800 mètres d'altitude, cernée par des crêtes culminant à près de 3 000 mètres. Un soleil brûlant vous desséchait en quelques secondes. Malko remarqua une demi-douzaine de mâts portant des drapeaux en berne, américain, britannique, français, hollandais, australien, allemand, turc.

– Pourquoi sont-ils en berne ? demanda-t-il.

– Ils le sont quand un des pays participant à l'ISAF a des pertes, expliqua John Muffet. On ne les a pas remontés depuis la fin de l'hiver…

Les quatre « Blackwater » descendus du petit jet

avaient encadré Hadji Habib Noorzai. John Muffet
s'approcha de l'Afghan et précisa avec un sourire :

– Ils sont là pour votre protection, *sir*, la situation
est instable.

Tenus à distance, des taxis et des voyageurs s'entassaient dans un grand parking, derrière des barbelés.
Personne n'avait le droit de s'approcher du terminal à
cause des attentats-suicides. Il fallait franchir trois
check-points pour arriver à l'aérogare. John Muffet se
tourna vers son *deputy* ;

– Pas de grosse merde, Doug ?

L'adjoint hocha la tête.

– Un IED de huit kilos d'explosifs avec une charge
creuse a été désamorcé ce matin, juste avant le passage
du ministre de l'Intérieur. *Too bad*[1]...

– Pourquoi ? releva Malko

Douglas Godley eut une mimique écœurée.

– C'est un des plus grands trafiquants de drogue du
pays. Allez, on y va.

Ils montèrent dans les deux Land Cruiser qui se
frayèrent aussitôt un chemin dans le parking, à grands
coups de klaxon.

Les voitures s'étaient arrêtées pour laisser passer un
attelage étrange : un homme enturbanné poussant un
cul-de-jatte installé, le buste très droit, dans une
brouette ornée d'un petit drapeau vert : un *shahid*[2].

Puis, le flot se remit à couler : d'innombrables taxis
jaunes, des charrettes à bras, de vieux camions russes
Kamaz ou Molotova, des voitures japonaises. Zigzaguant entre les marchands ambulants installés jusque
sur la chaussée, les fantômes bleuâtres des femmes en
burqa, les gosses se faufilant à travers les voitures.

À chaque ralentissement, les « Blackwater » se
jetaient sur leur M 16, comme si le 4 × 4 n'avait pas été

1. Dommage.
2. Martyr.

blindé. Tous les cinq cents mètres, surgissait une sorte de fort entouré de sacs de sable, de barbelés, de miradors, gardé par des nuées de vigiles armés en tenue noire. Tous les services officiels étaient protégés de la même façon. Quant à Hamid Karzai, le président, il ne sortait de son palais qu'en hélicoptère et le moins souvent possible. Sa sécurité rapprochée était assurée par des «Blackwater», ce qui donnait une idée de sa popularité. Kaboul était en état de siège, avec une circulation démente. La ville avait grandi et les pentes pelées des massifs montagneux qui la cernaient s'étaient couvertes d'innombrables taudis, sans eau ni électricité. D'ailleurs, les générateurs encombraient les trottoirs. Il n'y avait guère plus de deux heures d'électricité par jour… La ville avait grandi trop vite.

John Muffet se tourna vers Malko.

– Vous allez me déposer à l'hôtel *Ariana*, c'est là qu'on est installé. Doug restera avec vous pour vous amener au *Serena* où on vous a installé avec Noorzai. Le seul truc décent de la ville. En principe, je n'ai pas le droit de sortir en ville sans au moins six gardes de sécurité. Alors, je ne bouge pas beaucoup…

– Cela ne vous gêne pas dans le travail ? s'étonna Malko

– Oh, on travaille beaucoup par mails, fit l'Américain, philosophe.

C'était la première fois que Malko entendait parler de lutte antiterroriste par e-mails. Décidément, le progrès allait vite.

De véritables fortifications apparurent après un rond-point. Des chicanes de sacs de sable et de blocs de ciment surmontés de barbelés, gardées par des Afghans en tenue bleue armés jusqu'aux dents, et protégées par un mirador d'où pointait une mitrailleuse. Les murs étaient couverts de panneaux annonçant qu'on tirait à vue, que les photographies étaient interdites et que, même à pied, il était interdit de s'approcher.

Un des «Blackwater» descendit et alla parlementer. La barrière de la chicane se leva et ils zigzaguèrent entre des murs aveugles jusqu'à un bâtiment blanchâtre hérissé de vieux climatiseurs : l'hotel *Ariana*, réquisitionné par la CIA. À deux pas de l'ambassade américaine et du QG de l'ISAF, autres blockhaus. L'avenue Bibimahro était ainsi saucissonnée en tronçons défendus comme des forts.

Le 4 × 4 stoppa sous les regards méfiants de quelques gardes népalais. John Muffet se tourna vers Malko.

– *We keep in touch !* Vous avez mon portable. Doug va vous donner le vôtre.

Malko avait hâte d'être à l'hôtel pour se mettre au travail. Kaboul n'avait pas changé : toujours aussi sale, aussi poussiéreuse, avec, à certains carrefours, des blindés turcs de l'ISAF. Plus on approchait du centre, plus la circulation était infernale, réglée par des policiers en gris, faméliques et loqueteux, essayant de canaliser la circulation avec de dérisoires petits disques rouges. Les feux rouges n'existaient plus à Kaboul depuis des années, et il fallait bien faire sans.

À l'avant, les deux «Blackwater» regardaient la foule comme si elle était composée d'animaux féroces. Cela rappela à Malko Bagdad, trois ans plus tôt, quand le dernier restaurant n'avait pas encore sauté avec ses clients.

Engluée dans un monstrueux embouteillage, la Land Cruiser avait stoppé. Aussitôt, un gosse dépenaillé surgit, l'air suppliant, et se mit à gratter la glace de ses petits ongles noirs, en réclamant un peu d'argent.

Le «Blackwater» le fixa comme si c'était un tigre affamé et lança à Malko.

– Surtout, n'ouvrez pas : il a peut-être une grenade…

Il avait surtout faim... Un gros 4 × 4 d'un blanc immaculé surgit à côté d'eux, flambant neuf, rempli d'humanitaires gras et satisfaits d'eux. Son aile heurta le gosse, manquant l'écraser, et il s'écarta avec un couinement sans méchanceté.

Malko entrouvrit la glace et laissa tomber un billet de cinquante afghanis, au moment où la Land Cruiser redémarrait, sous l'œil réprobateur du «Blackwater».

– Il va y en avoir deux cents ! grommela ce dernier. Comme si c'étaient des piranhas...

Ils passèrent devant une mosquée inachevée et stoppèrent enfin devant un nouveau blockhaus, défendu par des barres d'acier, des sacs de sable et des gardes armés. Des panneaux précisaient qu'il était interdit d'amener des armes à l'intérieur. L'hôtel *Serena*, le joyau hôtelier de la ville, dans Froshbah Street, en plein centre. En réalité, l'ancien hôtel *Kaboul*, refait par l'Aga Khan. On passa un miroir sous la voiture, on ouvrit le capot et ils se retrouvèrent enfin dans un *lobby* spacieux. On se serait cru dans un pays civilisé. Un jeune homme dégingandé se leva en voyant Malko

– Je suis Malcom Clipperton, annonça-t-il. Je travaille avec M. Muffet. Voici votre portable local. Vous pouvez joindre tous les numéros en Afghanistan, sans problème. J'ai également un Thuraya pour vous, mais vous n'en avez pas besoin ici. Il y a aussi un numéro que vous devez joindre d'urgence à Kandahar. Celui de Mohammad Saleh Mohammad. Voici la clef de votre chambre, la 208, qui donne sur le jardin. M. Noorzai est au 220, sur le même palier.

À peine Malko fut-il en possession du portable qu'Hadji Habib Noorzai s'approcha de lui, avec un sourire poli.

– Puis-je vous emprunter votre portable quelques instants ?

Malko le lui tendit et vit l'Afghan composer fièvreusement un numéro, puis son visage s'éclairer lorsqu'on répondit. Il s'était écarté et Malko n'entendait pas ce qu'il disait. Il lui rendit l'appareil, visiblement ravi.

— J'ai pu parler à mon amie Bianca, précisa-t-il. Elle m'a donné rendez-vous dans un nouveau restaurant que je ne connais pas, l'*Atmosphère*. Vous êtes convié aussi. Vers huit heures.

— Alors, à tout à l'heure, dit Malko.

La chambre était spacieuse et sombre, donnant sur un jardin plein de roses. Pas un bruit. Malko prit son Nokia tout neuf qui affichait ROSHAN, du nom de l'opérateur, et composa le numéro donné par l'adjoint de John Muffet.

— *Baleh !* fit une voix visiblement afghane. Mohammad Saleh Mohammad.

— John Muffet m'a dit de vous appeler, dit Malko. Pouvez-vous prévenir vos correspondants ? Voilà mon numéro.

Le journaliste écouta et demanda :

— Vous êtes à Kandahar ?

— Non, à Kaboul.

— O.K. On va sûrement vous rappeler.

Il avait à peine terminé qu'on frappa à la porte. Il ouvrit, découvrant Hadji Habib Noorzai, l'air furieux. Derrière l'Afghan, Malko aperçut les quatre « Blackwaters », tout aussi renfrognés.

— Que se passe-t-il ?

— Ils prétendent me suivre partout où je vais, fit l'Afghan. Si c'est cela, je préfère reprendre l'avion pour New York.

Les problèmes commençaient. D'habitude, les affaires d'otages étaient « polluées » par des acteurs extérieurs cherchant à soutirer de l'argent. Ici, la pollution semblait venir de l'intérieur.

CHAPITRE V

Malko sentit qu'il allait falloir faire preuve de diplomatie.

– C'est pour votre sécurité, affirma-t-il à l'Afghan avec un sourire aussi convaincant que possible. Je veillerai à ce que ces gentlemen agissent avec le maximum de discrétion.

Tourné vers les « Blackwater », il lança à la cantonade :

– Qui est le chef ?

Le plus massif s'approcha, plutôt bien disposé. Même dans ses rêves les plus fous, il n'aurait jamais pensé qu'on le traite de « gentleman ». Ex-shérif, lutteur professionnel, il était passé directement du Tenessee à l'Afghanistan.

– Comment vous appelez-vous ? demanda Malko.

– « Spiderman », *sir*.

Devant la surprise de Malko, il ajouta aussitôt :

– Mon vrai nom est Ray Rayner.

– O.K., on va y aller. Ne le collez pas trop. C'est moi qui suis responsable de lui. Vous connaissez un endroit qui s'appelle l'*Atmosphère* ?

Le visage du « Blackwater » s'éclaira.

– Sûr ! Un des rares coins de Kaboul où il y a du

booze[1]. Et plein de petites gonzesses. Des humanitaires.

Il dit quelques mots dans le micro suspendu à son épaule et, lorsqu'ils sortirent du *Serena*, deux Land Cruiser attendaient devant la porte. Hadji Habib Noorzai prit place avec Malko à l'arrière de la première, «Spiderman» à l'avant, avec le chauffeur, son M 16 sur les genoux, et les trois autres se tassèrent dans le second véhicule.

Malko remarqua que le massif Afghan avait dû renverser sur lui un flacon entier d'eau de Cologne. Ils roulèrent dix minutes dans les rues déjà désertes pour stopper devant une porte étroite gardée par deux vigiles, au fond d'une ruelle au sol défoncé.

Les quatre «Blackwater» et leur artillerie entrèrent sans un regard pour l'écriteau annonçant «No guns inside[2]». La petite entrée aux murs couverts de tableaux donnait dans un grand jardin peu éclairé. Un peu partout, des tables basses et des sièges, mais le gros des clients était au fond, autour d'une sorte de fosse où se produisait un petit orchestre, d'un restaurant sous une tonnelle et d'un long bar où se pressait une foule bruyante, rien que des expats. Beaucoup de filles. Des humanitaires de tous les pays. Ils s'étaient rués comme des sauterelles sur l'Afghanistan, arrivant avec une vieille guitare et repartant avec un 4×4, pas mal d'argent et une guitare neuve. On avait recensé 383 ONG différentes qui, pour la plupart, se cantonnaient prudemment dans les zones sans taliban.

On n'était pas là pour se faire tuer.

Hadji Habib Noorzai fonçait déjà vers le bar, plongé dans une pénombre propice à tous les débordements. Une jeune femme en robe longue, qui lui arrivait à la poitrine, l'aperçut et, poussant un cri sauvage, courut

1. De l'alcool.
2. Pas d'armes à l'intérieur.

vers lui. L'Afghan la souleva du sol, l'étreignant avec passion. Malko en conclut que c'était Bianca, sa maîtresse canadienne… Déjà, ils s'isolaient dans le coin le plus éloigné pour leurs retrouvailles.

Le laissant à son bonheur, Malko se fit une place au bar et commanda une vodka, après avoir « checké » son portable. Pas encore de message. Le contraste était saisissant entre les deux otages coincés au fond du désert et cette foule insouciante qui s'amusait visiblement beaucoup. Tous des jeunes, qui buvaient sec et parlaient fort. Au fond, il aperçut une piscine, chose rarissime à Kaboul. Il s'éloigna un peu de l'orchestre et se retrouva à côté d'une grande blonde aux cheveux courts, vêtu d'un pull rose bien rempli et d'une jupe très courte, bronzée et sexy. Une demi-douzaine d'hommes l'entouraient et elle semblait beaucoup s'amuser. Pourtant, elle paraissait différente de tous ces « ONG » insouciants. Elle semblait plus mûre, plus dure aussi. Il croisa fugitivement le regard de ses yeux bleus qui se portaient dans sa direction. Son ego ne fut pas flatté longtemps.

La blonde rompit le cercle qui l'entourait et fonça vers Malko, mais le dépassa et s'enroula autour de « Spiderman », débarrassé d'une partie de sa carapace, une bière à la main. Ils s'étreignirent avec des petis jappements de joie, à grands coups de claques dans le dos.

Retrouvant son sens de la hiérarchie, « Spiderman » abrégea les effusions et se tourna vers Malko.

– *Sir*, je vous présente Maureen Kieffer. Une sacrée bonne femme.

Maureen Kieffer donna à Malko une poignée de main presque masculine, contrastant avec son déhanchement, lui très féminin.

– Ray est un de mes meilleurs clients, dit-elle.

– Ah bon ! fit Malko, se demandant ce qu'elle pouvait fournir au gorille.

– Je représente une boîte de Johannesburg qui vend des blindages en kit, expliqua la jeune femme. C'est moi qui équipe les « Blackwater ». On déshabille les Land Cruiser et on les blinde avec mes kits. Cela coûte deux cent mille dollars, la moitié d'un blindage traditionnel. Et, tout terminé, le véhicule ne pèse que quatre tonnes...

Malko la regarda différemment. Drôle de métier pour une blonde sexy.

L'orchestre avait cessé de jouer et on s'entendait un peu mieux

– Nous allons fêter notre rencontre, dit-il. Y a-t-il du champagne ici ?

La Sud-Africaine éclata de rire.

– Bien sûr ! Il y a de tout.

Elle interpella le barman qui sortit de son comptoir une bouteille de Taittinger Comtes de Champagne Blanc de Blancs 1998 !

– Ce champagne est volé à l'ambassade de France, précisa suavement Maureen Kieffer. Je le sais, j'ai le même fournisseur...

La jeune femme semblait avoir oublié sa cour d'ONG.

– Qu'est-ce que vous faites à Kaboul ? demanda-t-elle.

– Je suis de passage, je file à Kandahar, répondit Malko.

La Sud-Africaine fit la grimace.

– Ça craint, là-bas. Je n'arrive pas à fournir...

Elle ne lui avait pas demandé pourquoi il allait à Kandahar et il apprécia. Le barman apporta la bouteille de Taittinger presque fraîche. Un lapin surgit d'un buisson, poursuivit par un chat, et disparut. Un peu partout, des couples flirtaient et buvaient. Un endroit irréel dans cette ville sans joie. Malko détailla Maureen Kieffer. Elle était bandante et elle le savait... Soudain, la haute silhouette de Hadji Habib Noorzai émergea de la foule. Il traînait par la main sa mini-maîtresse canadienne. Il s'approcha de Malko et dit à voix basse :

– Il y a une petite *party* dans le *guest-house* de Bianca. On y va.

– J'arrive, fit Malko.

Il se retourna vers Maureen Kieffer, avec un sourire désolé.

– Je suis obligé de vous quitter...

– Vous partez avec Bianca ?

– Oui.

– Alors, je viens avec vous ! Nous habitons dans le même « compound ». Il y a trop de bruit ici. Vous savez, Kaboul est tout petit. À tout à l'heure.

***

La Land Cruiser s'arrêta dans une ruelle sombre, en face d'une porte bleue gardée par un Afghan, Kalach en bandoulière. Depuis longtemps, il n'y avait plus d'éclairage public à Kaboul et on roulait dans une obscurité totale. Maureen était déjà là, sautant d'un 4×4 blanc. Elle ouvrit la porte et Habib Noorzai se précipita sur les talons de sa copine. Tout le long du trajet, ils n'avaient pas cessé de se tripoter.

Ils traversèrent un jardin desservant plusieurs bungalows et Maureen Kieffer expliqua :

– On a un bungalow chacun : un Français qui travaille à l'UNHAS [1], Bianca qui est journaliste et moi. C'est sympa.

Ils gagnèrent le premier bungalow, accueillis par un garçon efflanqué de près de deux mètres de haut. Il étreignit Maureen mais elle se dégagea un peu sèchement et alla s'installer sur un canapé. Il y avait presque autant de bruit qu'à l'*Atmosphère*. De la musique et la télé allumée réglée sur Al-Jazira en anglais. Malko

---

1. United Nations Huminarian Air Service.

rejoignit la Sud-Africaine, qui avait déjà un verre de champagne à la main, et les jambes croisées très haut.

– Ici, c'est chez Éric, dit-elle, c'était mon copain, mais il s'est fait draguer par une petite salope de Kirghize qui lui arrive au genou.

Visiblement, cela ne lui avait pas plu. Elle jeta un coup d'œil intéressé à Malko.

– Alors, c'est vous qui venez essayer de récupérer les otages ?

– Comment le savez-vous ? demanda Malko, plutôt étonné.

La Sud-Africaine sourit.

– Bianca. Depuis une semaine, elle ne nous parle que de son mec, Habib Noorzai. Elle pensait bien ne jamais le revoir. Il lui a expliqué que les Américains l'avaient envoyé ici pour aider à récupérer le couple de Zaranj. Avec un type de chez eux. C'est vous ?

– Oui.

– Vous êtes américain ?

– Non. Autrichien.

– Je préfère. Les Américains ont pris le parti des Cafres[1] et on a perdu notre pays, fit-elle avec une pointe d'amertume. Vous partez quand à Kandahar ?

– Je ne sais pas encore, avoua Malko. J'attends un contact. Comment est la situation là-bas ?

Il ne se fiait pas entièrement à ses « sponsors » de Langley, qui avaient tendance à peindre la situation en rose bonbon… Maureen Kieffer se leva et se resservit du champagne, terminant une bouteille de Taittinger Comtes de Champagne déjà bien entamée, esquivant son ancien copain, assis devant l'écran plat. Il y avait des gens assis par terre, enfoncés dans des canapés ou des coussins. Le bouchon d'une bouteille de Taittinger sauta gaiement. Ici, on était loin de la guerre. Rien que

---

1. Noirs.

des expats, à part Hadji Habib Noorzai. La Sud-Africaine revint et expliqua :

– Ça pourrit doucement mais sûrement. Les taliban sont armés et financés par l'ISI[1], l'Arabie Saoudite et l'Iran, depuis peu. Ils sont chez eux, recrutent à tour de bras et ont l'éternité devant eux. Les Pachtounes naissent avec un fusil entre les dents. Évidemment, ils ne peuvent prendre une grande ville tant que les troupes de l'ISAF sont là. Mais les Américains et l'ISAF ne peuvent pas non plus les éradiquer. Il y a des milliers de villages en Afghanistan et on ne peut pas tous les bombarder. N'oubliez pas que 140 000 soldats soviétiques ne sont pas venus à bout des *mudjahidin* en dix ans ! Alors, les 37 000 hommes de l'ISAF... Seulement, personne n'ose le dire tout haut. Désormais, même dans Kaboul, ça craint.

– Il y a beaucoup de taliban en ville ?

– Ils sont partout. Par mes copains «Blackwater», j'ai pas mal de tuyaux.

– On sait qui détient les otages ?

– Le mollah Dadullah Akhund. Un sanguinaire. C'est lui qui commande tout le Sud. Il est basé dans le Hilmand. Méfiez-vous de ce que vous disent les Afghans officiels. Ils mentent. La police est corrompue, incapable et pénétrée par les taliban.

Encourageant.

Malko aperçut soudain du coin de l'œil Hadji Habib Noorzai en train de s'éclipser, tiré par la petite Bianca. Maureen Kieffer rit de bon cœur.

– Elle a très envie de se faire trouer le cul... Après deux ans..

Elle avait dû emprunter cette verdeur de langage à ses amis «Blackwater». Comme Malko, inquiet de voir disparaître l'Afghan, esquissait le geste de se lever, la Sud-Africaine proposa :

---

1. Interservices Intelligence, services pakistanais.

– Venez. Je vais vous montrer mon atelier. Ils en
ont pour un moment.

Sous une véranda, Malko aperçut trois «Blackwater»
et cela le rassura. Noorzai n'allait pas lui filer entre les
doigts. Et, jusqu'au lendemain matin, il était perdu pour
la CIA. Maureen le guida jusqu'à un grand hangar, tout
au fond du jardin. Elle poussa la porte et alluma.

Aussitôt, un Afghan déguenillé, couché par terre, se
dressa brusquement, saisissant la Kalach posée à côté
de lui. Maureen Kieffer le calma d'une brève interjec-
tion. Une vingtaine d'hommes dormaient à même le
sol, un peu partout, dans une odeur pestilentielle.

– Je les fais coucher ici, expliqua Maureen Kieffer.
On gagne du temps et ils n'ont pas à retourner chez eux
où on risque de les égorger si les taliban apprennent
qu'ils travaillent pour moi…

– Ils prennent le risque ?

Elle regarda Malko avec un sourire ironique.

– À Kaboul, pour deux cents dollars par mois, on
prend tous les risques.

Un peu plus loin, quatre Land Cruiser, complètement désossées, attendaient qu'on leur ajuste les
plaques de blindage importées d'Afrique du Sud.

– Ça résiste à tout, sauf au RPG, dit la jeune femme.

Appuyée à une plaque de blindage, elle fixait Malko
avec une fierté non dissimulée.

– Qu'est-ce qui vous a donné l'idée de faire ce
métier ? demanda-t-il.

C'était très différent de la broderie.

– Les Cafres, fit-elle avec acrimonie. Ces salauds
nous tiraient comme des lapins, au Transvaal. Alors,
on a bricolé des blindages et j'ai rencontré le type qui
les fabriquait à Jo'Burg. On est restés un an ensemble
et il m'a appris le métier. Il y a eu un appel d'offres
des «Blackwater» pour ici et je suis venue.

Ils ressortirent du hangar. L'air était délicieusement
tiède, à Kaboul, le temps changeait toutes les cinq

minutes. Malko jeta un coup d'œil sur les aiguilles lumineuses de sa Breitling : presque minuit.

– Je vais rentrer, dit-il, il faut que je prévienne Noorzai qu'il regagne le *Serena* sans faire d'histoire, quand il aura terminé ses retrouvailles.

– Je vais vous montrer où il est, dit Maureen.

Il la suivit dans le jardin, débouchant devant un petit bungalow beige. Au moment où il allait frapper à la porte, un cri aigu de femme le cloua sur place. Venant de l'intérieur.

Maureen Kieffer éclata de rire et dit d'une voix un peu altérée :

– Il est en train de la baiser comme un fou.

Le cri avait fait place à une série de couinements scandés de grognements plus graves. On imaginait très bien la scène. Maureen Kieffer s'appuya à la balustrade de la véranda.

– Laissez-les en profiter encore un peu. On va prendre un verre dans mon bungalow.

*
* *

Hadji Habib Noorzai était enfoncé jusqu'à la garde dans le ventre de la petite Bianca. Pendant deux ans, au fond de sa cellule du Bronx, il avait pensé à ces retrouvailles. Sous lui, Bianca, écrasée comme une crêpe, clouée au lit par le membre puissant de son amant, savourait son bonheur. Elle était tombée amoureuse de l'Afghan en allant l'interviewer à Kandahar en 2003. Et lorsqu'il lui avait apporté des roses à son bureau, à Kaboul, quelques jours plus tard, elle s'était donnée à lui sur-le-champ, sur le canapé encombré de piles de magazines..

Avec sa silhouette menue et son mètre cinquante-cinq, Bianca évoquait Lolita. Ce qui excitait prodigieusement Habib Noorzai. Celui-ci, après une pause, recommença à bouger et, de nouveau, inonda sa partenaire.

Provisoirement assouvi, il se remit sur le dos, tandis que Bianca lui préparait son narguileh. Au lieu d'eau, elle avait rempli le réservoir d'un mélange de vodka et de jus d'orange. L'Afghan se mit à têter le narguileh, le cerveau enfin libre. Pour la première fois depuis son départ de New York, il essaya de prendre un peu de recul.

Au départ, il avait sauté sur la proposition de Burt Riesen, son ancien officier traitant de la CIA. Sans trop réfléchir. Le fait que les Américains fassent appel à lui pour les aider dans une affaire d'otages n'avait rien d'étonnant. Évidemment, ils n'ignoraient pas sa trahison vis-à-vis du ministre des Affaires étrangères taliban, Wakil Muttawakil, mais ils devaient penser que c'était oublié...

Lui n'en était pas certain. C'était le premier point à vérifier, pour ne pas tomber de Charybde en Scylla. Évidemment, son arrestation et son incarcération aux États-Unis avaient contribué à redorer son blason. Il devait dare-dare vérifier si la dorure tenait bien.

Il posa son narguileh et aussitôt Bianca se coula sur lui, se frottant contre sa cuisse comme une chatte en chaleur.

— Prends-moi encore ! Sers-toi de ta petite femme !

Il faillit céder devant les petites fesses rondes qui se cambraient dans une position très expressive, mais décida d'abord d'éclaircir son avenir.

— Donne-moi ton portable, demanda-t-il.

Lui n'en avait pas encore.

Bianca lui tendit son Nokia et l'Afghan composa le numéro de son cousin le plus proche qui résidait à Kandahar. Hadji Farid Noorzai gagnait des fortunes en achetant l'opium brut aux paysans et en le transformant en héroïne. Un homme en qui il avait une relative confiance. Il dut s'y reprendre à plusieurs reprises avant d'entendre sa voix. Le cousin Farid tomba des nues en apprenant que Hadji Habib Noorzai se trouvait à Kaboul. Celui-ci ne s'étendit pas sur les circonstances de sa libération mais précisa :

– Je vais venir à Kandahar. Les Américains m'ont demandé de les aider pour cette affaire d'otages… Tu sais qui les contrôle ?

Il y eut un long silence à l'autre bout du fil, puis le cousin Farid dit précautionneusement :

– C'est le mollah Dadullah Akhund. Mais si tu veux entrer en contact avec lui, il faudra être très prudent. J'ai entendu circuler des bruits fâcheux sur toi.

– Lesquels ?

– Le mollah Dadullah te considère comme un traître. Il a dit que si tu tombais entre ses mains, il te ferait passer devant un tribunal islamique..

Qui ne prononçait qu'une seule sentence : la mort.

Indécrottablement optimiste, Hadji Habib Noorzai se força à dire d'un ton léger :

– Cela peut peut-être s'arranger. En plus, tu pourras sûrement m'aider.

– Je t'attends, fit simplement le cousin Farid. Tu es comme mon frère et j'ai quelques amis dans le Hilmand.

Hadji Habib Noorzai savait que son cousin procurait aux taliban des « précurseurs [1] », c'est-à-dire les produits permettant de transformer l'opium en héroïne. Importés du Pakistan. Cela créait des liens.

– *Inch'Allah*, je serai là avant vendredi.

Hadji Habib Noorzai se remit à tirer sur son narguileh. Tandis que Bianca, insatiable, le masturbait doucement. Elle avait encore envie de son sexe puissant. Mais le chef de tribu avait l'esprit ailleurs. Réalisant qu'il était pris entre deux feux. S'il ne donnait pas satisfaction aux Américains, ceux-ci le renverraient

---

1. Principalement de l'anhydride acétique et de la soude.

aux États-Unis, où il risquait de passer le restant de ses jours dans un pénitencier.

Mais s'il s'approchait trop des taliban, il risquait aussi sa vie, et de façon encore plus brutale.

Il n'y avait donc pour lui qu'une solution : fausser compagnie aux Américains et filer sur Quetta, dans la zone tribale pakistanaise, où personne ne viendrait le chercher... De Kandahar à Spin Boldak, la frontière pakistanaise, il n'y avait que deux heures de route. Il allait devoir «endormir» l'agent de la CIA chargé de récupérer les otages.

* *
*

Malko regarda sa Breitling : une heure dix. En face de lui, Maureen Kieffer n'arrêtait pas de croiser et de décroiser ses longues jambes bronzées d'une façon extrêmement expressive. À peine entrée, elle avait pris dans le réfrigérateur une bouteille de Taittinger Comtes de Champagne Rosé 2002 et ils avaient continué au champagne. Visiblement, la Sud-Africaine aimait ça.

– Je vais chercher Noorzai, dit-il.

Maureen Kieffer était déjà debout.

– Laissez-le baiser ! fit-elle avec un sourire complice. Je vais vous raccompagner. Les «Blackwater» le ramèneront à l'hôtel. On va leur expliquer.

Sans laisser à Malko le temps de répondre, elle se pencha et prit sous le lit une Kalachnikov avec deux chargeurs scotchés l'un à l'autre. Elle ouvrit la porte.

– Allons-y. Ma voiture est dehors.

Dans le jardin, elle s'approcha de « Spiderman » puis se tourna vers Malko.

– Voilà. Quand il a fini, ils le ramènent au *Serena*. Vous n'avez rien à craindre, ce sont des pitbulls...

Ils montèrent dans la Land Cruiser blanche garée dans la ruelle. Il y eut un bruit à l'arrière. Malko sursauta : un homme dormait sur un lit de camp. Comme un chien de garde… En se refermant, la portière fit un bruit de coffre-fort. Fièrement, la Sud-Africaine précisa :

— Celle-là, c'est la première que j'ai préparée.

En dépit de ses quatre tonnes, le 4 × 4 semblait voler au-dessus des trous parsemant la chaussée. La ville paraissait vide, abandonnée. À un carrefour, ils aperçurent des soldats et Maureen alluma aussitôt le plafonnier.

Un check-point tenu par des soldats afghans nerveux et négligés. Ils jetèrent à peine un coup d'œil à la Kalach posée sur le siège arrière et leur firent signe de passer. Jusqu'au *Serena*, ils ne virent plus personne. Il fallut encore se plier au dispositif de sécurité pointilleux.

Sous l'auvent désert du *Serena*, Maureen se tourna vers Malko. Sa courte jupe avait encore remonté, découvrant la plus grande partie de ses cuisses.

— Si vous avez besoin de quelque chose, proposa-t-elle, voilà mon numéro de portable.

Elle le lui tendit.

— Si je suis encore à Kaboul demain, dit Malko, on peut dîner ensemble.

La Sud-Africaine n'hésita pas le quart d'une seconde.

— Ça marche ! Je vous emmène au *Bistro*. C'est sympa et à peu près mangeable.

Il descendit et claqua la porte du coffre-fort roulant. L'hôtel ressemblait au château de la Belle au bois dormant. Les visiteurs ne se pressaient pas à Kaboul.

Le portable « local » de Malko sonna à huit heures du matin. Quand il décrocha, une voix parlant anglais avec l'accent afghan demanda :

– Vous avez laissé un message à Mohammad Saleh Mohammad.

– Oui, confirma Malko.

– Quel est votre nom ?

– Malko.

– Soyez à midi au coin de Chicken Street et de Tura-bar-Khan-Watt. Seul.

L'inconnu raccrocha aussitôt.

Le pouls de Malko grimpa d'un coup. Chicken Street, c'était l'ancienne rue des hippies, une des rares à porter un nom à Kaboul. Il ne pouvait pas se perdre, c'était en plein centre.

Donc, il avait le contact avec les ravisseurs des deux agents de la CIA. Sa joie fut tempérée aussitôt par une évidence. Lui aussi représentait un otage potentiel... Seulement, il ne pouvait pas se permettre de ne pas aller à ce rendez-vous. Il appela aussitôt John Muffet, le chef de station de Kaboul.

– Passez me voir, dit aussitôt l'Américain. Il y a certaines précautions à prendre. Je n'aimerais pas que vous disparaissiez aussi.

En principe, on n'enlevait pas les négociateurs, mais les taliban avaient leurs règles à eux.

CHAPITRE VI

Malko s'était fait déposer à l'entrée de Chicken Street, occupée désormais par une enfilade de boutiques de souvenirs, de bijoux ou de fourrures, offrant toutes les mêmes produits. Debout au bord du trottoir de Turabar-Khan-Watt, il observait les voitures cahotant sur la chaussée défoncée. À part John Muffet, personne n'était au courant de ce rendez-vous. Hadji Habib Noorzai cuvait ses orgasmes au *Serena*, veillé par ses chiens de garde. Malko était quand même sur ses gardes. Certes, Kaboul n'était pas Bagdad et les attentats, quoique montant en puissance, demeuraient encore rares. Quant aux kidnappings d'étrangers, ils étaient pratiquement inconnus. Mais ceux-ci ne tentaient pas le diable comme Malko. Un vieux 4×4 bleu stoppa soudain devant lui. À son bord, un seul homme barbu, une casquette de base-ball sur la tête. Il fit un signe à Malko qui s'approcha.

– *Haroyeh Malko*[1] ?
– *Baleh!*

D'un signe de tête, le barbu lui fit signe de monter et, au rond-point Rahi-Ansar, tourna à gauche, allant jusqu'à Salang-Watt, filant vers le nord ; puis il bifur-

1. Monsieur Malko ?

qua vers l'ouest, au milieu des vieux bus, des taxis jaunes, des charrettes. Des dizaines de marchands ambulants s'alignaient à perte de vue. Ils passèrent devant l'embranchement menant à la colline de l'hôtel *Intercontinental* et continuèrent pendant plusieurs kilomètres. Puis le chauffeur tourna à gauche dans une voie étroite bordée de terrains vagues, d'immeubles inachevés et de quelques maisons. Il stoppa devant un marchand de mangues fraîches et, aussitôt, deux barbus en *camiz-charouar* surgirent et prirent place dans le 4×4. Celui qui monta à côté de Malko annonça :

— *Salam aleykoum. My name is Amin.* Je vais vous mener à Qari[1] Abdul Jawad. Nous sommes obligés de vous bander les yeux…, ajouta-t-il avec un sourire.

Il avait déjà un bandeau blanc entre les mains. Malko ne protesta pas, à quoi bon ? Le véhicule repartit. D'après les bruits extérieurs, ils étaient toujours en ville, mais Kaboul, désormais, s'étendait sur des kilomètres. Le véhicule tourna à gauche et ils se mirent à cahoter sur une voie défoncée. Puis le 4×4 stoppa.

— Nous sommes arrivés ! annonça Amin. N'enlevez pas votre bandeau.

Malko entendit la portière s'ouvrir, puis Amin le prit par le bras et l'aida à sortir. Il entendit un chuchotis, le grincement d'un portail et il trébucha sur des marches. Il suivit ensuite une allée en ciment, puis on le fit pénétrer dans une pièce. Là, enfin, on lui ôta son bandeau. C'était un salon, aux fenêtres occultées par des rideaux opaques, au sol couvert de tapis, avec des coussins le long des murs et trois canapés de cuir dans un coin.

— Asseyez-vous, indiqua Amin.

Un barbu dépenaillé apporta un plateau avec des verres de thé et des biscuits, puis la porte s'ouvrit sur un homme en djellaba marron portant une abondante

---

1. Titre signifiant qu'on a appris le Coran par cœur.

barbe noire et un turban assorti dont un pan descendait jusqu'à la taille. Il était pieds nus…

Amin lui baisa la main avec respect et le nouveau venu serra mollement celle de Malko. Derrière les lunettes, le regard était intelligent et vif. L'homme prononça quelques mots, aussitôt traduits par Amin.

– Qari Abdul Jawad vous souhaite la bienvenue, dit-il. Il a été chargé par mollah Dadullah de dénouer le problème de ces espions. Il espère un dénouement heureux.

– Je le souhaite aussi, dit Malko en trempant les lèvres dans son thé brûlant.

Ainsi, en plein Kaboul, il se trouvait en face d'un chef taleb. Celui-ci prit une enveloppe et la lui tendit. Malko l'ouvrit. Elle contenait trois photos. La première représentait une femme de type européen en robe longue, la tête couverte d'un hijab, l'air harassé, les traits tirés. À côté d'elle, se tenait une femme en burqa tenant devant elle un exemplaire du *Daily Outlook Afghanistan*. Amin lui tendit une loupe et Malko put lire la date : 24 Mai 2007-8 Jawza 1386. Le calendrier afghan commençait le 21 mars, pour le Nowzouz, l'année lunaire.

Au dos, on avait noté en majuscules le nom de Suzie Foley. Malko prit la seconde photo représentant un homme, l'œil droit dissimulé sous un bandage, l'air épuisé, lui aussi, les cheveux courts et gris. Même mise en scène, avec un homme cette fois. Donc, les deux otages étaient vivants la veille !

Amin lui tendit alors la troisième photo et il sentit le sang se figer dans ses veines. C'était celle d'un cadavre à qui il manquait la tête. Celle-ci était posée sur le dos du mort, une bonne tête moustachue aux joues pleines…

Amin se pencha vers lui et dit de sa voix douce :

– Il s'agit de Aziz Sangin. Il a été condamné et

exécuté par un tribunal islamique pour avoir collaboré avec des espions.

Au calme de sa voix, on sentait que les taliban égorgeaient les gens comme des moutons, sans plus d'état d'âme. Après une hésitation, Malko mit aussi cette photo dans sa poche. Impassible, le barbu enturbanné l'observait. Il s'efforça de ne pas lui sauter à la gorge. Si les «Blackwater» avaient été là, ils n'en auraient fait qu'une bouchée.

– Quelles sont vos intentions concernant vos deux otages ? demanda-t-il. Comme vous le savez, je suis en Afghanistan pour négocier les conditions de leur retour…

Amin traduisit la question puis la réponse.

– Comme vous pouvez le voir, nos «invités» sont parfaitement traités, affirma cyniquement Qari Abdul Jawad. Notre frère le mollah Dadullah a fait preuve d'une grande bienveillance à leur égard. La blessure à l'œil de cet espion est due à une infection qui est soignée. Dans un geste de bonne volonté, nous sommes prêts à les relâcher très rapidement.

– À quelles conditions ?

On entrait dans le vif du sujet. Les deux hommes chuchotèrent, puis Amin demanda :

– Hadji Habib Noorzai est-il venu avec vous en Afghanistan ?

– Oui.

Nouvel échange à voix basse, puis le visage de Qari Abdul Jawad s'éclaira.

– Dans ce cas, traduisit Amin, les choses devraient bien se passer. Il faudrait qu'il gagne Kandahar avec vous. Afin de pouvoir procéder à l'échange contre nos deux invités.

– Nous devons organiser un échange simultané, avertit Malko. Est-ce votre seule condition ?

Il y eut un bref conciliabule et Amin décréta :

– Le mollah Dadullah, Allah l'ait en sa sainte garde,

est un homme très pieux. Il a projeté d'envoyer un certain nombre de pèlerins au prochain « Hadj [1] », des gens qui n'ont pas les moyens de se payer le voyage.

– Combien cela coûte-t-il ? demanda Malko.

Bref conciliabule, puis Amin griffonna quelque chose sur un bout de papier qu'il tendit à Malko. Celui-ci lut : douze millions de dollars.

– La somme doit être en billets de cent dollars, précisa le jeune taleb. Elle doit nous être remise en même temps que Hadji Habib Noorzai. À propos, sait-il que vous allez nous le remettre ?

Malko sentit, au ton de sa voix, qu'on ne lui avait pas tout dit, à lui. D'après la CIA, Habib Noorzai était là pour aider à la libération des otages. Pas pour être échangé... Il y avait un loup.

– Je pense que si vous souhaitez échanger vos otages contre M. Noorzai, c'est qu'il a beaucoup d'importance à vos yeux, dit-il.

Amin traduisit et une lueur de surprise passa dans les yeux sombres de Qari Abdul Jawad.

– Vous ne saviez pas qu'il s'agissait de notre exigence essentielle ? demanda Amin.

Furieux intérieurement, Malko laissa tomber :

– Non.

Les deux hommes échangèrent un long regard. Qari Abdul Jawad esquissa un sourire et prononça une longue diatribe. Qu'Amin s'empressa de traduire :

– Il y a cinq ans, en avril 2002 de votre calendrier, Hadji Habib Noorzai a convaincu notre frère, mollah Wakil Ahmad Muttawakil, qui avait été notre ministre des Affaires étrangères et se dissimulait dans le village de sa famille, de rencontrer des Américains, qui voulaient s'entretenir avec lui. Bien entendu, il s'engageait à ce que rien ne lui arrive...

Il se tut, visiblement ému.

1. Pèlerinage à La Mecque.

– Que s'est-il passé ? demanda Malko, qui se doutait déjà de la réponse.

Amin baissa la voix, comme s'il avait honte.

– Notre frère, mollah Wakil Ahmad Muttawakil, a été arrêté par les Américains et envoyé à Guantanamo. Il s'y trouve toujours.

Malko but une gorgée de thé, dissimulant sa rage. Une fois de plus, la CIA l'avait mis sur un coup pourri… Ils ne demanda même pas ce qu'ils comptaient faire de Habib Noorzai. La photo de l'interprète décapité parlait d'elle-même.

Il y eut un nouveau chuchotis entre les deux Afghans et Amin proposa de sa voix douce :

– Si Hadji Habib Noorzai ne pose pas de questions, il ne faut peut-être pas lui parler de cette conversation.

Autrement dit, l'emmener à l'abattoir à son insu. Qari Abdul Jawad se leva, serra la main de Malko dans les siennes et s'esquiva silencieusement. Amin en profita pour préciser de sa voix suave :

– Il faudrait faire en sorte que nous nous retrouvions très vite à Kandahar pour fixer les modalités de l'échange.

Malko se leva à son tour, la gorge sèche.

– Comment puis-je vous contacter ?

Amin sourit.

– Vous appelez Qari Abdul Jawad dès que vous serez prêt. Ensuite, le CICR à Kandahar. Nous avons confiance en eux. Je vais vous raccompagner.

Déjà, il sortait le bandeau de sa poche. Malko se retrouva dans une voiture, en nage. Il devait faire plus de 40 °C.

Le cerveau en ébullition, il se demanda comment sortir de cette situation à la Kafka. Réfrénant une forte envie de reprendre le premier avion pour l'Europe, il comprenait pourquoi on avait fait appel à lui : il ne fallait pas un négociateur « ordinaire », mais quelqu'un d'habitué aux coups les plus tordus. Car, en réalité, la CIA lui demandait de convoyer Hadji Habib Noorzai à une mort certaine, comme on conduit un bœuf à l'abattoir…

Il sentit qu'on lui ôtait son bandeau et aperçut le cinéma Ariana : il était dans le centre de Kaboul.

Amin se tourna vers lui avec un sourire gluant.

— Qari Abdul Jawad attend de vos nouvelles, dit-il, avant d'ouvrir la portière.

Malko se retrouva sur la place voisine du bazar, en face du cinéma fermé depuis belle lurette. Réprimant une fureur froide. La CIA l'avait mis dans une situation impossible. Une fois de plus.

John Muffet répondit à la troisième sonnerie.

— Je dois vous voir, fit Malko. Tout de suite.

— Où êtes-vous ?

— Devant le cinéma Ariana.

— Très bien. Je viens vous chercher. Mettez-vous à l'ombre. J'en ai pour une demi-heure.

* *
*

Le convoi des deux énormes Toyota aux vitres fumées se repérait comme une mouche dans un bol de lait, au milieu des taxis jaunes et des vieilles Lada, vestiges de l'époque soviétique. Les deux véhicules stoppèrent en face de Malko et la portière arrière s'ouvrit. Il aperçut le petit bouc de John Muffet, coincé entre deux « Blackwater ». À l'avant, un *security officer* avait sur ses genoux un fusil d'assaut.

— *Come on !* lança l'Américain, visiblement nerveux.

Malko sauta à bord et le chef de station s'excusa d'un sourire.

— Normalement, je n'ai pas le droit de sortir du périmètre sécurisé. Mais cela aurait été encore plus compliqué de vous faire venir.

Ils mirent vingt minutes, au milieu d'embouteillages monstrueux, pour regagner le périmètre protégé de l'*Ariana*. À l'intérieur de l'ancien hôtel, c'était une ruche où se croisaient beaucoup d'Américains et très peu d'Afghans, tous porteurs d'un badge détaillé.

La confiance ne régnait pas.

À l'entrée, un énorme portail magnétique, gardé par des Gurkhas, se déclenchait pour un simple trombone. Ils gagnèrent au troisième un petit bureau aux murs lépreux, et Malko attaqua, dominant sa fureur :

– Vous ne m'aviez pas dit que les taliban voulaient échanger Hadji Habib Noorzai contre les otages !

– Je pensais que Langley vous avait mis au courant, bredouilla John Muffet.

– Et vous savez pourquoi, bien sûr ?

– Euh, non, prétendit l'Américain.

– Pour l'exécuter, martela Malko. À cause de sa trahison du mollah Wakil Muttawakil. Est-ce qu'il est au courant ?

John Muffet alluma une cigarette, très pâle.

– Je ne sais pas, reconnut-il. Je crois qu'il s'agit d'une vieille histoire qui remonte à plusieurs années.

– Langley vous a forcément transmis le dossier Noorzai, insista Malko.

– Oui, bien sûr, mais je n'ai pas attaché d'importance à cette affaire.

Un ange traversa le bureau et s'enfuit, épouvanté. La course aux Oscars du mensonge était lancée. Malko appuya là où cela faisait mal :

– C'est vous qui avez reçu la revendication des taliban, vous saviez très bien ce qu'il en était. Donc, ma mission est de conduire cet homme à une mort certaine et programmée. Ils ont l'intention de l'égorger ou de le tuer d'une façon tout aussi barbare.

– Il faut trouver une solution ! bredouilla l'Américain. De toute façon, Noorzai est un criminel, un des plus importants *druglords* de la planète. Il a vendu des dizaines de tonnes d'héroïne. La DEA a un dossier

énorme sur lui, de quoi le faire condamner à cinq cents
ans de prison.

— Je ne travaille pas pour la DEA, objecta Malko.
Donc, je refuse de me faire complice de cette infamie.
Même si c'est une crapule.

John Muffet semblait avoir encore rapetissé. La tête
dans ses mains, il murmura :

— Oh, *my God !*

— Laissez Dieu où il est, fit sèchement Malko. Je
vais avertir Noorzai.

L'Américain poussa une exclamation désespérée.

— Non, attendez ! On va trouver une solution. Si
vous annulez tout, je suis obligé de renvoyer Noorzai à
New York. Il purgera des années de prison.

C'était une *« catch 22 situation »*… Un cauchemar.
Il y eut une sourde et violente explosion dans le lointain et John Muffet sursauta.

— O.K., conclut-il. Donnons-nous quarante-huit
heures. Ne dites rien pour l'instant à Noorzai.

Malko tint à enfoncer le clou.

— Si vous voulez le mettre dans une cage et le livrer
aux taliban, faites-le vous-même…

Visiblement, John Muffet repoussait cette éventua-
lité avec horreur.

— On va trouver une solution, répéta-t-il. O.K., qui
avez-vous rencontré ?

— Un certain Qari Abdul Jawad.

L'Américain sursauta.

— À Kaboul ?

— Oui. Qui est-ce ?

— L'ancien patron de l'*Istikhabarat*[1]. On le croyait
mort.

Il se mit à taper fièvreusement sur son ordinateur et
fit ensuite signe à Malko de venir regarder l'écran
occupé par la photo d'un homme en turban noir.

1. Services de renseignements des taliban.

– C'est lui ! fit Malko. Sans aucun doute.

L'Américain semblait accablé. Il ouvrit un tiroir et tendit à Malko un pistolet automatique, un H&K[1] calibre .40.

– Le type que vous avez vu est très dangereux, affirma-t-il. Prenez ça, c'est plus prudent. Je vais vous faire raccompagner au *Serena*. On fera le point ce soir. Ne dites rien à personne.

Il donna quelques coups de fil et descendit avec Malko pour l'installer dans une Land Cruiser blindée, suivie d'une seconde.

– O.K., à ce soir, promit John Muffet. *Take care.*

Les deux véhicules se lancèrent à travers les chicanes pour se fondre dans la circulation. Le blindage étouffait les bruits de la rue et la foule semblait appartenir à un autre monde.

Lorsqu'ils arrivèrent en face du *Serena*, Malko indiqua au chauffeur :

– N'entrez pas, je vais descendre ici.

Les deux Land Cruiser s'arrêtèrent entre les blocs de béton et l'entrée de l'hôtel protégée par la barrière noir et blanc et une lourde grille. Malko sauta à terre.

Aussitôt, un gamin nu-pieds, qui ne devait pas avoir plus de huit ans, se précipita vers le véhicule, la main tendue, suivi d'une fillette. Devant son expression désespérée, le chauffeur afghan fouilla dans sa poche pour lui donner un peu d'argent. Kaboul était plein de ces petits mendiants survivant difficilement. Des orphelins de guerre.

Soudain, le gosse glissa la main dans ses hardes, et d'un geste précis, lança quelque chose à l'intérieur de la voiture, puis claqua la portière avant de détaler.

Malko s'immobilisa, horrifié.

Pendant quelques secondes, il ne se passa rien. Puis plusieurs choses arrivèrent simultanément.

---

1. Heckler & Koch.

D'abord, la première Toyota sembla se déformer, se gonfler et les glaces blindées de l'arrière explosèrent dans un fracas sourd. Quelques fractions de seconde plus tard, les portières de l'autre véhicule crachèrent quatre «Blackwater», M 16 au poing, qui se déployèrent face à la foule. Les vigiles en noir du *Serena* couraient dans tous les sens, menaçant les passants. Une fumée noire sortait de la Toyota où avait explosé la grenade. Malko réalisa que le chauffeur afghan avait eu le temps de sauter à terre et était en train de se relever, choqué. Un des «Blackwater» ouvrit à grand-peine une des portières arrière qui cracha des volutes de fumée noire. À l'intérieur, il n'y avait plus que les corps déchiquetés de deux «Blackwater».

Une colonne de fumée noire s'élevait de l'endroit de l'attentat. Fébrilement, les vigiles essayaient d'établir un périmètre de sécurité. Les «Blackwater» trépignaient de rage, cherchant une cible. Hélas, le gosse avait disparu depuis longtemps dans la foule…

Un des «Blackwater» s'approcha de Malko, le visage déformé par la peur, la haine et la fureur.

– Ce petit fils de pute a balancé une grenade! éructa-t-il. Il faudrait les tuer tous, ces enfoirés de *gooks*.

Tremblant, le chauffeur afghan baissait la tête, agoni d'injures par les quatre mercenaires. Soudain, l'un d'eux lâcha une brève rafale. L'Afghan glissa le long du blindage, le ventre et la poitrine déchiquetés.

– Mais il n'a rien fait! explosa Malko, horrifié.

Le «Blackwater» secoua la tête.

– C'est sûrement un de leurs copains! Il aurait dû repartir immédiatement.

Une première ambulance arriva, suivie de plusieurs voitures de police, puis d'un blindé turc qui déploya ses hommes dans Froshbah Street, désormais interdite à la circulation.

Les deux mercenaires avaient été tués sur le coup.

Malko se dit qu'il l'avait échappé belle. Ou ils avaient été suivis depuis le départ de l'*Ariana*, ou le gosse guettait devant le *Serena* en attendant une cible... On ne le saurait jamais. À côté de cette violence aveugle, son pistolet H&K semblait bien léger.

Des gardes du *Serena* accoururent enfin avec des extincteurs. Grâce au blindage, la grenade n'avait causé de dégâts qu'à l'intérieur de la Toyota, probablement préparée par Maureen Kieffer. Malko s'éclipsa discrètement ; John Muffet devait déjà être au courant. Comme les gardes étaient des «Blackwater», ils n'entraient pas dans les statistiques de pertes militaires. C'était toujours ça de pris.

Il se dirigea vers le *lobby*, la gorge nouée. Il fallait, jusqu'à nouvel ordre, mentir à Hadji Habib Noorzai. Ce n'était pas la partie la plus agréable de sa mission et il n'était pas encore certain de s'y plier.

CHAPITRE VII

Ruhallah Saleh, le responsable du NDS [1], les services de renseignements du gouvernement Karzai, installé dans un petit building discret, en face du QG de l'ISAF, lisait attentivement le dernier rapport de ses agents consacré à l'affaire des otages américains.

Très vite après le kidnapping, il avait appris par des informateurs que les soi-disant humanitaires canadiens étaient en réalité des agents de la CIA, mais les Américains ne lui en avaient pas soufflé mot, laissant les Afghans complètement en dehors du coup parce qu'ils n'avaient aucune confiance en eux, considérant l'appareil afghan comme totalement gangrené. Du coup, Ruhallah Saleh avait reçu l'ordre de suivre l'affaire de près, afin de voir ce qu'il y avait à récolter... Le président Hamid Karzai avait chargé le NDS d'éliminer les taliban les plus durs, afin de faciliter une « réconciliation » avec les modérés pour sortir de l'impasse politique : Karzai avait échoué dans tous les domaines. Son gouvernement corrompu et faible ne tenait que par la grâce des Américains : le vieux roi, âgé de 94 ans, confiné dans son palais, luttait sans espoir contre la maladie d'Alzheimer. Il fallait donc

1. *National Department of Security.*

une victoire à porter au crédit du gouvernement afghan. Avant qu'il ne se fasse balayer, lors des prochaines élections.

Or, le mollah Dadullah Akhund, responsable de l'enlèvement des deux Américains, était l'un des éléments les plus radicaux de la mouvance taliban. Certaines informations prétendaient même qu'il avait supplanté le célèbre mollah Omar à la tête des taliban. Ce dernier, réfugié à Quetta, dans la zone tribale pakistanaise, aurait perdu une partie de son influence.

Seulement, le NDS avait un problème de « sources ». En effet, Ruhallah Saleh était un « Panchiri[1] », un des compagnons du célèbre commandant Massoud, de surcroît très jeune : il venait d'avoir trente-six ans. En plus, la moitié de ses agents étaient d'anciens du Khad, la sinistre police politique de Nadjibullah, le dictateur communiste pendu par les taliban en 1996. Il n'avait dans son service que peu de Pachtounes, ce qui rendait les opérations dans le sud très difficiles. Aussi comptait-il profiter de la négociation pour la libération des otages pour identifier quelques proches du mollah Dadullah Akhund et, ainsi, remonter jusqu'à lui.

Bien entendu, ses agents avaient suivi l'arrivée d'un chef de mission de la CIA, accueilli par le chef de station John Muffet et installé au *Serena*.

C'est lui qui l'intéressait et l'intriguait à la fois, car il était arrivé en compagnie de Hadji Habib Noorzai, qui n'était pas très bien vu des taliban.

Par contre, le fait que les négociations commencent à Kaboul lui facilitait les choses. Il risquait de débusquer quelques taliban non encore repérés.

Un de ses trois portables sonna : celui utilisé par ses proches collaborateurs pour le joindre rapidement. D'abord, il explosa de fureur : les agents chargés de surveiller l'agent de la CIA installé au *Serena* l'avaient

1. Originaire de la vallée du Panchir.

perdu ! Ça, c'était une très mauvaise nouvelle. La suite n'était pas meilleure. Revenus au *Serena*, ses deux agents avaient assisté au retour de leur « cible » dans un 4 × 4 américain et à un attentat commis par un gosse, à l'aide d'une grenade. On allait encore l'accuser de ne pas avoir démantelé les réseaux taliban en ville. Ceux-ci s'infiltraient de plus en plus dans Kaboul, utilisant des orphelins de guerre pour leurs attentats. Mais ce qui le mettait hors de lui, c'est que cet agent de la CIA, Malko Linge, avait peut-être déjà rencontré un représentant des taliban.

Pourvu qu'il y ait un second contact !

Le sort des otages ne l'empêchait pas de dormir.

Bien qu'opposé aux taliban, Ruhallah Saleh n'aimait pas les Américains. Il connaissait le compte des morts après chaque bombardement américain ou ISAF et savait que les deux tiers des prétendus taliban mis hors d'état de nuire étaient des civils, des femmes ou des enfants.

Hadji Habib Noorzai accueillit Malko avec chaleur, serrant sa main dans les siennes. Il semblait parfaitement détendu : les « Blackwater » avaient appris à Malko qu'il était rentré à cinq heures du matin, épuisé et visiblement satisfait. Assis dans un fauteuil, il finissait de prendre son petit déjeuner.

Malko s'assit en face de lui et ne perdit pas de temps. Il avait décidé de mettre tout de suite les choses au clair, en dépit de la promesse faite à John Muffet.

– *Haroye doctor Noorzai*, dit-il en utilisant la formule de politesse dari, je viens d'avoir un contact avec un responsable taliban.

L'Afghan posa sa tasse de thé, soudain concentré.

– Qui ?

– Qari Abdul Jawad.

– Il est à Kaboul ? Je le croyais mort. Il a combattu courageusement contre les *chouravis*. Que vous a-t-il dit ?

– Qu'il souhaitait vivement procéder à l'échange des deux otages américains.

– C'est une bonne nouvelle, approuva Habib Noorzai.

Pas la moindre trace d'ironie dans sa voix. Malko corrigea aussitôt :

– Peut-être pas. Ils veulent échanger ces deux otages contre vous.

– Contre moi ?

Il sembla sincèrement étonné, ses gros yeux globuleux fixés sur Malko avec une expression pleine de candeur.

Malko se vit obligé de mettre les points sur les i.

– *Haroye* Noorzai, en 2002, vous avez livré aux Américains le mollah Wakil Muttawakil, ancien ministre des Affaires étrangères du gouvernement taliban. L'homme que j'ai rencontré ce matin vous considère comme un traître. Et souhaite vous punir en conséquence.

Habib Noorzai se redressa avec une expression outragée.

– C'est une infamie ! Les Américains m'ont trompé. Ils m'avaient juré que le mollah Muttawakil repartirait libre. J'ai tout fait pour qu'ils ne l'arrêtent pas, mais ils n'ont pas tenu compte de mes protestations. Je suis prêt à m'en expliquer avec ceux des taliban qui me considèrent comme un traître.

– Êtes-vous prêt à vous livrer au mollah Dadullah ?

La colère apparente de l'Afghan retomba d'un coup.

– Les Américains ne m'ont pas parlé de cela, affirma-t-il, mais seulement d'utiliser mes relations pour négocier un accord. Ce que je compte faire. Évidemment, il y aura de l'argent à payer.

– Ce n'est pas qu'une question d'argent, insista

Malko. Les taliban vous veulent, *vous*. Et je pense que si les Américains vous ont fait venir ici, c'est pour que vous soyez échangé contre ces deux otages.

L'Afghan secoua la tête.

– Je n'arrive pas à y croire…

– Je pense, hélas, que c'est vrai, affirma Malko. Seulement, je ne suis pas américain et je ne fais pas le trafic d'êtres humains. Je vais donc faire un rapport après mon premier contact, pour que l'on vous renvoie aux États-Unis, où vous serez en sécurité.

Hadji Habib Noorzai se figea et lâcha d'une voix blanche :

– Je ne veux pas retourner en prison.

– Je ne vois pas comment vous pouvez faire autrement, objecta Malko. À la minute où je refuse cet échange honteux, les Américains vous remettront dans un avion. Les quatre gardes de sécurité qui ne vous lâchent pas sont là pour vous empêcher de leur fausser compagnie.

L'Afghan soupira.

– Décidément, si vous dites vrai, les Américains sont capables de tout ! En 2005, ils m'ont déjà attiré aux États-Unis par ruse. En jurant que je pourrais en repartir.

– Bien ! conclut Malko. Je pense que je vous ai tout dit.

Il se leva, mais le grand Afghan l'arrêta.

– Attendez !

Hadji Habib Noorzai avait changé de visage, la peur se lisait dans son regard sombre.

– Quoi ? demanda Malko.

– Il y a peut-être une solution, suggéra l'Afghan.

– Laquelle ?

– Continuez les négociations avec celui que vous avez rencontré. Faites-lui croire que l'échange va se faire, afin qu'ils ne touchent pas aux otages. Les taliban sont très divisés. J'ai un accès au mollah Omar qui

n'aime pas Dadullah. Je pense que je peux arriver à
faire libérer les otages. Sans risquer ma vie.

— Comment ? demanda Malko, sceptique.

— J'ai parlé hier soir à mon cousin Farid, qui se
trouve à Kandahar. Lui connaît beaucoup de taliban,
parce qu'ils se trouvent sur les terres de sa tribu. Il peut
sûrement parvenir à savoir où se trouvent les otages et
sous l'autorité de qui. Avec de l'argent, on arrivera à
les libérer. Sinon, on utilisera la force. Mon cousin
commande plusieurs centaines de *mudjahidin*.

Il semblait aussi sincère que convaincu. La solution
qu'il proposait n'était pas idiote, ni irréaliste.

— Bien, conclut Malko. Je vous donne quarante-huit
heures pour entamer quelque chose de sérieux, ici ou
à Kandahar.

Quand il se leva, l'Afghan l'étreignit comme un gros
ours qui se parfumerait à l'eau de Cologne.

— Nous allons y arriver, promit-il. Dans le Sud, mon
nom est toujours très respecté. Vous connaissez
l'importance des liens tribaux dans notre pays…

— C'est vrai, dut reconnaître Malko.

Fondamentalement, l'Afghanistan était toujours un
pays tribal, mais le mouvement taliban avait un peu
bouleversé les choses. De toute façon, il ne risquait rien
à tenter la solution Noorzai. Comme disait feu le président Mao : « Peu importe la couleur du chat,
du moment qu'il attrape la souris. » La CIA voulait
récupérer ses otages, peu lui importait comment.

— Vous savez qu'une opération en force est extrêmement dangereuse, souligna-t-il. Les taliban sont méfiants
et prêts à égorger les otages à la première alerte.

Hadji Habib Noorzai lui adressa un sourire qui
fleurait bon son Machiavel.

— On trouve toujours des traîtres, avec de l'argent,
assura-t-il. Même chez les taliban. Il suffit qu'il y ait
quelqu'un qui nous aide, de l'intérieur.

Voilà un homme qui connaissait la nature humaine.

D'ailleurs, la trahison était consubstantielle à l'âme pachtoune. L'Afghan l'embrassa trois fois avec une fougue touchante.

– Je me mets tout de suite au travail. On m'a apporté un portable et, désormais, je peux commencer. Je vous préviendrai quand nous serons prêts à partir à Kandahar. Vous savez, ajouta-t-il, je suis sensible au sort de vos otages : à New York j'étais dans une cellule de 4 mètres sur 3…

*
* *

Ron Lauder retenait ses larmes : ses pieds le brûlaient horriblement. Ils avaient été obligés de marcher pendant des heures dans le désert, sous un soleil de plomb. C'était son quatorzième transfert… Toujours dans des villages isolés au milieu de champs de pavot.

Ali, un jeune taleb qui ne le quittait pas depuis trois jours et parlait à peu près anglais, eut un geste apitoyé.

– Je vais vous donner quelque chose pour vos pieds ! dit-il.

Il sortit de sa poche une boîte d'onguent noirâtre et sentant le camphre dont l'Américain commença à se badigeonner la plante des pieds. Au bout d'un moment, la douleur s'atténua et il se laissa aller en arrière. Assis sur ses talons, Ali le contemplait un peu comme on observe au zoo un animal rare. Sans méchanceté.

– Tout va bien se passer ! dit-il tout à coup. Il paraît que vos amis sont très actifs.

L'Américain ne comptait plus les jours, se souvenant que certains otages, au Liban, étaient restés des années attachés dans une cave… En tout cas, désormais, Ali lui détachait les mains pour manger. Il est vrai qu'il était si faible qu'il n'aurait pas pu parcourir cent mètres en courant. C'était surtout la chaleur sèche qui diminuait à peine la nuit qui le minait. Au cours de ses transferts, lorsqu'il rencontrait un ruisseau, il se plongeait aussitôt dedans tout habillé…

— Votre œil va mieux ? demanda Ali.

Sous le pansement, plein de poussière et de terre, il y avait un carré de gaze sale humecté de collyre acheté Dieu sait où. L'œil était toujours rouge et enflé, presque fermé. Pourtant, Ron Lauder n'y pensait presque plus…

Ali se pencha soudain vers lui et dit d'un ton mystérieux :

— J'ai une bonne nouvelle pour vous.

Le pouls de Ron Lauder s'emballa.

— Je vais être libéré ?

Le jeune taleb se rembrunit.

— Non, non, pas encore, mais la femme vient d'être amenée ici.

— Suzie ?

— Je ne sais pas son nom. Elle est dans une autre grange, pas très loin.

Ron Lauder dissimula sa joie ; si on les réunissait à nouveau, c'était bon signe. Un échange était en cours. Ali le fixait, visiblement intrigué.

— Elle va bien ? demanda Ron Lauder.

— Elle pleure beaucoup et ne mange pas assez, répondit le jeune taleb. Elle devrait prier plus. Cela aide beaucoup.

— Je peux la voir ?

Le jeune homme secoua la tête.

— Non, c'est *haram*[1]. Ce n'est pas votre femme. Cela pourrait…

Il s'arrêta net et Ron Lauder l'encouragea.

— Qu'est-ce que vous voulez dire ?

— Cela pourrait vous éloigner de Dieu, souffla-t-il, gêné. Vous n'êtes pas marié. Vous aurez envie d'elle.

Ron Lauder secoua la tête.

_____

1. Péché.

– Mais non, c'est une amie, c'est tout.

– Vous ne faites pas l'amour ensemble ? demanda, étonné, le jeune Afghan. Pourtant, vous habitiez dans la même maison.

– Non.

Ali secoua la tête.

– On m'a appris, à la *madrasa*, que, chez les infidèles, presque toutes les femmes étaient des prostituées. Qu'elles se donnaient à tout le monde. Ici, on les lapiderait. J'ai une sœur : si elle allait avec un homme sans être sa femme, je l'égorgerais en pensant à Dieu… Mais elle ne le fera jamais, se rassura-t-il. Nous, les musulmans, avons droit à quatre femmes, seulement si nous pouvons bien les traiter. Et elles ne se disputent jamais.

Ron Lauder commençait à s'endormir.

– Vous pouvez la voir ? demanda-t-il, lui dire que je vais bien.

Ali secoua la tête.

– Non, c'est impossible. C'est *haram*. Je n'ai pas le droit de me rendre où elle se trouve.

– Elle est gardée par une femme ?

– Oui, la sœur d'un combattant.

– À elle, vous pouvez lui transmettre ce message ?

Ali se leva, hésita et laissa tomber :

– C'est l'heure de la prière : je vais demander conseil à Allah.

Ron Lauder ferma les yeux. Après cette conversation, la libération lui semblait tout proche.

Pourvu qu'il ne soit pas déçu.

*
* *

Maureen Kieffer était éblouissante dans un tailleur bleu à la jupe courte, un haut moulant ras du cou et des escarpins. Vision irréelle à Kaboul. Malko avait décommandé John Muffet. Cela lui éviterait quelques mensonges. En montant dans son 4 × 4, Malko remarqua la Kalach accrochée au-dessus du pare-brise.

– J'ai su ce qui est arrivé ce matin, dit la Sud-Africaine. Cela ne m'étonne pas : mes ouvriers me disent que les taliban infiltrent de plus en plus la ville. Le gosse de ce matin a dû vouloir venger ses parents écrabouillés dans un bombardement.

Elle partit en trombe, contournant la mosquée en construction.

– On va au *Bistro* ? demanda Malko.

Maureen Kieffer tourna vers lui un sourire carnassier.

– J'ai mieux. Une soirée chez les « Blackwater » où il y aura plein d'agents de la DEA. J'ai parlé avec l'un d'eux : il prétend qu'il peut vous aider...

– Comment ? demanda Malko surpris, tandis qu'elle se frayait un chemin à grands coups de klaxon.

– Il opère dans le Sud, avec des informateurs grassement payés. Ceux-ci savent beaucoup de choses. Ils pourraient vous mener jusqu'aux otages.

– Mais pourquoi ne parleraient ils pas à la CIA ?

Elle sourit.

– Ils vomissent la CIA. Ils veulent un deal *P to P*[1] avec vous. S'ils récupèrent vos otages, vous leur remettez Habib Noorzai...

---

1. Peer to peer : direct, sans intermédiaire.

CHAPITRE VIII

On se serait cru au zoo, tant il y avait de «bêtes».
Les «Blackwater», pour la plupart anciens Marines ou
FBI, étaient tous des montagnes de chair, entre cent et
cent trente kilos. Pas mal de Noirs. Même au repos,
l'étui de pistolet accroché à la hanche. La soirée se
tenait dans la cour d'un bâtiment blanc de trois étages,
leur QG à Kaboul. Pour y arriver, le 4×4 avait dû
franchir une demi-douzaine de check-points hérissés
de barbelés, gardés par des vigiles armés jusqu'aux
dents. Partout, des chicanes de blocs de ciment pour
arrêter les voitures piégées...

Le bâtiment était coincé entre l'hôtel *Ariana* et
l'ambassade américaine.

Maureen Kieffer avait été accueillie avec chaleur et
tous les «animaux» présents avaient tenu à la serrer
sur leur cœur. La madone du blindage.

Malko vit soudain surgir «Spiderman», torse nu,
une bière à la main, et faillit éclater de rire : à part le
visage, il était entièrement tatoué, comme le person-
nage-araignée du film ! Il leva sa bouteille de bière,
hilare.

– *Welcome !* Ici, il faut s'amuser quand on peut.
Vous avez vu, ce matin...

Un ange passa, des grenades accrochées sous les ailes.

Déjà, Maureen revenait, flanquée d'un moustachu, mince, une casquette DEA sur la tête, à qui elle présenta Malko.

— Bobby Gup, annonça-t-elle, le patron de la DEA à Kaboul.

L'Américain serra la main de Malko, vigoureusement, avec un sourire en coin.

— Alors, c'est vous qui nous avez piqué ce S.O.B.[1] de Noorzai...

Il souriait mais son regard était froid comme de la glace. Malko, après s'être versé un peu de vodka, rétorqua :

— Je ne vous l'ai pas piqué. La CIA me l'a remis pour qu'il m'aide a retrouver ces deux otages. Ce sont des Américains, comme vous.

Le sourire de Bobby Gup s'effaça. Il était sur un terrain glissant.

— *Sure !* admit-il. Et il faut les sortir de là. Mais cet enfoiré de Noorzai ne peut pas vous aider. Si les taliban le piquent...

Il eut un geste expressif, passant son pouce devant sa gorge.

— L'Agence m'a dit de l'utiliser, plaida Malko. Je vais le faire. À moins que vous n'ayez une meilleure idée.

C'était visiblement ce qu'attendait l'agent de la DEA. Il donna une légère tape dans le dos de Malko et désigna les plateaux qu'on venait de déposer sur les tables, garnis de saucisses et de *spareribs*. Un des rares endroits à Kaboul où on pouvait manger du porc.

— *Enjoy*[2] ! lança Bobby Gup. On se voit tout à l'heure.

1. *Son of a bitch :* fils de pute !
2. Bon appétit !

Il alla se frotter à un Noir gigantesque, deux pistolets dans la ceinture.

Maureen Kieffer était déjà en train de dévorer. Dans l'ombre, sa hanche frôla celle de Malko. Sa jupe était si ajustée qu'on pouvait voir la forme de sa culotte sous le tissu.

– Vous n'avez pas peur de vous faire violer, au milieu de tous ces hommes sans femme ? demanda Malko.

Elle lui jeta un regard furibond.

– C'est moi qui choisis les hommes avec qui je couche ! Et ces monstres ne m'excitent pas. En plus, la moitié sont des Noirs. J'ai l'impression d'être revenue dans mon pays.

Leurs regards se croisèrent et ce qu'il y lut l'encouragea. La Sud-Africaine avait fait son choix. Mais la proposition voilée de l'agent de la DEA l'intriguait.

– Que veut vraiment ce Bobby Gup ? demanda-t-il. Moi, je travaille pour la CIA, pas pour la DEA.

La jeune femme l'entraîna dans un coin encore plus sombre, loin des conversations.

– Ils veulent Noorzai, dit-elle à voix basse. Pour l'avoir, ils sont prêts à vous aider pour les otages.

– Noorzai ? Pour en faire quoi ?

Elle eut un rire joyeux.

– Il y a deux options : soit ils le rembarquent pour les États-Unis, soit ils s'arrangent pour qu'il ait un accident ici en Afghanistan. Mais cela suppose que les otages soient libérés, sinon vos amis de Langley iraient couiner partout qu'ils ont saboté leur libération. Faites attention ! Bobby est surnommé le « Smiling Cobra ».

Une brune, habillée plutôt sexy, dont les lèvres épaisses trop maquillées mangeaient tout le visage, piqua deux saucisses dans un plat et alla se mêler à un groupe d'agents de la DEA. Elle n'avait pas l'air américaine. Suivant le regard de Malko, Maureen lâcha, méprisante :

— C'est une des interprètes kirghizes de la DEA, importée du Khirghizstan. Il y en a une demi-douzaine, elles parlent russe, dari et un peu pachtou. Celle-là c'est la chef, Tatiana. Elle a des vues sur Bobby. Elle était serveuse au *Boccacio* et il l'a connue là-bas.. Les DEA ne parlent qu'anglais, les filles sont leurs poissons pilotes.

— C'est un job dangereux, remarqua Malko.

Maureen explosa de rire.

— Oui, elles risquent d'attraper le sida en sautant ces «Blackwater» ! Sinon, elles ont toutes un unique but : décrocher une «green card», ou mieux, un passeport américain en épousant un des DEA, qui sont tous mariés, évidemment. Tatiana est la maîtresse d'un «Blackwater» qui a un appartement à Dubai, tandis que bobonne est dans le Maryland et reçoit les chèques…

Une des Kirghizes s'approcha du buffet et lança un regard intéressé à Malko. Lui aussi était une cible.

La nuit tombait et il faisait délicieusement tiède. Une série de rafales éclata, pas très loin, et tout le monde se figea… Maureen remarqua :

— Chaque DEA a quatre «Blackwater» à cinq cents dollars par jour pour le protéger. C'est pour ça qu'ils s'aiment… Les plus courageux vont claquer un peu de leur fric au *Guest-House n° 1*, à côté de l'AFP, dans la Lane 1. C'est un bordel chinois. Les autres vont à Dubai se vider les couilles une fois par mois avec des putes égyptiennes ou russes. C'est plus cher mais plus sûr…

Toujours ce charmant langage de charretier.

On apporta une énorme assiette de saucisses, qui disparurent en quelques secondes. L'atmosphère se détendait, grâce à la bière. Les «Blackwater» s'amusaient, leur boîte vidée, à les broyer entre leurs doigts pour en faire une petite boule de métal dont ils

se bombardaient mutuellement... Maureen Kieffer
soupira.

– On ne va pas s'éterniser ! En plus, ici, c'est chaud.
Les taliban savent que c'est la tanière des «Blackwater». Ils viendront bien un jour avec un camion
piégé... Dès que vous aurez parlé à Bobby, on va au
Bistro.

Justement, le DEA s'approchait, l'éternelle boîte de
bière à la main. Mauren pinça le bras de Malko.

– O.K., je vous laisse faire vos saletés ensemble...

Elle s'éloigna vers le buffet, en balançant légèrement
ses belles hanches en amphore.

Bobby Gup souriait sous sa moustache noire. Il prit
Malko par le bras et l'entraîna à l'intérieur, dans une
petite pièce sombre, mal meublée, et ils s'installèrent
sur un canapé.

– O.K.! fit-il, j'ai une proposition à vous faire. *For
your eyes only*[1].

– C'est-à-dire ?

– Pas un mot à vos copains de Langley.

– C'est délicat.

Le DEA ôta sa casquette et accentua son sourire.

– Ce que vous voulez, ce sont les deux otages, non ?

– Exact.

– Vous avez carte blanche ?

– Exact, encore.

– Alors, voilà mon deal. Je vous trouve les otages
et vous me donnez Noorzai. Tout le monde et content.

– Sauf Noorzai, remarqua avec une pointe d'ironie
Malko.

L'Américain haussa les épaules.

– On lui rend service : chez nous, il sera logé et bien
nourri, jusqu'à la fin de ses jours. S'il reste ici, on le
découpera en morceaux après l'avoir égorgé comme un
mouton...

1. Totalement confidentielle.

– Si vous pouvez récupérer les otages, remarqua
Malko, pourquoi ne l'avez-vous pas déjà fait ? Ce sont
des Américains comme vous...

– Ce sont des enfoirés de CIA qui nous méprisent,
répliqua « Smiling Cobra ». On n'a pas de raison de
leur faire plaisir. Notre boulot, c'est de lutter contre la
drogue. La plupart des trafiquants sont aidés par des
gens de Langley pour leurs manip.

– Quelle est votre offre ?

L'Américain baissa la voix.

– Voilà, on a une opération en cours dans la région
de Kandahar. Je suis revenu de Miami pour la fina-
liser. J'ai un informateur de premier plan là-bas. Il a
localisé un très gros stock d'opium et de « précurseurs ». De quoi produire environ huit cents kilos
d'héroïne à 90 %. Vous voyez ce que cela vaut...

– Beaucoup d'argent, reconnut Malko.

– *Right.* Nous allons descendre à Kandahar pour terminer cette opération, continua l'Américain. Si ça
marche, je touche une très grosse prime.

– Alors, pourquoi voulez-vous la modifier ?

Le regard de Bobby Gup brilla.

– Parce que si je ramène Noorzai chez nous, on me
baise le cul. Je suis le roi du pétrole...

– Quelle est votre idée ?

– Mon informateur est aussi branché sur les taliban,
comme tout le monde là-bas. Un de ses cousins proches
est un « petit » commandant. L'idée est la suivante :
grâce à lui, on se branche sur la bande de mollah
Dadullah et on lui propose le deal suivant : l'opium
avec les « précurseurs » contre les deux otages. Dès que
vous avez les otages, vous me dites où est Noorzai et
on vient le coxer. Discrètement.

Malko demeura silencieux. Il s'attendait à tout,
sauf à cela ! Seulement, impossible de repousser la
proposition sans réfléchir.

– Ce doit être délicat à mettre sur pied ? objecta-t-il.

Bobby Gup éructa joyeusement.

– Évidemment ! Mais il paraît que vous êtes un type très malin.

– Merci, dit Malko.

Le flatteur vit toujours aux dépens du flatté… À première vue, c'était séduisant.

– Votre informateur parle anglais ?

– Très mal. Mais il y a Tatiana.

Il désignait la fille à la grosse bouche. L'interprète kirghize leur jeta un sourire humide.

– Je l'emmène à Kandahar, expliqua Bobby Gup, c'est elle qui prend mes contacts. Une fois sous une burqa, elle passe pour une locale. Elle parle dari, pachtou et anglais. Et elle est motivée.

– Et l'informateur ?

– Je lui ai promis deux mille dollars et une « green card ». Pour ce prix-là, il me filerait sa petite sœur.

Encore un qui avait une haute idée des Afghans… Voyant Malko hésiter, l'Américain insista :

– Le départ est prévu dans trois jours. Si vous acceptez, on prend tous l'avion ensemble pour Kandahar. Vous, avec Noorzai, et moi avec Tatiana. Elle fera le sherpa !

– Vous croyez que les taliban ne connaissent pas ce stock de drogue ? s'étonna Malko.

Bobby Gup eut un sourire rusé.

– C'est possible, mais il est hors d'atteinte pour eux. Il est sous la garde d'un officiel afghan. D'un très officiel…

– Qui ?

– Le frère d'Hamid Karzai, le président.

Un ange traversa la pièce, épouvanté, dans un silence de mort, tandis que le DEA enchaînait :

– Le stock se trouve chez le gouverneur de la province. Gardé par des soldats. Les taliban n'oseraient pas venir le chercher car il alerterait l'ISAF. Mais nous, nous pouvons nous en emparer. Ensuite, au lieu de le

brûler, on le refile à nos copains contre leurs otages.
La première partie de l'opération sera officielle. Il n'y
a plus qu'à trouver un endroit calme pour procéder à
l'échange. Quelque part dans le désert. On sécurisera
avec les gens des *Special Forces*. Discrètement, pour
ne pas mettre la vie des otages en danger.

— Et Noorzai ?

— Ce sera à vous de l'amener là où on pourra le
récupérer. Ensuite, chacun repartira de son côté.

Trois « Blackwater », bien imbibés, entrèrent dans la
pièce et Bobby Gup remit sa casquette, puis tendit une
carte à Malko.

— Vous m'appelez sous quarante-huit heures. Sinon,
je pars seul à Kandahar et je doute que votre voyou de
Noorzai vous fasse récupérer vos otages.

Malko le suivit des yeux. Il n'irradiait pas la
sympathie, mais on ne choisit pas toujours ses alliés.

À peine était-il dehors que Maureen surgit de
l'obscurité. Visiblement, elle avait abusé de la vodka.
Familièrement, elle passa son bras sous celui de Malko.

— On y va ?

Il n'avait plus rien à faire là-bas. Dans le 4 × 4 blindé
de la Sud-Africaine, il continua sa réflexion. Maureen
Kieffer fonça directement au *Bistro*, non loin de Chicken Street.. Un feu de bois brûlait sur une pelouse, en
face du restaurant, et ils s'installèrent là.

— Alors, demanda-t-elle, il vous a embobiné ?

Malko lui détailla l'offre du DEA et demanda :

— Ça vous paraît crédible ?

Elle hocha la tête.

— Tout à fait. Le frère d'Hamid Karzai est un des
plus grands trafiquants de drogue du pays. Le deal est
astucieux, mais, vous connaissez le proverbe allemand : « Pour dîner avec le Diable…

— … il faut une cuillère avec un très long manche ! »
compléta Malko. Vous pensez qu'il veut me doubler ?

— C'est un vicieux ! Il va chercher à récupérer les

otages, Noorzai et la drogue. Pour gagner sur tous les tableaux. Ou alors, juste Noorzai… Là, vous passez aux profits et pertes. Mais on ne pourra jamais rien prouver. Qu'est-ce que vous allez faire ?

– Réfléchir ! Je ne vais pas en parler tout de suite à la CIA, pour ne pas causer de drame. Mais si c'est jouable, pourquoi ne pas tenter le coup ?

Maureen se pencha vers lui et il sentit son parfum.

– Vous êtes gonflé, remarqua-t-elle. Si vous y allez, j'y vais aussi.

– Vous ? fit-il, surpris.

– J'ai une période calme en ce moment, avoua-t-elle, j'attends des kits de blindage. Ça me fera du bien de prendre l'air.

De l'air à 50 degrés dans un environnement pourri… Un garçon de près de deux mètres avait commencé à leur proposer le modeste menu de la maison. Ils optèrent pour le plus sûr : des côtes d'agneau à la purée avec du vin sud-africain, que Maureen remplaça par une bouteille de Taittinger apportée dans sa glacière ambulante. Elle aimait bien vivre. Malko leva la tête vers le ciel étoilé. Ce dîner en tête à tête était très romantique. Même si Maureen Kieffer avait posé sa Kalach sur l'herbe, à côté d'eux.

Le silence était absolu. Kaboul se couchait tôt. Malko essaya une dernière fois d'entamer sa tarte aux abricots, spécialité de la maison. Impossible : il aurait fallu une hache. Elle sortait directement du congélateur. Les Afghans des cuisines n'ayant jamais mangé de tarte de leur vie, ils étaient excusables. Maureen se leva d'un bond. Il commençait à faire frais.

– On va rentrer, proposa-t-elle, attrapant sa Kalach.

Son 4 × 4 blindé était le dernier dans la ruelle. Même la nuit, elle conduisait vite. Malko ne connaissait pas assez Kaboul pour voir où ils allaient. Surtout la nuit. Soudain, elle s'arrêta et il reconnut l'impasse de son *guest-house*.

– C'est plus sympa qu'au *Serena* ! dit-elle simplement. Si vous voulez rentrer, après, un chauffeur vous ramènera.

Ils s'installèrent dans un salon avec un grand écran plat, des tapis partout et un feu de bois. Aussitôt, Maureen se planta en face de Malko, provocante. Les pointes de ses seins se dessinaient sous son chemisier, malgré le soutien-gorge. La jeune Sud-Af suivit le regard de Malko et sourit.

– Ils vous plaisent ? dit-elle. Ne vous gênez pas.

Ses yeux pétillaient. Chacun de ses gestes était une invite. C'était on ne peut plus direct. À peine Malko eut-il posé la main sur sa poitrine que Maureen se colla à lui, sans ambages. Il sentait son bassin remuer doucement. Ils ne dirent rien tandis qu'il la caressait. La jeune femme respirait vite.

Elle s'écarta un peu, le temps de faire passer son haut par-dessus sa tête, révélant un soutien-gorge en dentelle blanche très féminin, qui découvrait presque la totalité des deux globes de chair.

Cette fois, c'est Malko qui prit l'initiative, glissant la main sous la jupe courte. Maureen écrasa sa bouche contre la sienne, heurtant ses dents, dardant une langue impérieuse et agile, encore pleine de bulles de champagne.

Puis elle s'écarta, le fixant avec un sourire provocant, hypersexy, avec son soutien-gorge de dentelle et sa jupe.

– Tu as envie de t'amuser ? lança-t-elle, adoptant pour la première fois le tutoiement.

– Pourquoi pas ? fit Malko, ne voyant pas trop ce qu'elle voulait dire.

– Déshabille-toi. Je vais te passer au Karcher… Inattendu.

Comme Malko ne bougeait pas, elle vint vers lui, commença par les boutons de sa chemise de voile, puis s'attaqua au pantalon d'alpaga… Lorsqu'il fut entièrement nu, elle le prit dans sa main et le masturba doucement, les yeux dans les siens, la lèvre supérieure un peu retroussée sur des dents éblouissantes. Elle ne s'écarta que lorsqu'elle jugea son érection satisfaisante.

– Ne bouge pas ! souffla-t-elle.

Elle ouvrit le réfrigérateur et en sortit une nouvelle bouteille de Taittinger. En un clin d'œil, elle eut fait sauter le bouchon, obturant aussitôt le goulot avec sa main. Puis elle secoua vigoureusement la bouteille, comme on le fait à l'arrivée des courses de Formule 1.

Ensuite, elle dirigea le goulot vers le ventre de Malko et un flot de champagne jaillit, inondant son ventre et son sexe dressé. Elle posa alors la bouteille et s'approcha de lui, s'agenouillant sur le tapis. D'abord, elle lécha le champagne sur son ventre, puis continua par le sexe, à petits coups de langue, comme un chat, finissant par l'engouler jusqu'au fond de son gosier.

Elle se releva, continuant à le « nettoyer », s'attardant sur sa poitrine.

– J'adore deux choses, dit-elle : le très bon champagne et sucer un homme qui bande. Maintenant, baise-moi. J'ai très envie !

Elle s'allongea sur le lit, les jambes ouvertes, exhibant sa culotte blanche. Malko n'eut qu'à l'écarter pour plonger dans un sexe brûlant.

Maureen bondissait sous lui, serrant les cuisses autour de ses hanches, poussant un cri à chacun de ses coups de reins, léchant encore la peau imbibée de Taittinger, chaque fois qu'elle le pouvait. Malko se répandit au fond de son ventre avec un cri sauvage. Dès qu'elle eut repris son souffle, la Sud-Africaine éclata d'un rire joyeux.

– Depuis que je t'ai vu hier soir, cela me démangeait dans le bassin. Tu avais l'air d'un bon coup…

– Merci, fit Malko, flatté.

– Oh, tu n'as pas de mérite, corrigea aussitôt la jeune femme, c'est un don de Dieu.

Vu sous cet angle religieux, c'était moins encourageant. Maureen se leva, alla chercher la bouteille et deux flûtes, les remplit et leva la sienne.

– À ton séjour en Afghanistan ! Si tu décides d'aller à Kandahar, j'irai avec toi. Sinon, tu n'as pas beaucoup de chances de revenir.

CHAPITRE IX

Étonné, Malko fixa la Sud-Africaine.

– Pourquoi dis-tu cela ?

Elle prit la bouteille de Taittinger Comtes de Champagne et se reversa du champagne avant de répondre.

– Il y a eu déjà plusieurs affaires d'otages en Afghanistan. Cela s'est souvent mal passé à cause des « parasitages ». Dans celle-ci, tu as affaire à un fou furieux, le mollah Dadullah, à un personnage trouble, Hadji Habib Noorzai, aux Afghans qui ne souhaitent pas forcément que cela se termine bien, et, en plus, la DEA veut s'en mêler. Ce sont les plus dangereux.

– Pourquoi ?

– L'histoire Noorzai les rend fous… Ils ont été désavoués ! C'est comme si on arrachait un quartier de viande de la gueule d'un tigre. Comme ils arrêtent rarement des *druglords*, ils tenaient beaucoup à Noorzai.

– Je comprends, répliqua Malko, mais s'ils le récupèrent, qu'est-ce que j'ai à craindre, en dehors des risques inhérents à ce genre d'opération ?

Maureen Kieffer eut un sourire ironique

– Jamais la DEA ne voudra qu'on sache comment cela s'est passé. Or, tu es le témoin n° 1. Ils sont obligés de t'éliminer. Ne serait-ce que pour tirer la couverture à eux. En plus, tu n'es même pas américain…

– Comment feraient-ils ?

Elle haussa les épaules.

– Ce ne sont pas les malfaisants qui manquent à Kandahar. On peut payer des tas de gens pour une liquidation et faire porter le chapeau aux taliban.

– Mais que peux-tu faire, toi ?

– Si je suis là, ils n'oseront pas certaines choses. (Elle ajouta en souriant :) Puis, je serai ton garde du corps… Je sais me servir d'une Kalach. Pour une fois que j'ai un coup de cœur.

Elle noyait le sérieux dans l'humour.

– Tu crois que je dois accepter l'offre de Bobby Gup ?

– Si tu peux récupérer les otages autrement, c'est préférable. Mais attention à Habib Noorzai. Il est grillé. Il va t'enfumer et, lui aussi, tenter de se débarrasser de toi…

C'était un comble : les Américains, sur ce coup, paraissaient plus dangereux que les taliban ! Comme si elle avait suivi sa pensée, Maureen ajouta :

– Si tu leur donnes Noorzai et de l'argent, les taliban seront corrects, j'en suis à peu près sûre.

– Merci de tes conseils, conclut Malko. Je vais être très prudent.

La jeune femme se pencha et l'embrassa.

– Reste ici, comme ça, ce connard d'Éric verra que je me suis fait baiser ce soir. Ça lui apprendra à se taper des Kirghizes…

* *
*

Hadji Habib Noorzai s'empiffrait posément dans la *breakfast room* du *Serena*. Malko, qui avait trouvé un message de l'Afghan en revenant de chez Maureen Kieffer, le rejoignit.

Le corpulent Afghan se pencha vers lui et souffla d'un ton mystérieux :

– J'ai un contact avec un proche du mollah Dadullah !

– Ici, à Kaboul ?

– *Baleh ! Baleh !* Il vient spécialement de Kandahar pour me rencontrer. Nous avons combattu les Russes ensemble.

Il se retourna vers la table où les quatre « Blackwater » le guettaient comme des chiens de garde et continua :

– Nous avons rendez-vous demain dans un restaurant. Cet homme est prêt à commencer la négociation.

– Avec vous ? ne put s'empêcher de demander Malko.

Un large sourire éclaira le beau visage de patricien d'Habib Noorzai.

– Bien sûr, en dépit de ce que vous a dit Qari Abdul Jawad, tous les taliban ne me veulent pas du mal. Ils savent que ma tribu est encore très puissante.

– Qu'allez-vous proposer à cet homme ?

L'Afghan baissa encore la voix.

– De l'argent. Il faut me dire jusqu'à combien vous pouvez aller. Bien entendu, cet homme prendra son bakchich. Donc, il poussera au succès de cette négociation.

– Combien ?

– Vingt pour cent.

Ce rendez-vous arrivait à pic. Toutes les affaires d'otages se terminaient par le versement d'une rançon. Donc, ce qu'évoquait l'Afghan était plausible. Il fallait coûte que coûte arracher les deux otages américains à leurs conditions de détention épouvantables. Pourtant, Malko ne pouvait pas foncer les yeux fermés.

– Où a lieu ce rendez-vous ? demanda-t-il.

Habib Noorzai lui offrit un sourire encore plus épanoui.

– Dans un restaurant, le *Kolban Arman*, à côté de Maidaneh Massoud.

Donc, dans le centre de Kaboul.

– Vous ne pouvez pas vous y rendre seul, souligna
Malko. J'y serai, ainsi que les autres agents de sécurité
qui vous protègent.

Habib Noorzai eut un geste impérial.

– Cela n'a aucune importance ! Simplement, je
vous demanderai de vous installer à une table à part.
Lorsque la discussion sera avancée, vous pourrez nous
rejoindre.

– À quelle heure ?

– Midi.

– Très bien, approuva Malko. Je fais un saut à
l'hôtel *Ariana* pour informer John Muffet et savoir
combien la CIA est prête à payer.

– *Inch'Allah*, à tout à l'heure, approuva Habib
Noorzai en se remettant à bâfrer.

La carcasse d'un 4 × 4, le capot plié, les portières
arrachées, trônait devant l'hôtel *Ariana*, sous le regard
indifférent des gardes de sécurité népalais qui assuraient la protection de l'ambassade américaine et de ses
dépendances. Deux d'entre eux encadrèrent Malko,
pourtant arrivé dans un véhicule de la CIA, dépêché au
Serena par John Muffet.

L'un d'eux appela ce dernier sur sa radio. On ne
pénétrait dans l'*Ariana* que si on venait vous chercher.

Le chef de station dégringola le perron quelques
minutes plus tard, le bouc en bataille, et « libéra »
Malko.

– C'est votre voiture ? demanda ce dernier en
désignant l'épave.

– *Hell no !* fit l'Américain, sans se dérider. Celle-ci
a sauté sur une IED hier, à l'entrée ouest de Kaboul.
Heureusement, il n'y a que des blessés graves.

Son bureau était tellement climatisé qu'on s'attendait à voir des stalagtites tomber du plafond. Des

agents de la CIA circulaient dans les couloirs, tous armés, bardés de badges multicolores, parfois engoncés dans un gilet pare-balles. À chaque étage, il y avait une pile de sacs de sable.

– Vous avez peur d'une attaque ? demanda Malko.

L'*Ariana* était pourtant une véritable forteresse, protégée par des merlons de béton, des chicanes, des barbelés, des miradors. Aucun véhicule civil ne pouvait s'en approcher à moins de trois cents mètres. Les sentinelles avaient ordre de tirer à vue... L'Américain soupira.

– Supposez que des malfaisants piquent un véhicule de chez nous, le bourrent d'explosifs, volent des uniformes et se présentent au check-point. Il y a une chance sur deux pour qu'on les laisse passer... Alors, quelles sont les nouvelles ?

– Habib Noorzai m'a fait ce matin une proposition, qui arrangerait tout le monde.

John Muffet l'écouta attentivement, griffonnant sur une feuille de papier, puis laissa tomber :

– C'est crédible. Évidemment, cela éviterait d'en venir à des extrémités désagréables. Les taliban ont besoin d'argent.

– On peut proposer combien ?

– Laissez-les venir. Le prix « normal » pour un otage varie entre cinq et dix millions de dollars. Moins, si c'est une femme.

Le machisme afghan avait finalement du bon.

– Donc, je lui donne le feu vert ?

– Oui, sous certaines conditions. D'abord, on ne le lâche pas d'une semelle. Ensuite, vous exigez de rencontrer son « contact ».

– Il me faudrait un interprète, avança Malko. Ce n'est pas certain qu'il parle anglais.

L'Américain fit la grimace.

– Le nôtre est H.S. Une diarrhée carabinée.

– C'est un Afghan ?

– Oui, mais on l'a importé de Chicago. Il n'est plus habitué à la bouffe d'ici. Faudra faire sans, dans un premier temps. Pourvu que ce ne soit pas bidon.. Nos toubibs ont examiné les photos remises par Qari Abdul Jawad. Ils sont inquiets pour les deux otages. Ils semblent très affaiblis. Il faut vraiment qu'on les sorte de là.

– Je m'y emploie fit Malko, en se levant. Croisez les doigts.

*
* *

Ron Lauder délirait, la bouche ouverte, la gorge desséchée. Sa diarrhée l'avait très affaibli et il n'arrivait pas à se réhydrater. Depuis deux jours, la température avait encore monté, atteignant probablement 50 °C. Cette chaleur écrasante accentuait encore les vapeurs d'opium qui se dégageaient des ballots entassés autour de lui. Il n'était pas maltraité mais son garde, Amin, avait été remplacé par un autre taleb, ne parlant pas un mot d'anglais. Impossible même de prendre des nouvelles de Suzie Foley, qui devait se trouver à quelques mètres de lui.

Son œil continuait à le faire souffrir horriblement et il n'arrivait pas à obtenir des antibiotiques. Accroupi sur ses talons, son nouveau garde le fixait d'un regard animal, sans méchanceté, mais sans rien d'humain non plus.

Comme si, enchaîné, affaibli, perdu, l'Américain avait une chance de s'évader !

Il commençait à se décourager, après la bouffée d'espoir suscitée par son « rapprochement » avec Suzie Foley. Soudain, son cœur battit plus vite. D'abord, il crut à une hallucination, puis le bruit augmenta : celui d'un ou plusieurs hélicoptères, volant assez bas…

Il crut que son cœur allait éclater. Et si c'étaient les

Special Forces qui venaient le chercher ? Le grondement augmentait. Il y avait plusieurs hélicoptères.

Un claquement lui fit tourner la tête.

Son geolier venait de bondir sur ses pieds et de faire monter une cartouche dans la chambre de sa Kalachnikov ! Tendu, il regardait le toit, comme s'il avait pu voir au travers. Ron Lauder avait l'impression que son cœur allait lui sortir par la bouche.

C'était trop beau.

Il lui semblait que les hélicoptères s'étaient immobilisés en vol stationnaire. Le fracas était assourdissant, il se retenait de sourire, de crier. Accroupi, le taleb guettait l'ouverture du local. Puis, le grondement commença à diminuer : les appareils s'éloignaient. Ron Lauder sentit des larmes lui monter aux yeux et se mit à sangloter convulsivement. Ses nerfs le lâchaient.

C'était idiot : tous les villages se ressemblaient, et sans un renseignement précis, aucune chance de le retrouver. Il se demanda comment Suzie Foley avait réagi. Son garde se tourna vers lui, avec un rictus haineux, il fit le geste de rafaler Ron Lauder, montrant ensuite le ciel.

L'Américain se dit qu'il n'avait aucune chance de survivre à une libération par la force. Il referma les yeux et se mit à prier, tentant d'oublier la douleur de ses chevilles à vif, à cause de ses chaînes.

Seule bonne nouvelle : sa diarrhée s'était arrêtée.

**

De jour, l'impasse où habitait Maureen Kieffer était encore plus minable. Si elle ne lui avait pas envoyé son 4 × 4, Malko n'aurait jamais trouvé. La CIA avait mis à sa disposition un véhicule blindé et des officiers de sécurité, mais il préférait ne pas s'en servir. Trop voyant.

Il traversa le jardin et gagna l'atelier de la Sud-Africaine. Celle-ci l'accueillit, en jean et marcel, un chalumeau à la main, des lunettes de soudeur sur le front. Elle posa son attirail et l'embrassa rapidement.

— Ici, il faut tout faire ! soupira-t-elle. Viens prendre un thé sous la véranda.

Même dans cette tenue, pas maquillée, en baskets, elle parvenait à rester sexy.

— Si j'avais su, je me serais faite belle pour toi, ironisa-t-elle.

— Je voudrais avoir ton avis ! dit Malko.

Il lui détailla la proposition d'Habib Noorzai. Maureen réfléchit quelques instants.

— Ça peut être pour gagner du temps ou ça peut être un vrai truc. Faut aller voir, comme au poker. Noorzai veut sauver sa peau, les taliban sont *greedy*[1], donc ce n'est pas impossible.

— Ils abandonneraient leur principale revendication ?

— Cela s'est déjà vu. Par exemple, on demande la libération d'un type précis. Pour X raisons, c'est impossible. Alors, on propose un cousin ou un parent proche. Généralement, cela passe, avec une compensation… Personne ne perd la face. Bien sûr, le mollah Dadullah a très envie d'égorger Habib Noorzai, mais une bonne piqûre de billets verts calmerait son envie. C'est un bon tranquillisant.

— Merci, dit Malko.

— J'aurais aimé te voir ce soir, mais je dîne avec un gros client : l'ambassade d'Allemagne. Ils veulent quinze Land Cruiser.

— On se verra demain soir, proposa Malko.

Maureen Kieffer se leva, avec un sourire.

— Je te jure que d'ici là, je me changerai.

*
* *

1. Avides.

En s'engageant sur Maidaneh Massoud, ornée en son centre d'un gigantesque portrait du chef tadjik assassiné, coiffé de son éternel *pacol*, Malko aperçut trois Toyota blanches Land Cruiser aux vitres fumées, arrêtées à la queue leu leu. Appuyé à un des véhicules, « Spiderman », le M 16 dans le creux du bras, scrutait toutes les voitures empruntant le rond-point.

– C'est là, annonça Habib Noorzai.

Il désignait un restaurant, au début de l'avenue Saraki, presque au coin de la place. Ils descendirent du 4 × 4 qui alla se garer un peu plus loin, tandis que les quatre « Blackwater » qui les escortaient leur emboîtaient le pas.

Le *Kolban Arman* n'était pas un restaurant pour touristes… D'ailleurs, il n'y avait pas de touristes à Kaboul. Décor très oriental, avec des tapis partout, des lanternes de cuivre ajouré, un fond de musique orientale. Le centre de la salle était occupé par des tables à l'européenne, où on mangeait avec couteau et fourchette. Tout autour, se trouvaient de petits box surélevés, garnis uniquement de tapis et de coussins, où on mangeait par terre, avec les doigts.

Dans un coin, bien calé sur ses coussins, un vieil Afghan à la barbe grise en désordre tirait sur un narguileh, les yeux clos, digérant son *chicken kebab*.

Pas une femme, pas un étranger, presque tous les box étaient occupés, mais il y avait de la place partout, au milieu. Habib Noorzai désigna à Malko un des box où se trouvait un homme en train de manger du *palau* avec ses doigts. Un Afghan banal, en *camiz-charouar*, barbu, avec un turban beige.

– C'est lui, l'envoyé du mollah Dadullah, soufflat-il. Installez-vous à une des tables au milieu. Je vous appellerai.

Malko se plaça en bout de table, présidant les quatre « Blackwater » harnachés comme des tanks.

Discrètement, sous les regards hostiles des autres clients, ils posèrent leurs M 16 sur le sol, ne gardant que les Beretta 92 à la ceinture et quelques poignards. Steve, le chef, lança à Malko :

– J'espère qu'ils ne vont pas vous empoisonner... Qu'est-ce qu'on bouffe ici ?

La question demeura sans réponse : le menu était en afghan... Mais Habib Noorzai avait pris soin d'eux : un garçon déposa devant eux des bols remplis d'un liquide verdâtre et épais, qui ressemblait à de la colle.

– C'est du *dal*, dit Malko pour les rassurer. De la soupe de lentilles.

Steve se lança le premier et faillit tout recracher, écarlate.

– Putain ! C'est du feu, bredouilla-t-il.

– Le *dal*, c'est toujours relevé.

La suite était plus classique : de l'excellent riz et du *chicken kebab*. Pas plus mauvais qu'ailleurs. Arrosé de Coca, cela faisait un excellent détergent.

Malko ne quittait pas des yeux le box où Habib Noorzai était plongé en grande conversation avec son taleb. Que se disaient-ils ?

Le micro de Steve grésilla.

– *Everything O.K.* ? demanda la voix à l'accent traînant de «Spiderman»

- *So far, so good*, répondit Steve.

Pourtant aussi à l'aise qu'un poisson hors de l'eau. Les quatre Américains avaient à peine touché à la nourriture. Malko regarda sa Breitling : presque une heure.

Habib Noorzai se leva soudain. Malko s'attendait à ce qu'il se dirige vers lui. Mais l'Afghan se contenta de lui adresser un sourire et se dirigea vers le fond de la salle, où il poussa une porte et disparut.

Allant vraisemblablement aux toilettes.

*
* *

Gholam Yussif, l'agent du NDS chargé de surveiller Habib Noorzai, rangea son portable après avoir averti son supérieur que le chef de tribu était en train de déjeuner avec un important propriétaire immobilier de Kaboul, un certain Saladdin Yaqub.

Ruhallah Saleh, le patron du NDS, avait ricané.

– Noorzai doit vouloir investir l'argent de la drogue dans le nouveau centre commercial que Yaqub finance.

Cela ne l'intéressait que modérément. Toutes les constructions neuves de Kaboul étaient financées par l'argent de l'héroïne. Gholam Yussif avait commandé un thé, faisant semblant de somnoler dans son box.

**

Habib Noorzai avait disparu depuis trois ou quatre minutes, c'était peu mais Malko éprouva soudain un curieux pressentiment. Il se leva et lança aux « Blackwater » :

– Restez là. Je reviens !

Il fonça vers la caisse et demanda au patron, en désignant la porte par où avait disparu Habib Noorzai :

– *Tachnul inja*[1] ?

L'autre hocha la tête de bas en haut, signe de dénégation et dit :

– *Ne*.

Malko fonçait déjà vers la porte. Il l'ouvrit à la volée, butant presque sur un petit escalier de bois qui descendait vers un couloir encombré de caisses vides. Aucune trace de l'Afghan.

Ivre de rage, Malko arracha le H&K de sa ceinture, fit monter une balle dans le canon et fonça dans le couloir, poussa une nouvelle porte. Celle-ci donnait sur une cour close d'un muret haut d'environ un mètre cinquante.

---

1. Les toilettes sont là ?

Toujours pas de Noorzai.

Malko traversa la cour en quelques enjambées et escalada le muret. Il venait de retomber à quatre pattes de l'autre côté lorsqu'une explosion assourdissante se produisit dans son dos. Protégé par le mur, il ne fut atteint que très partiellement par le souffle brûlant qui balaya l'espace autour de lui. Des débris divers passèrent au-dessus du mur, suivis d'un nuage de fumée noire, et le silence retomba. Il se releva, choqué, et regarda de l'autre côté du mur.

Le *Kolban Arman* brûlait comme une torche, avec des flammes de vingt mètres de haut. Des flammèches léchèrent la porte par laquelle il était sorti. À quelques secondes près, il serait resté dans le brasier. Pris d'une sainte fureur, des braises accrochées à ses vêtements, il s'apprêtait à retourner vers le restaurant lorsqu'il aperçut une vieille voiture verte qui arrivait à vive allure du fond de la voie en impasse longeant l'arrière du restaurant.

À travers le pare-brise fissuré, il distingua nettement la superbe barbe blanche d'Habib Noorzai.

CHAPITRE X

La voiture fonçait sur lui ! Au volant, se trouvait un jeune Afghan enturbanné. La fureur de Malko était telle qu'au lieu de faire un bond de côté, il leva son H&K vers le pare-brise du véhicule qui arrivait à toute vitesse et appuya sur la détente, visant le conducteur.

Paniqué, le jeune homme plongea sous le tableau de bord, lâchant le volant. Le projectile fit exploser le pare-brise déjà fendu, et la petite Lada verte alla s'écraser contre le mur du *Kolban Arman*. Quelques secondes s'écoulèrent, puis les deux portières s'ouvrirent et les deux occupants du véhicule en sortirent. Habib Noorzai, serrant dans sa main droite un téléphone portable. En voyant Malko, il le lâcha et détala en direction de la place Massoud, tandis que le chauffeur fonçait, lui, vers le fond de l'impasse.

Malko comprit instantanément que si Habib Noorzai arrivait à se perdre dans la foule, il ne pourrait pas tirer sur lui. Planté au milieu de l'impasse, il hurla :

– Noorzai ! *Stop or I kill you!*

L'Afghan se retourna, vit le pistolet braqué sur lui et comprit que Malko allait tirer. Il cessa de courir et revint vers lui à pas lents. Sans un regard pour le restaurant en train de brûler !

— Salaud ! Immonde salaud ! cria Malko. Je devrais vous tuer sur place

Il mourait d'envie de le faire. Habib Noorzai bredouilla :

— Non, non, ne me tuez pas ! Je n'ai rien fait. J'ai seulement voulu m'échapper… Je n'ai rien fait ! répéta-t-il.

— Et l'explosion ? hurla Malko.

— Ce n'est pas moi, sûrement les taliban, balbutia Noorzai d'une voix larmoyante. Ils veulent me tuer.

Malko écumait de rage.

— Je croyais que vous discutiez avec un de leurs envoyés ! Ils voulaient aussi le tuer ?

Le corpulent Afghan eut un geste d'impuissance.

— Je ne sais pas, ils l'ont peut-être sacrifié… Il faut me protéger !

Ça, c'était un comble !

La chaleur de l'incendie devenait insupportable. Toute la partie du restaurant située sur l'avenue Saraki flambait. Des sirènes se rapprochaient. Soudain, deux « Blackwater » casqués et harnachés surgirent dans l'impasse, venant de Maidaneh Massoud. L'un d'eux planta le canon de son M 16 dans le ventre de Habib Noorzai et hurla à se faire péter les poumons.

— Ordure ! *Motherfucker !* Tu as tué nos copains. Je vais te crever !

Malko n'eut que le temps de saisir l'extrémité de l'arme qui se mit à tressauter entre ses doigts, tandis que la rafale pulvérisait quelques pierres. Habib Noorzai tomba à genoux.

— Je n'ai rien fait ! répéta-t-il d'une voix geignarde.

Deux autres « Blackwater » surgirent, dont « Spiderman ».

— On le ramène à l'*Ariana*, ordonna Malko. Vous avez prévenu John Muffet ?

— *Yes, sir*, fit « Spiderman ».

— Il y a des morts au restaurant ?

Le visage de l'Américain s'assombrit.

– Personne n'est sorti. Il y a eu une explosion et il s'est embrasé d'un coup. On a essayé d'y aller mais on ne pouvait même pas approcher… Il y avait nos quatre gars à l'intérieur. Et pas mal d'autres clients..

– Emmenez-le ! répéta Malko, en désignant Habib Noorzai.

Houspillé, bourré de coups de crosse, l'Afghan partit vers la place Massoud. La circulation y était interrompue. Des pompiers s'affairaient, provoquant tout autour un monstrueux embouteillage, tentant d'éteindre l'incendie qui consumait ce qui restait du *Kolban Aman*. Malko regarda les flammes qui dévoraient la façade. Sans son intuition, il aurait grillé lui aussi à l'intérieur.

Les « Blackwater » enfournèrent Habib Noorzai dans une des Land Cruiser. L'un d'eux lui avait menotté les poignets dans le dos. Un autre s'approcha de lui, dégaina un énorme poignard dentelé et lui appuya la pointe sur le ventre.

– Si c'est toi, lança-t-il, je t'étripe vivant, salope !

– On va à l'*Ariana*, répéta Malko.

Poussé à coups de pied à l'intérieur du 4 × 4, Habib Noorzai se retrouva sur le plancher, bourré de coups de brodequin par les trois hommes installés à l'arrière. Le conducteur pleurait en conduisant, se frayant un chemin à grands coups de klaxon. Comme un automobiliste tombé en panne l'empêchait de passer, il descendit, pistolet au poing !

Malko intervint pour l'empêcher de le tuer sur place. Un policier afghan, terrifié par ces brutes d'un autre monde, aida à pousser le véhicule et la voie fut dégagée. Derrière eux, le panache de fumée s'élevait toujours vers le ciel. On n'entendait plus Habib Noorzai. Malko se dit soudain qu'il n'était pas au bout de sa mission.

**

— Dix-sept morts ! annonça John Muffet d'une voix blanche. Tous les clients y sont passés. Il n'y a que les cuisiniers qui ont pu se sauver. Le toit s'est effondré en quelques secondes. D'après la police afghane, il y avait un engin explosif de forte puissance dissimulé dans le plafond.

— Comment a-t-il été déclenché ?

— On n'en sait encore rien. Peut-être une minuterie. Ou avec un téléphone portable.

Malko revit soudain le portable que serrait dans son poing Habib Noorzai en s'enfuyant…

— Où est Noorzai ? demanda-t-il.

— Dans la pièce à côté, veillé par deux de nos *deputies*. Les «Blackwater» ont failli le lyncher.

Ils avaient des excuses…

Malko avait encore l'odeur du brûlé dans les narines. Il posa la question qui le taraudait :

— Vous croyez que ce sont les taliban ?

L'Américain haussa les épaules.

— Rien n'est impossible. Mais vous m'avez dit que Noorzai avait rendez-vous dans ce restaurant avec un taleb. Ils n'ont pas pour habitude de s'entretuer sans raison. Ou alors, c'était un kamikaze utilisé pour entraîner Noorzai avec lui dans la mort. J'ai demandé à mes homologues afghans d'enquêter.

— Dans ce cas, remarqua Malko, il ne l'aurait pas laissé quitter le restaurant.

Un ange passa, couvert de cendres. Il ne restait plus qu'une possibilité.

Le portable de Malko sonna. C'était Maureen Kieffer. Visiblement angoissée.

— Il y a eu un attentat, dit-elle. Tu n'as rien ?

Malko lui raconta ce qui venait de se passer.

— C'est cet enfoiré de Noorzai, dit-elle sans hésiter.

C'est bien un truc de Pachtoune. Pour eux, la vie humaine ne compte pas.

— On va voir, fit prudemment Malko.

On frappa à la porte et «Spiderman» pénétra dans le bureau, les yeux injectés de sang. Le métier des «Blackwater» était à haut risque et, en Irak, leurs pertes étaient très lourdes. Mais c'était la première fois qu'ils perdaient quatre hommes d'un coup en Afghanistan. En plus, dans un attentat où ils n'étaient pas directement visés.

«Spiderman» pointa un doigt vengeur en direction de John Muffet.

— Si c'est cet enfoiré de Noorzai, on va lui faire la peau et personne ne nous en empêchera...

Il ressortit en claquant la porte, juste comme le téléphone sonnait. John Muffet prit la communication, dit quelques mots, raccrocha et dit à Malko :

— Ruhallah Saleh, le patron du NDS, veut me voir. J'y vais.

— Moi, je vais me changer au *Serena*, dit Malko.

Malko était revenu à l'hôtel *Ariana* depuis dix minutes et prenait un café dans le bureau de John Muffet où l'avait escorté un de ses *deputies* lorsque le chef de station de la CIA réapparut.

Le visage à l'envers.

— C'est Noorzai qui a organisé l'attentat ! lança-t-il.

— Comment le sait-on ?

— Un des hommes de Saleh était dans le restaurant, pour surveiller Habib Noorzai. Il a appelé son patron quelques minutes avant l'explosion, après avoir identifié la personne avec qui Noorzai déjeunait. Un certain Saladdin Yaqub, un promoteur immobilier.

— Comment ! fit Malko, stupéfait, ce n'était pas un taleb ?

– Non, Ruhallah Saleh pense qu'il s'est servi de lui
pour faire croire à un rendez-vous « utile ». Afin de vous
fausser compagnie. Seulement, pour ce faire, il fallait
vous éliminer, vous et les quatre « Blackwater ».

– C'est incroyable ! dit Malko. Il a sciemment pro-
grammé la mort de tous les clients du restaurant.

John Muffet lui jeta un regard plein d'amertume.

– Attendez, ce n'est pas tout. Ils ont retrouvé
le conducteur de la voiture dans laquelle Noorzai
s'enfuyait. Un de ses lointains cousins. Et il a parlé !
Noorzai lui avait promis dix mille dollars pour organiser l'attentat et le recueillir ensuite. Quand vous les
avez interceptés, ils partaient prendre un bus pour
Kandahar…

– Mais il faut des professionnels pour organiser un
attentat pareil, objecta Malko.

L'Américain eut un sourire plein de commisération.

– Ici, même les bébés savent se servir d'explosifs.
D'après la police, il y avait une cinquantaine de kilos
de C.4. Et c'est le portable de Noorzai qui a déclenché
l'explosion. Il avait bien préparé son coup. À peine
dehors, il a déclenché l'explosion. De Kandahar, il
aurait probablement filé sur Quetta. À l'abri. Ruhallah
Saleh est fou furieux. Il veut qu'on lui livre Noorzai
pour le faire passer en jugement et le pendre.

L'avenir de Hadji Habib Noorzai s'assombrissait.
Les taliban voulaient l'égorger, la DEA le remettre en
prison, les « Blackwater » l'étriper vivant et la justice
afghane le pendre…

Malko s'en voulait à mort d'avoir cru à son conte de
fées. En dépit de son expérience, il était quand même
groggy. Habib Noorzai ne reculait devant rien. Tuer
dix-sept personnes pour s'échapper, il fallait le faire…
Il s'ébroua et demanda simplement :

– Qu'est-ce qu'on fait, maintenant ?

Il n'avait pas encore envie de parler de l'offre de la
DEA, tout aussi sulfureuse. À Kaboul, il était tombé

dans un bain d'horreur. À côté, Bagdad, c'était sain. Si les otages avaient su ce qui se passait...

John Muffet recula son siège, visiblement perplexe.

– Après ce qui s'est passé, vous avez toujours des scrupules à le livrer aux taliban ? Ce serait la meilleure solution.

Malko secoua la tête.

– Quand on commence à se conduire comme les salauds, on en devient vite un. Il n'y a que le premier pas qui coûte.

John Muffet ne releva pas, se contentant de dire :

– D'abord, on va voir ce *motherfucker*, conclut-il.

– Langley est au courant ?

– De l'attentat, oui, ainsi que de la tentative de fuite de Noorzai. Mais je ne leur ai pas encore parlé de sa responsabilité dans l'explosion. J'attendais des preuves.

Il appela sa secrétaire par l'interphone.

– Qu'on sorte Noorzai de sa cage !

Quelques minutes plus tard, la porte du bureau s'ouvrit brutalement sur Habib Noorzai, le visage en sang. L'Afghan fut projeté dans la pièce par celui qui se trouvait derrière lui, si violemment qu'il s'aplatit sur le tapis en face du bureau.

Un Noir gigantesque s'encadra dans la porte, un « Blackwater » gros comme une montagne qui annonça d'une belle voix de basse :

– Voilà le client, *sir* !

Il referma la porte avec une douceur inattendue. Habib Noorzai était en train de se relever. Il avait toujours les mains menottées dans le dos. Quand il fit face à Malko, celui-ci réprima un haut-le-cœur. On ne voyait plus les yeux de l'Afghan, remplacés par deux boules noirâtres, gonflées, des hématomes qui le transformaient en monstre.

Sa belle barbe blanche était raide de sang. Un large morceau de son cuir chevelu était à vif, les cheveux arrachés. Vraisemblablement un coup de crosse. Sa lèvre supérieure avait triplé de volume. Appuyé au bureau, il arriva à bredouiller quelques mots :

– Ils vont me tuer !

Puis il s'assit par terre et appuya sa tête contre le mur. Ainsi, il faisait pitié. Sauf si on se rappelait pourquoi il était dans cet état.

John Muffet se leva et vint s'accroupir en face de lui.

– *Mister* Noorzai, dit-il lentement, vous avez menti. Vous n'aviez pas rendez-vous avec un taleb, mais avec un certain Saladdin Yaqub, un promoteur immobilier. Il est mort lui aussi, comme les quatre gardes qui assuraient votre sécurité, et d'autres clients du restaurant.

L'Afghan demeura silencieux, respirant lourdement, avec un léger sifflement, puis il fit d'une voix faible :

– Oui, j'avais dit cela pour avoir une chance de m'échapper. Je ne voulais tuer personne. Je le jure sur Allah et sur le Prophète.

– Alors, qui a placé la bombe ?

– Les taliban sûrement. Ils veulent me tuer…

– Votre cousin a parlé, dit froidement le chef de station. La justice de votre pays veut vous pendre. Si nos amis «Blackwater» ne vous déchiquètent pas avant, quand je leur aurais dit la vérité…

Habib Noorzai poussa un gémissement déchirant, roula sur lui-même pour venir se frotter comme un chien aux jambes du chef de station de la CIA.

– Non, supplia-t-il, ils vont me démembrer vivant !

– Alors, dites-moi la vérité.

Habib Noorzai caressa de la langue sa lèvre monstrueusement enflée et dit d'une voix presque imperceptible :

– Ce sont mes cousins. Ils m'avaient dit qu'ils mettaient une toute petite bombe… Juste pour faire du bruit et faciliter ma fuite. Je regrette, je paierai le prix du sang, c'est la coutume. Beaucoup d'argent…

– Une toute petite bombe ! fit pensivement John Muffet.

Sans crier gare, il expédia un violent coup de pied dans les côtes de l'Afghan, qui se mit à couiner comme un rat blessé. On sentait qu'il l'aurait massacré sur place. Le laissant tassé par terre, il regagna son bureau et sonna.

Trente secondes plus tard, le gigantesque Noir s'encadra dans la porte, se pourléchant déjà les babines.

– Mettez-le dans le bureau de ma secrétaire, ordonna l'Américain. Mais n'y touchez pas. On a encore besoin de lui.

– O.K., *sir*, on attendra, conclut le Noir.

Il n'eut même pas à s'approcher d'Habib Noorzai. Celui-ci était déjà debout... Le «Blackwater» le poussa du canon de son M 16 et ils sortirent de la pièce.

Malko se tourna vers John Muffet qui, le visage sombre, avait allumé un cigarillo.

– Ce fumier mérite de griller sur la chaise électrique à petit feu ! lâcha l'Américain. Si je le laisse aux «Blackwater», il est mort ce soir. Et pas d'une façon agréable...

– Il y a une question très simple, résuma Malko. Pouvons-nous nous passer de lui pour récupérer les otages ?

John Muffet demeura silencieux d'interminables secondes, avant d'avouer :

– Je ne sais pas. Les taliban pensent qu'on va le leur livrer, ce qui nous donne un peu de répit. On doit en profiter pour mettre en œuvre tout ce qui est possible. Il avait prétendu que son cousin Farid pouvait trouver leur lieu de détention. J'y croyais. Désormais, avec ce qui s'est passé ce matin... De toute façon, ce type mérite cent fois la mort ! Il a fait tuer de sang-froid une vingtaine de personnes, juste pour filer tranquillement. Je ne vois aucun inconvénient à le livrer aux taliban.

– C'est une solution déplaisante, remarqua Malko, utilisant une litote.

Toute son éthique se hérissait devant cette hypothèse. Certes, Habib Noorzai ne méritait aucune pitié. Mais, dans la vie, quand on commence à se conduire comme ses adversaires, on perd très vite son âme. Et on n'en a qu'une.

Un ange entra par le climatiseur et tourna longtemps en rond au-dessus des deux hommes plongés dans leurs réflexions respectives.

C'est Malko qui rompit le silence.

– J'ai rencontré un agent de la DEA, qui m'a fait une proposition concernant Noorzai. Un certain Bobby Gup.

John Muffet sauta littéralement au plafond.

– « Smiling Cobra » ! Cet enculé, vous le connaissez ?

Malko lui expliqua les circonstances de leur rencontre, grâce à Maureen Kieffer, et conclut :

– Sa solution est tout aussi tordue, mais on ne peut pas l'écarter d'emblée, au point où nous en sommes.

– Il va vous baiser ! fit sombrement John Muffet. Il n'y a que cela qui le fait bander : enculer ses meilleurs amis. Je pourrais vous en parler pendant des heures…

– Je prends le risque, dit Malko. Sauf si vous avez une solution militaire crédible.

L'Américain soupira :

– Il y a deux cents mecs des *Special Forces* à Kandahar qui sont prêts à raser tous les villages de la région. Mais vous savez et je sais qu'on ne trouvera que deux cadavres.

– Je suis d'accord, dit Malko, alors tentons le coup avec Bobby Gup.

– Je préfère encore Noorzai et son cousin ! Non, on va revoir cet enfoiré et tenter de savoir si l'histoire du cousin Farid tient debout.

Il donna les instructions à sa secrétaire et, quelques

instants plus tard, Habib Noorzai fut poussé dans le bureau par le mercenaire noir. John Muffet l'apostropha aussitôt.

– *Mister* Noorzai, on va vous donner une dernière chance. Si vous la laissez passer, vous aurez le choix entre vos amis taliban et nos amis, les « Blackwater ».

Habib Noorzai se courba un peu plus et gémit d'une voix larmoyante.

– Je vous jure sur le Coran, mon cousin m'avait parlé d'une toute petite bombe. Je ne voulais de mal à personne.

Sentant qu'il en faisait trop, il se redressa et dit d'une voix plus ferme :

– C'est vrai, c'est ma responsabilité, je le reconnais…

Avec ses lèvres ouvertes et gonflées, il avait du mal à parler et son apparence était plutôt repoussante.

– Vous m'aviez dit que votre cousin Farid pouvait découvrir où se trouvaient les otages, attaqua Malko. Cela faisait partie de votre plan pour nous endormir ou c'était vrai ?

– Je le jure sur le Coran, c'était vrai ! s'exclama l'Afghan, la main sur le cœur. *Inch'Allah*, c'est toujours possible, mais il faut aller à Kandahar.

Malko et John Muffet échangèrent un regard et l'Américain lança à Habib Noorzai :

– On va réfléchir.

Il sonna et le Noir gigantesque réapparut.

– Attachez-le à un radiateur dans le bureau de ma secrétaire, ordonna John Muffet. Et ne le frappez plus.

– *Yes, sir*, répondit d'une voix sonore le « Blackwater ».

Il s'arrangea quand même pour cogner la tête d'Habib Noorzai contre le mur, en lui murmurant quelque chose à l'oreille. L'Afghan se retourna, visiblement terrifié.

– Il a dit qu'il viendrait cette nuit me crever les yeux…, couina-t-il.

– C'est juste des mots, assura le chef de station de la CIA.

Restés seuls, les deux hommes se regardèrent.

– Dans le Sud, les tribus sont encore influentes, remarqua l'Américain. Ça peut ne pas être du vent.

On frappa à la porte et la secrétaire déposa un télégramme sur le bureau de l'Américain. John Muffet le parcourut et poussa une exclamation.

– *Jesus Christ!* Ça vient de Langley. Ils exigent de faire passer un test de *lie-detector*[1] à Noorzai, à propos de cet attentat. S'il échoue, ils veulent qu'on le remette à la DEA. L'Agence ne peut pas utiliser un criminel. Ils nous envoient un spécialiste de l'antenne du FBI d'ici.

– Ils sont fous! explosa Malko. Et le sort des otages?

– C'est l'Administration! La main droite ignore ce que fait la main gauche…

– C'est foutu! conclut Malko. Autant le remettre dans l'avion pour New York tout de suite. On ne peut pas «oublier» ce test?

– *No way*[2]. Je suis obligé de me plier à cette connerie. Je sais bien qu'il ne va pas le réussir. Il est coupable. Jusqu'à l'os.

Malko se sentit pris de vertige La mission facile promise par Frank Capistrano devenait un cauchemar. Chaque fois qu'il avait l'impression de faire un pas en avant, il reculait de deux.

– Il n'y a plus qu'à prier le Diable pour qu'il inspire ce *motherfucker*, conclut John Muffet. Sinon, on n'a pas beaucoup de chances de revoir nos otages vivants.

1. Détecteur de mensonge.
2. Pas question.

CHAPITRE XI

Affalé dans un fauteuil, des électrodes sur la poitrine et sur ses carotides afin de mesurer sa pression artérielle, Habib Noorzai contemplait d'un air buté le *lie-detector* posé sur une table basse devant lui.

On l'avait installé dans le bureau de John Muffet, en compagnie du technicien du FBI, dépêché par l'ambassade à neuf heures pile. Seuls, le chef de station de la CIA et Malko assistaient à l'interrogatoire.

Découragés d'avance..

L'homme du FBI sortit une liste de questions de son porte-documents, établie en collaboration avec la police afghane.

– Première question, dit-il : avez-vous tenté d'échapper à la surveillance de vos gardes de sécurité durant le déjeuner au restaurant *Kolban Arman* ?

– Oui, répondit sans hésiter Habib Noorzai.

Impassible, le technicien du FBI continua :

– Saviez-vous qu'une bombe allait faire sauter le restaurant où vous vous trouviez ?

L'Afghan émit un « non » placide.

– Aviez vous des complices dans votre tentative de fuite ?

– Non.

– Aviez-vous une idée des instigateurs de cet attentat ?

– Non.

– Vous êtes parti quelques instants avant la déflagration. Est-ce une coïncidence ?

– Oui..

– Vous niez donc avoir la moindre responsabilité dans cet attentat ?

– Oui.

– Déplorez-vous la mort des victimes ?

– Oui.

Le technicien du FBI se tourna vers John Muffet.

– *Sir*, avez-vous d'autres questions ?

Le chef de station secoua la tête.

– Non, je crois que vous avez fait le tour du problème. Votre conviction doit être faite, ajouta-t-il, sans illusion.

– Tout à fait, *sir*, confirma l'homme du FBI en extrayant la bande d'enregistrement des variations de la pression artérielle de Habib Noorzai. Cet homme est innocent..

John Muffet faillit en tomber de sa chaise.

– Innocent ! s'exclama-t-il. Mais c'est impossible. Nous avons…

– L'enregistrement est formel, *sir*, à aucune question, le suspect n'a modifié sa tension artérielle.

Oubliant les otages, John Muffet éructa :

– Votre putain d'appareil déconne ! Je sais qu'il est coupable.

Vexé, le technicien du FBI se cabra.

– *Sir*, insista-t-il, ce *lie-detector* est infaillible. Nous l'avons utilisé des centaines de fois aux États-Unis et il a évité de nombreuses erreurs judiciaires. Ce modèle est le plus sensible en service. Cet homme est innocent du crime dont on le soupçonne et je vais rédiger mon rapport dans ce sens.

Habib Noorzai, les mains croisées sur son embonpoint, semblait dormir, paisible comme un bouddah. Le technicien le débarrassa des électrodes, referma sa valise et sortit du bureau, humilié et vexé.

Dans un état second, John Muffet sonna pour qu'on évacue Habib Noorzai du bureau. Lorsqu'il fut seul avec Malko, il explosa.

– C'est fou ! Il a lui-même avoué ! Il a dû acheter ce type, ce n'est pas possible.

– On a vu le même phénomène au Vietnam, expliqua Malko. Cet appareil a été conçu pour interroger des Américains bons citoyens, respectueux des lois, installés dans une société où le mensonge est un crime abominable. Ce n'est pas le cas du reste du monde. Au Vietnam, comme en Afghanistan, les gens mentent comme ils respirent et n'ont aucune sensibilité. De toute façon, ce diagnostic nous arrange : on peut continuer à utiliser officiellement Habib Noorzai.

John Muffet hocha la tête.

– Ce « S.O.B. » étranglerait sa mère et le *lie-detector* ne verrait que du feu…

– C'est probable, confirma Malko.

John Muffet le fixa, abasourdi.

– Vous êtes prêt à vous embarquer avec ce fumier qui tue vingt personnes sans bouger un cil…

Malko eut un geste fataliste.

– On n'a pas le choix. C'est lui ou « Smiling Cobra ». Un homme prévenu en vaut deux. On m'a demandé de sauver ces deux otages. Je ferai tout ce qui est en mon pouvoir pour y arriver. Même en prenant quelques risques… Combien faut-il de temps pour qu'il soit présentable ?

– Deux jours, je pense.

– O.K. Prévoyez un vol pour Kandahar après-demain. Ne le lui dites pas tout de suite, qu'il marine un peu. J'emmènerai Maureen Kieffer, elle est de bon conseil. Et elle connaît le pays.

– Elle a aussi un cul d'enfer, grommela John Muffet, dont les valeurs venaient de s'effondrer.

Malko ne releva pas, repensant aux paroles de Frank Capistrano : « *A nice job.* » Ou c'était de l'humour noir ou le *Special Advisor* de la Maison Blanche ne connaissait pas l'Afghanistan. Pendant qu'il réfléchissait, son portable counia : un texto. Il le découvrit en l'ouvrant. Bref.

« Soyez dans Salang Road, devant les *National Archives* à deux heures. Seul. »

– Les taliban se réveillent, constata Mako. Je vais me rendre à ce rendez-vous.

– Vous ne voulez pas d'escorte ?

– Non, je ne crois pas prendre de risques.

*
* *

Salang Road, une des plus longues artères de Kaboul, montait en pente douce vers les montagnes qu'on semblait pouvoir toucher de la main. La route du nord et du tunnel de Salang menant à la frontière de l'Ouzbekistan. Poussiéreuse, encombrée de véhicules divers, de marchands, elle était typique de Kaboul. Ses bas-côtés étaient couverts de containers aménagés en boutiques, ou même en domiciles. Cela servait à tout.

Malko s'était planté en face du petit bâtiment marron des *National Archives* et avalait stoïquement de la poussière depuis une demi-heure. Sans escorte. Il avait quand même gardé son Heckler & Koch, dissimulé sous sa chemise, dans sa ceinture. De toute façon, tout le monde était armé en Afghanistan… Ça pétaradait de tous les côtés. Le fracas était assourdissant, entre les bus bourrés, les rares camions pakistanais peinturlurés et les innombrables taxis jaunes en piteux état.

C'est l'un d'eux qui s'arrêta en face de Malko. À l'arrière, il reconnut le jeune homme qui l'avait mené à son premier rendez-vous. Ce dernier lui fit signe et il se glissa dans le taxi qui redémarra aussitôt, tournant dans un chemin totalement défoncé où des gens accroupis sur le sol vendaient des oiseaux dans des cages.

– *Salam aleykoum*, fit poliment le jeune homme, en tirant un foulard blanc de sa poche. Qari Abdul Jawad veut vous rencontrer à nouveau.

Malko se laissa docilement bander les yeux. Après une vingtaine de minutes de cahots, ils stoppèrent brutalement.

Même scénario. Guidé comme un aveugle, Malko trébucha sur des marches en ciment, sentit une odeur de rose, puis entra dans une pièce qui sentait la poussière. Décor identique. Le thé était déjà sur la table. Qari Abdul Jawad arriva, pieds nus, souriant, cette fois sans turban, uniquement coiffé d'une calotte blanche. Ils devenaient intimes… Comme la première fois, il prit la main de Malko dans les siennes et posa une question d'un ton suave.

– Votre séjour à Kaboul se passe-t-il bien ? traduisit le jeune homme, toujours aussi onctueux.

– À peu près, prétendit Malko.

Qari Abdul Jawad ne broncha pas mais lâcha une longue phrase en pachtou.

– Vous avez, paraît-il, échappé à un attentat, traduisit le jeune homme. Nous n'y sommes pour rien, bien entendu, car nous souhaitons une issue pacifique à notre problème.

Malko ne put s'empêcher de demander :

– Vous savez qui en est responsable ?

Qari Abdul Jawad s'anima et le jeune homme eut du mal à traduire tant il parlait vite.

– C'est Habib Noorzai qui l'a organisé avec des membres de sa tribu. Nous le savons par nos amis de la police. Cet homme est un criminel, il mérite d'être pendu.

Malko eut envie de parler du *lie-detector*, mais se dit

que ses interlocuteurs ne seraient pas accessibles à ce
genre d'humour. Il préféra ne pas répondre. Qari Abdul
Jawad reprit son discours en grattant son pied nu.

— Nos frères du Sud sont inquiets, récita le jeune
homme. Cette opération prend beaucoup de retard.
C'est regettable. En plus, nous avons l'impression que
vous cherchez une autre solution.

Malko sentit le sang se retirer de ses veines.

— Que voulez-vous dire ?

— Le village où se trouvent nos « hôtes » a été sur-
volé par des hélicoptères britanniques, précisa le taleb.
Nos frères ont eu l'impression qu'ils allaient attaquer.

— C'était une fausse impression, affirma Malko.
Une simple coïncidence.

Pourvu que les Américains n'aient pas tenté un coup
tordu derrière son dos… Qari Abdul Jawad continua de
la même voix monocorde en pachtou, puis sortit des
plis de sa robe une photo qu'il tendit à Malko

Celui-ci l'examina et sentit son cœur s'emballer :
elle représentait Ron Lauder, debout, l'œil gauche dissimulé sous un bandage, le torse ceint d'une ceinture
d'explosifs retenue par des bretelles !

— Qu'est-ce que cela veut dire ? demanda-t-il d'une
voix blanche.

Le jeune homme traduisit au fur et à mesure les
propos de Qari Abdul Jawad.

— Le commandant Dadullah, que Dieu le protège
jusqu'à la fin des temps, est très en colère. Il voulait
égorger ces deux infidèles comme des agneaux et l'aurait fait sans l'intervention de Qari Abdul Jawad.

— Je l'en remercie, dit Malko, la bouche sèche.

Le jeune homme continua.

— Mollah Dadullah a prévenu que si des hélicoptères
survolent encore le lieu où se trouvent ces deux infidèles, il les fera égorger.

Malko sursauta.

– Mais, fit-il remarquer, personne ne sait où ils sont ! Comment éviter un survol accidentel ?

Qari Abdul Jawad trancha d'une voix ferme :

– Si vous voulez les revoir vivants, aucun hélicoptère ne doit plus survoler la province de Hilmand. Sinon, ils iront au paradis.

– Je vais transmettre, promit Malko, en empochant l'abominable photo.

La réunion semblait terminée, lorsque Qari Abdul Jawad prononça quelques mots dans sa barbe.

– Qari Abdul Jawad voudrait une preuve de votre bonne volonté, traduisit le jeune homme, afin de le rassurer sur vos intentions. Il n'a pas confiance dans les infidèles qui trahissent souvent leurs promesses.

– Bien sûr ! approuva Malko en plongeant les lèvres dans son thé. Que voulez-vous ?

Le jeune homme murmura un seul mot, si bas que Malko crut avoir mal saisi. Il le fit répéter.

– Une oreille, répéta de sa voix suave le jeune taleb.

Malko crut avoir affaire à un code.

– Que voulez-vous dire ?

Devant son air abasourdi, Qari Abdul Jawad éclata d'un bon rire et toucha sa propre oreille, lançant un seul mot :

– *Gogh*[1].

– Une oreille, confirma le jeune taleb. Pas la vôtre, bien sûr, mais celle d'Habib Noorzai. N'importe laquelle, précisa-t-il, grand seigneur...

On était revenu au Moyen Âge. Malko, horrifié protesta.

– Mais c'est impossible, voyons !

Les deux Afghans le fixèrent avec un étonnement feint.

– Impossible ? Non, c'est très facile de trancher une oreille. Il suffit d'avoir un poignard aiguisé. Les

1. Oreille, en pachtou.

chouravis s'amusaient à couper celles de nos frères *mudjahidin* pour les vendre en Russie.

C'était, hélas, vrai et cette tradition s'était poursuivie en Tchétchénie.

— Ce n'est pas sérieux, protesta Malko. On ne peut pas mutiler Habib Noorzai.

— Pourquoi ? demanda le jeune taleb. Puisqu'il va mourir de toute façon.

Évidemment, la réponse était difficile. Au fond, se dit Malko, ils demandaient juste une petite avance sur la livraison de Habib Noorzai, destiné à être égorgé comme un agneau. Qu'il lui manque une oreille n'avait pas grande importance. C'était d'une logique implacable.

— C'est impossible, conclut Malko d'une voix ferme. Ce n'est pas dans notre négociation.

Qari Abdul Jawad prit l'air désolé et le jeune homme traduisit son désarroi.

— Dans ce cas, nos frères du Hilmand seront obligés de trancher une oreille à leur prisonnier. Nous ne toucherons pas à la femme, parce que nous respectons les femmes.

De nouveau, Malko sentit son sang se glacer. Visiblement, son interlocuteur était parfaitement sérieux. On passait d'une horreur à l'autre. Et quel raisonnement opposer à ces fous furieux ?

Qari Abdul Jawad enchaîna et le jeune taleb traduisit de sa voix douce :

— C'est simplement pour vous signifier que nous désirons que cette affaire se termine rapidement.

— Nous pouvons vous donner de l'argent, proposa Malko, sans aucune condition...

Qari Abdul Jawad secoua la tête. Il ne voulait pas d'argent. Il voulait une oreille de leur ennemi. Question de principe. Malko ne savait plus comment se sortir de cette situation de folie. Avec eux, il fallait faire attention à ce qu'on promettait. Ce n'étaient pas des plaisantins… Le silence se prolongeait. Qari Abdul Jawad se leva et lança une phrase brève.

– C'est l'heure de la prière, dit le jeune taleb. Qari Abdul Jawad veut demander à Dieu son inspiration.

Une oreille, ou deux ? Lorsqu'il fut sorti, Malko lança au jeune homme :

– Ce n'est pas sérieux…

– Si, reconnut-il. Le mollah Dadullah est un homme très dur. Il a perdu une jambe dans la guerre contre les *chouravis*. Il sait ce qu'est la souffrance. Il craint que l'on se moque de lui.

Malko allait affirmer que telle n'était pas son intention lorsqu'une rafale d'arme automatique claqua à l'extérieur. Le jeune taleb sauta sur ses pieds, fouilla dans ses hardes et brandit un énorme pistolet.

– Vous nous avez trahis, glapit-il. Ce sont les Américains. Vous allez mourir !

Malko vit le trou noir du canon, à dix centimètres de ses yeux, et se dit qu'effectivement, il allait mourir.

CHAPITRE XII

Malko s'efforça de demeurer impassible, fixant, au-delà du canon, le regard affolé du jeune taleb. En flou, il voyait son index crispé sur la détente déjà à moitié enfoncée. Il n'était pas loin de l'éternité.

– Calmez-vous, dit-il, je n'ai rien dit à personne. Je suis ici pour récupérer nos otages, rien d'autre.

Le jeune homme sembla se dégonfler d'un coup, regarda la porte, cria quelque chose, sans obtenir de réponse. Malko n'essaya même pas d'attraper son H&K. L'autre aurait dix fois le temps de le tuer.

– Je ne sais pas cc qui se passe, insista-t-il, allons voir !

Du coup, le jeune taleb se retourna à la vitesse d'un cobra, le menaçant de nouveau.

– Ne bougez pas. Vous voulez vous sauver !

Malko n'eut pas le temps de répondre : une violente fusillade venait d'éclater à nouveau à l'extérieur. Instinctivement, le jeune homme se baissa.

La maison était prise d'assaut, mais par qui ?

Kotali Babrak donna un violent coup de pied dans la tôle bleue du portail de la maison contre laquelle il menait l'assaut. Chargé par Ruhallah Saleh de suivre l'agent de la CIA en contact avec les taliban, il avait reçu l'ordre de s'emparer de celui avec qui il avait rendez-vous. Les Américains ne cessaient pas de se plaindre que les Services afghans soient nuls et n'arrêtent jamais de taliban à Kaboul. Ils allaient donc leur prouver le contraire…

– Reculez ! cria-t-il à ses deux hommes.

Cinq minutes plus tôt, il avait arrêté sa vieille Lada dans le chemin défoncé du quartier de Khushal Khan Mena, au nord de la route de Ghasni, en face de la maison où le faux taxi avait déposé l'agent de la CIA et un jeune Afghan. Le temps d'avertir sa centrale par radio, il donnait l'assaut.

D'abord, en se présentant à la porte et en sonnant. À côté du portail, se tenait un poste de garde improvisé, en planches, équipé de deux *charpois*[1] avec deux vigiles en haillons. Dès qu'ils le virent sonner, l'un d'eux sortit et lui demanda ce qu'il voulait.

– Police. On veut voir celui qui habite ici, lança le policier. Fais-nous ouvrir.

Sans un mot, le garde, Kalachnikov à bout de bras, frappa plusieurs coups sur le battant métallique. Quelques instants plus tard, celui-ci s'entrouvrit sur un barbu au regard méfiant. Kotali Babrak lui lança :

– Sécurité d'État ! On veut voir le propriétaire.

Il n'eut que le temps de s'écarter : une rafale claqua, tirée à travers le panneau métallique, et son adjoint s'écroula sans un cri, frappé en pleine poitrine. Le battant se referma ensuite violemment.

Pistolet au poing, le policier se retourna vers les deux gardes :

– Lâchez vos armes !

Ils obéirent sans discuter : payés cent vingt dollars par mois par une société de sécurité afghane, ils

1. Lit rudimentaire.

n'avaient pas envie de mourir… Furieux, Kotali
Babrak réclama du renfort par radio. Il se pencha sur
son adjoint qui respirait encore faiblement, et son
regard accrocha le taxi jaune arrêté un peu plus loin.,
avec un homme au volant.

– Va l'arrêter, Atuk, ordonna-t-il à un de ses
hommes.

Celui-ci se lança en courant sur le sol inégal. Au
moment où il approchait du taxi, son unique occupant
sortit le bras par la portière et tira trois fois avec un pistolet. Le policier trébucha, tomba et demeura immobile, allongé sur le dos, hurlant de douleur, une balle
dans la colonne vertébrale.

Trente secondes plus tard, le faux taxi se perdait
dans la circulation de la route de Ghasni…

Kotali Babrak se précipita vers l'autre policier et
s'accroupit près de lui. Il avait l'air de souffrir horriblement et ne pouvait pas parler. Son collègue regarda
autour de lui, cherchant du secours, n'apercevant
qu'une mosquée chiite où, pendant la guerre civile de
1992, les militants chiites de Herat avaient horriblement torturé des dizaines de femmes qu'ils enfermaient
vivantes dans des chambres froides.

Impuissant, fou de rage, Kotali Babrak attendit plusieurs minutes avant que deux véhicules pleins de policiers armés jusqu'aux dents surgissent dans la ruelle.

L'assaut pouvait reprendre.

– Lancez une grenade, ordonna-t-il en s'abritant le
long du mur.

Un de ses hommes balança une grenade russe
par-dessus le portail. Il y eut une explosion assourdie,
le métal se constella d'impacts, puis Kotali Babrak
donna un violent coup de pied dans le battant qui s'ouvrit enfin. Il se rua dans le jardin, suivi de ses hommes.

* *

Malko et le jeune taleb se regardèrent quelques secondes en chiens de faïence. Les coups de feu avaient cessé et la maison semblait abandonnée.

Soudain, il y eut une explosion sourde et une des vitres de la pièce vola en éclats. Trente secondes plus tard, un homme en *camiz-charouar*, Kalachnikov à la main, surgit dans l'embrasure et cria quelque chose au jeune homme qui surveillait Malko. Il hésita, brandissant toujours son pistolet, lança un regard méchant à Malko, puis bondit sans un mot vers la porte et disparut. Il n'était pas sorti depuis une minute que de nouveaux coups de feu éclatèrent dehors, accompagnés de vociférations.

Prudent, Malko s'allongea par terre. Sage précaution : plusieurs rafales pulvérisèrent toutes les vitres de la pièce, des éclats de plâtre jaillirent des murs, une gravure représentant un verset du Coran fut déchiquetée. Couvert de débris de verre, Malko entendit des pas, puis des appels et la porte fut ouverte d'un coup de pied. Il releva la tête pour se heurter au regard furibond d'un moustachu, Kalach au poing, qui lui jeta un ordre en dari. Malko se releva lentement, les mains au-dessus de la tête. Deux autres hommes surgirent, le forcèrent à se plaquer contre le mur et le fouillèrent, découvrant le Heckler & Koch. Ce qui lui valut un violent coup de crosse dans les reins...

Ensuite, on lui passa les menottes, bras derrière le dos, et on le força à se rasseoir.

Il essaya d'engager la conversation, mais aucun des hommes qui s'affairaient dans la maison ne parlait anglais... Il n'y avait plus qu'à attendre. C'étaient de toute évidence des policiers, mais comment étaient-ils arrivés là ?

Ils tentèrent de l'interroger, en vain, puis deux d'entre eux l'entraînèrent jusqu'à un vieux 4 × 4 garé dehors. Il aperçut un cadavre dans le jardin, mais aucune trace de Qari Abdul Jawad ni du jeune taleb.

Le 4 × 4 démarra. Secoué comme un prunier, coincé entre deux moustachus qui sentaient l'oignon, il se fit une raison.

*
* *

Ruhallah Saleh, tendu, écoutait le rapport de son subordonné. Heureusement que l'agent de la CIA qu'ils avaient suivi n'avait pas été touché dans la bagarre. Les Américains auraient été fous de rage. En attendant, lui était carrément frustré. L'opération se soldait par un bilan plutôt négatif. Il avait perdu deux hommes, plus un blessé qui resterait paralysé à vie, et n'avait arrêté personne. En fouillant la maison, ses hommes avaient découvert un tunnel sommaire qui débouchait cinquante mètres plus loin dans une cabane, au milieu d'un terrain vague. Tous les occupants de la maison s'étaient enfuis par là. La propriété était au nom d'un marchand d'épices de Kandahar qui n'y mettait jamais les pieds. Ils avaient saisi quelques documents, deux Kalach, des munitions et des explosifs. Autant dire rien. Il ignorait même le vrai nom de celui avec qui avait rendez-vous l'agent de la CIA. Les vigiles prétendaient l'ignorer. En tout cas, il était tombé sur une cellule clandestine des taliban.

Résigné, il décrocha son téléphone et appela John Muffet afin qu'il vienne récupérer son agent.

Cette affaire d'otages commençait à l'agacer. Après le massacre du restaurant, cette opération ratée avait un goût amer. Et les taliban ne se risqueraient plus à aucun contact à Kaboul.

*
* *

Malko retrouva avec plaisir le confort de la Land Cruiser blindée de John Muffet. Le siège du NDS se trouvant juste derrière le QG de l'ISAF, sa récupération n'avait pas pris longtemps. Il frotta machinalement ses poignets, en racontant ce qui s'était passé au chef de station.

– Ils m'ont suivi ! conclut-il. J'espère que les taliban ne pensent pas que nous étions au courant.

John Muffet secoua la tête.

– Ils n'aiment pas les affaires d'otages. Ils se sont dit qu'en capturant un important taleb, ils pourraient, eux aussi, négocier quelque chose. Mais les autres sont malins. Ils avaient prévu une voie d'évasion..

– Pourvu que les taliban ne rompent pas les négociations, s'inquiéta Malko. Ils semblaient nerveux.

Lorsqu'il raconta l'histoire de l'oreille, l'Américain se décomposa.

– Ces enculés sont foutus d'amputer Ron ! conclut-il. Ils l'ont déjà fait en Irak. Ou alors ils bluffent, pour faire monter les enchères.

– Il faut dissiper ce malentendu, conclut Malko. Le problème, c'est que je n'ai aucun moyen de joindre ce Qari Abdul Jawad.

– Il y a peu de chance qu'il accepte un nouveau contact, dit sombrement John Muffet.

Décidément, les « pollutions » se multipliaient, compliquant encore plus une tâche déjà difficile.

– Il n'y a plus rien à faire à Kaboul, décida Malko. Je vais appeler Mohammad Saleh Mohammad à Kandahar, lui demander d'essayer de faire passer un message aux taliban. Nous ne sommes pour rien dans ce qui s'est passé et nous descendons à Kandahar. Avec Habib Noorzai. Ce journaliste semble avoir un contact permanent avec les taliban de là-bas. Ils ont mon portable : s'ils veulent me contacter, ils peuvent.

– J'espère qu'ils le voudront, soupira l'Américain.

En attendant un hypothétique nouveau contact avec les taliban, il fallait tout jouer sur la proposition du cousin Farid Noorzai de localiser les otages. À condition qu'Habib Noorzai ne les mène pas en bateau. Celui-ci redevenait la cheville ouvrière de la libération des deux otages.

– Je vais commander un avion pour demain, annonça John Muffet. Et faire un nouveau rapport d'étape à Langley.

*
* *

Les yeux d'Habib Noorzai avaient un peu dégonflé, on lui avait nettoyé la barbe et sa lèvre avait repris un aspect un peu plus normal. Deux « Blackwater » l'installèrent sur une chaise, les mains toujours menottées derrière le dos, et s'éclipsèrent.

– M. Noorzai, lança John Muffet, nous avons décidé de vous faire confiance provisoirement. Afin que vous nous aidiez, grâce à votre cousin Farid, à localiser les deux otages. Acceptez-vous de venir à Kandahar ?

L'Afghan eut une mimique choquée :

– Mais bien sûr. Je suis venu en Afghanistan pour vous aider. Pourriez-vous me détacher, j'ai très mal aux poignets ? Je suis innocent de tout ce qu'on m'accuse, vous le savez maintenant !

John Muffet s'empourpra. Penché en avant, il cracha d'une voix glaciale :

– M. Noorzai, la machine a déclaré que vous étiez innocent, mais nous, nous savons que vous êtes coupable. Vous avez sciemment provoqué la mort de dix-sept personnes pour vous échapper. Dont quatre Américains…

Évidemment, la vie des citoyens US comptait triple… L'Afghan ne se troubla pas.

– Je n'ai rien fait ! répéta-t-il, buté.

John Muffet eut un geste las.

– O.K. Souvenez-vous seulement que les hommes chargés de votre protection sont prêts à vous mettre en pièces si on les laisse faire. Le fait de vous utiliser vous offre une chance de sauver votre misérable vie. Vous avez trois jours pour nous apporter du concret. Si vous réussissez, vous serez libre et vous aurez intérêt à vous sauver très vite et à ne pas croiser la route de certaines personnes. Si vous échouez, nous vous échangerons contre nos otages et vous savez ce qui vous attend… À moins que vous ne préfériez retourner en prison pour le restant de vos jours.

– Je vais récupérer ces deux otages, affirma Habib Noorzai. J'ai entièrement confiance en mon cousin Farid.

– Nous partirons demain, précisa John Muffet. À Kandahar, nous logerons dans le « compound » des *Special Forces*, hors de la ville.

L'Afghan protesta aussitôt.

– Je vais être obligé de prendre des contacts.

– *Forget it*, trancha l'Américain, vous ne serez jamais seul. Si vraiment vous allez à un rendez-vous, dites-vous qu'il y aura toujours un sniper prêt à vous exploser le crâne, si vous faites un faux mouvement. C'est ça ou rien.

– O.K., bredouilla Habib Noorzai.

John Muffet regarda sa montre.

– En attendant, vous regagnez votre cellule.

Il sonna et deux « Blackwater » emmenèrent l'Afghan sans douceur excessive. Malko regarda l'Américain.

– Ça ne va pas être facile, fit-il sobrement.

John Muffet secoua lentement la tête.

– Tout repose sur vous. Moi, je suis statutairement obligé de rester à Kaboul. Dès que Noorzai sera à Kandahar, il va alerter tous les membres de sa tribu. Ils ont le sens de la famille, là-bas… Vous allez devoir jouer fin.

– Je sais, dit Malko. Comme je vous l'ai dit, je souhaite emmener Maureen Kieffer. Elle me l'a proposé et elle peut être utile. Elle connaît le pays.

– O.K. Je ne le mentionnerai pas à Langley, promit

John Muffet, parce que, en principe, c'est interdit. Mais je la connais, elle a une bonne réputation. Je vous fais reconduire au *Serena*. Pas question de prendre de nouveaux risques.

Au moment où ils allaient sortir, un *deputy* de John Muffet surgit et tendit à Malko une boîte en carton. Il l'ouvrit, découvrant le H&K confisqué par les policiers afghans.

— Je viens vous chercher à huit heures au *Serena*, avertit le chef de station. Avec Noorzai et ses « baby-sitters ». Occupez-vous de miss Kieffer.

*
* *

La fraîcheur du *lobby* du *Serena* parut délicieuse à Malko. De nouveau, il faisait 40 °C à Kaboul, après un orage de grêle qui avait fait baisser la température de vingt degrés. Le temps changeait toutes les heures.

Un homme installé dans un fauteuil se leva et vint à sa rencontre. C'est à sa moustache que Malko le reconnut : c'était Bobby Gup, l'agent de la DEA.

Ses quatre « baby-sitters » étalés dans des canapés, harnachés, armés, ne le quittaient pas des yeux. L'Américain tendit la main à Malko.

— Vous avez le temps de boire un verre ?

Difficile de refuser. Ils se retrouvèrent dans la sinistre cafétéria, le bar sans alcool étant encore plus triste. Bobby Gup ne perdit pas de temps.

— Vous l'avez échappé belle au restaurant, dit-il après avoir pris un peu de café. Cet enfoiré de Noorzai a failli réussir son coup. Et là, nous étions baisés tous les deux...

— Comment êtes-vous au courant ?

Le « Smiling Cobra » montra ses dents éblouissantes.

— Kaboul est un village où les « Blackwater » ont

perdu quatre des leurs… Je vous avais dit que Noorzai était une ordure.

Malko haussa les épaules.

– Je ne suis pas ici pour délivrer des certificats de moralité mais pour récupérer des otages.

Bobby Gup se pencha vers lui.

– O.K. Vous vous souvenez de mon offre ?

– Bien sûr.

– Vous êtes partant ?

– J'essaie d'abord autre chose.

Comme un bon joueur de poker, Bobby Gup ne broncha pas.

– C'est votre droit, reconnut-il. Mais moi, je lance mon opération à partir de demain. J'ignore combien de temps cela va prendre, mais une fois que j'aurai récupéré cet opium, on ne pourra plus rien faire…

– Tant pis ! fit Malko.

Bobby Gup insista d'une voix pressante :

– Souvenez-vous, on ne vous demande rien d'illégal. Simplement de remettre Noorzai là où il doit être pour le restant de ses jours : dans une bonne prison américaine, où il sera traité humainement. Après, bien entendu, qu'on aura récupéré les otages pour vous.

– Je sais, fit Malko, mais je tente d'abord de le faire moi-même.

– *That's your choice*. Mais mon interprète Tatiana part pour Kandahar demain, sur un vol de l'UNHAS. Elle résidera au *Continental Guest-House* de Kandahar. Elle va faire la liaison avec notre informateur. Si vous changez d'avis, voilà son portable.

Il tendit une carte à Malko, se leva et s'esquiva sur un clin d'œil. Malko empocha la carte. Il ne devait négliger aucune possibilité. Il restait à demander à Maureen Kieffer si elle voulait toujours l'accompagner à Kandahar.

Elle répondit immédiatement à son appel et demanda :

– Il y a eu un incident à l'ouest de la ville, aujour-
d'hui. La police a pris une maison d'assaut. Tu y es
mêlé ou non ?

– J'y suis mêlé, dit Malko. Je t'expliquerai. Dis-
moi, tu veux toujours aller à Kandahar ?

– Bien sûr ! fit la Sud-Africaine sans hésiter.
Quand ?

– On part demain tôt, du *Serena*. Ce serait mieux
que tu viennes ce soir.

– Je serai là dans une heure, dit-elle simplement. On
prend un vol UNHAS ?

– Non, privé.

– Bien, je pourrai emmener ma quincaillerie.

– Cela risque d'être dangereux, souligna Malko.

– J'ai toujours vécu dans le danger, dit-elle. J'ai vu
mon premier cadavre quand j'avais seize ans. C'était
mon frère. Un Cafre lui avait planté un long bâton dans
l'œil, jusqu'au cerveau. À tout à l'heure.

Malko se dirigeait vers sa chambre lorsque son portable eut un couinement bref : un texto arrivait. Il l'ouvrit et regarda. Le sang se retira de son visage. Le texte
était très court, en anglais :

«Bismillah Al-Rahin Al-Rahman[1], le tribunal islamique de l'Émirat de la province de Hilmand a décidé
que l'Américain Ron Lauder était coupable d'espionnage et l'a condamné à être décapité. La sentence sera
exécutée le 14 Jawza 1386.»

C'était la réponse des taliban à l'incident lors de
l'entrevue avec Qari Abdul Jawad.

Malko revint sur ses pas, gagna la réception et
demanda :

– Dans le calendrier romain, à quoi correspond le
14 Jawza 1386 ?

L'employé fit un calcul rapide avant d'annoncer :

– C'est dans quatre jours, *sir*.

---

1. Au nom d'Allah le Tout-Puissant et le Miséricordieux.

CHAPITRE XIII

Deux barbus enturbannés en longue robe noire s'embrassaient chastement sur le tarmac de l'aéroport de Kandahar, dans les rafales de vent brûlant qui, en faisant gonfler leurs robes, les faisaient ressembler à deux énormes corbeaux prêts à s'envoler. L'un monta dans un petit Beechcraft en partance pour Herat, et l'autre regagna l'aérogare ouverte à tous les vents. Cet aéroport surdimensionné, aux arcades vaguement orientales, était totalement vide, éclairé par des lampes munies d'abat-jour fixées au mur, allumées en plein jour.

Construit quarante ans plus tôt, il n'avait jamais beaucoup servi et tous les comptoirs étaient déserts, abandonnés à la poussière. Seuls quelques appareils commerciaux se posaient à Kandahar, pourtant la ville la plus importante du sud de l'Afghanistan. Berceau du mouvement taliban. Quelques vols de la Kam Air, un Ariana 727 de temps à autre et les Boeing 737 flambant neufs du général Dostom, qui prenaient des passagers lorsqu'ils n'avaient plus d'opium à convoyer.

Malko acheva de descendre la passerelle de l'Hercules C-130 avec l'impression qu'on lui versait de la fonte en fusion sur les épaules. Il faisait un peu plus de 50 °C. Les hélices du C-130 qui venait de les

acheminer de Kaboul brassaient cet air brûlant comme
une soufflerie géante.

Il avait l'impression de sécher sur place.

Il inspecta le tarmac. À part le Beechcraft en train
de se diriger vers la piste d'envol, il était vide. Dans le
lointain, deux F-16 américains décollèrent dans un
grondement d'enfer, partant à la chasse aux taliban. Sur
l'aéroport, il y avait surtout des avions militaires, américains et afghans. Plus quelques drones hauts sur
pattes, comme des libellules, alignés le long d'un hangar. On se serait cru en Arizona ; un Arizona pouilleux,
avec des masses rocheuses comme posées sur le désert
et des montagnes à perte de vue. L'air se gondolait sous
la chaleur.

Malko, fugitivement, se sentit découragé : c'était
vraiment le bout du monde... Un vieil homme, coiffé
d'une casquette de base-ball portant l'inscription
« Custom Officer [1] » surgit de l'auvent de l'aérogare et
lui lança :

– Vous avez apporté des journaux de Kaboul ?

Il n'en avait pas. L'Américain émit un grognement déçu. Pistolet au côté, c'est lui qui filtrait les
rares voyageurs, en compagnie de quelques militaires
afghans dépenaillés et nonchalants, affalés sous les
voûtes de cet aéroport fantôme.

Habib Noorzai descendit à son tour l'échelle métallique du C-130, débarrassé de ses menottes, suivi de
ses quatre anges gardiens qui ne tardèrent pas à fondre
sous le soleil de plomb. Avec leur équipement monstrueux, on aurait dit des tortues Ninja. Sans hésiter,
l'Afghan s'agenouilla et baisa le béton brûlant ! Il avait
à peu près repris figure humaine, ses yeux avaient
dégonflé, seule la vilaine plaie de son cuir chevelu lui
donnait l'air d'un lépreux.

Malko l'apostropha.

1. Douanes.

– Il faut contacter immédiatement votre cousin Farid. Vous y avez intérêt...

– Je vais l'appeler tout de suite, assura Habib Noorzai.

La veille au soir, John Muffet était venu au *Serena* avec huit «baby-sitters» pour faire le point de la situation après le sinistre texto du mollah Dadullah, annonçant l'exécution programmée de Ron Lauder.

Lequel signifiait la rupture des négociations. Il ne restait plus que la ruse ou la force. Par l'intermédiaire de son cousin Farid, Habib Noorzai était leur dernière chance. Ensuite, il ne restait plus que le «plan B» tordu de Bobby Gup, l'homme de la DEA. Et le sablier était en marche. Ces quatre jours de grâce allaient passer très vite.

Il y avait une toute petite chance pour qu'il s'agisse d'un bluff, mais on ne pouvait pas jouer la vie des otages sur un pari.

Maureen Kieffer émergea à son tour du C-130, Kalachnikov en bandoulière, lunettes noires, chemisier opaque et jean moulant, sa glacière portable à la main, contenant six bouteilles de Taittinger brut. Malko aperçut trois véhicules qui semblaient arriver du fond de l'aéroport. Des Humwee qui stoppèrent à côté du gros transporteur.

Il émergea du premier une montagne de chair de trois mètres de haut, en tenue de combat, casqué, couvert d'une véritable armurerie. Le badge de sa poitrine annonçait «Colonel Steve J. Davidson».

Il tendit à Malko un battoire d'hippopotame.

– *Welcome in Kandahar*, lança-t-il, avec un accent traînant du Sud. M. Linge ?

– C'est moi.

– Je suis le commandant de la FOB [1] des *Special*

----

1. Forward Operation Base.

Forces dans la province de Kandahar. J'ai reçu l'ordre de vous héberger.

En un clin d'œil, ils s'entassèrent dans les véhicules qui filèrent à travers le tarmac. L'officier américain tiqua sur la présence de Maureen Kieffer.

– C'est une base militaire. *The lady has a clearance*[1]?

– Elle l'a! affirma Malko. Elle fait partie de mon dispositif. Elle se trouve d'ailleurs sur la liste que vous avez reçue du CentCom.

Le colonel Davidson s'inclina devant ce langage martial. Vingt minutes plus tard, après un parcours en plein désert, ils arrivèrent au pied d'un énorme massif rocheux en forme de dent, qui dominait l'horizon. En plein milieu de nulle part. On n'apercevait même pas Kandahar.

Le convoi suivit un interminable mur ocre, couleur du désert, pour arriver à l'entrée d'un gigantesque «compound». Une porte de métal noire, surmontée de l'inscription «Camp New Frontier», défendue par deux miradors, des sacs de sable, des chicanes et une douzaine de soldats visiblement nerveux, qui devaient cuire dans leur carapace.

Ils entrèrent dans une cour au milieu de laquelle flottait le drapeau américain. C'était un patchwork d'espaces découverts, de bâtiments anciens et de constructions modernes, style préfabriqué. Au fond, Malko aperçut six gros hélicoptères Chinook, alignés devant une mosquée!

– Ici, c'était le «compound» de mollah Omar, expliqua le colonel Davidson. Il avait même un abri souterrain. On a rajouté quelques trucs.

Les bubons de climatiseurs sortaient de toutes les façades. L'officier les amena à un long bâtiment neuf dans lequel régnait un froid glacial. Le quartier des visiteurs.

---

1. Madame est autorisée?

— Il y a une cafétéria qui sert *around the clock*, annonça le colonel. Vous avez chacun une chambre. Mon PC est juste en face. Dites-moi de quoi vous avez besoin.

Pendant que les autres s'installaient dans des chambres à l'apparence spartiate, Malko demanda :

— Colonel, savez-vous pourquoi nous sommes à Kandahar ?

— Négatif, *sir*. Je sais seulement qu'il s'agit d'une mission « secret défense ». J'ai reçu l'ordre de mettre à votre disposition, le cas échéant, l'ensemble du dispositif que je commande. J'ai, en permanence, cent quarante hommes opérationnels, et six Chinook pour les acheminer. Plus deux Apache et deux Blackhawk. Nous n'utilisons jamais les transports terrestres. Trop risqué. Je peux également faire appel aux forces aériennes du NATO. Ils ont des F-16. Je peux intervenir dans un rayon de 150 miles. Avec un préavis de deux heures.

— Merci, dit Malko, mais pour l'instant, je n'envisage pas d'opération militaire. À quelle distance sommes-nous de Kandahar ?

— Environ dix miles. Mais nous n'avons pas le droit de nous y rendre.

— Moi, j'ai le droit, précisa Malko. J'ai besoin d'urgence d'un véhicule. Pas un Humwee.

— Nous avons des 4 × 4. Mais ils ne sont pas blindés et ils ont des plaques militaires, fit le colonel Davidson. Combien voulez-vous d'hommes d'escorte ?

— Aucun, fit Malko, simplement un chauffeur qui parle anglais et pachtou.

L'officier se rembrunit.

— *Sir*, aucun Afghan n'est autorisé à pénétrer dans notre base. Il faut que je fasse une demande à Kaboul.

Une fois installée, Maureen Kieffer les avait rejoints. Elle intervint dans la conversation et proposa à Malko :

– J'ai un bon client ici. Je vais l'appeler pour qu'il nous envoie une voiture. Ce sera plus discret.

– Attention, souligna le colonel Davidson, il ne pourra pas pénétrer à l'intérieur de la base. C'est *off limits* pour les Afghans.

– On nous récupérera à l'extérieur, trancha Malko. Appelez votre client.

Tandis que Maureen Kieffer filait dans sa chambre, Malko gagna la sienne. Il y avait une urgence absolue : essayer de reprendre contact avec les ravisseurs des deux otages. Pour cela, il avait un seul canal, Mohammad Saleh Mohammad, le journaliste qui avait déjà, une fois, fait passer un message aux taliban.

Il composa son numéro, sans succès. Recommença une douzaine de fois. Il avait un signal occupé, ou une voix afghane lui disait que le numéro n'était pas en service. Enfin, il entendit une voix lointaine, presque inaudible. Au bout de quelques minutes, ils arrivèrent à se parler à peu près normalement. Le journaliste se souvenait parfaitement de Malko

– Je suis dans le Hilmand, expliqua-t-il, en reportage. Je ne serai pas de retour à Kandahar avant quatre heures, cet après-midi.

– Où pouvons-nous nous retrouver ?

À Kandahar, il n'y avait aucun lieu de rendez-vous possible. Pas de café, pas de restaurant et l'unique *guest-house* fréquentée par les étrangers devait être surveillée par les taliban.

– Vous connaissez la mosquée du mollah Omar ? demanda Mohammad Saleh Mohammad. Au nord de la ville, juste en face de l'université.

– Je trouverai, assura Malko. Comment allons-nous nous reconnaître ?

– Je vous reconnaîtrai, affirma le journaliste. Là-bas, il n'y a jamais d'étrangers. *Inch'Allah*, à quatre heures.

Soulagé, Malko fonça dans la chambre de Habib Noorzai. L'Afghan lui adressa un sourire épanoui.

— Farid n'est pas à Kandahar ce matin mais il va rentrer. J'ai laissé des messages partout. Il me rappellera.

Il semblait très sûr de lui…

— J'espère que vous ne m'enfumez pas ! menaça Malko, avant de ressortir de la chambre, pour se heurter à Maureen Kieffer.

— Mon client Hussein met un 4×4 avec un chauffeur à notre disposition. Ils sont en route, annonça-t-elle. Dans un quart d'heure, on sort.

— Qui est votre client ?

Elle sourit.

— Un businessman d'ici. Il va acheter à Herat des Mercedes volées en Europe, me les fait blinder, et les revend à des *druglords* prudents.

Il l'aurait embrassée : l'horizon s'éclaircissait relativement. Ils attendirent jusqu'à la dernière seconde pour rester le moins possible au soleil. Quand ils sortirent, ils trouvèrent un 4×4 Cherokee blanc devant l'entrée de la base, encerclé par le détachement de gardes. Un moustachu doté d'un confortable embonpoint, dans une djellaba d'un blanc éblouissant, portant des lunettes, descendit pour les accueillir. Il parlait très bien anglais.

— M. Hussein m'a dit de me mettre à votre disposition, annonça-t-il. Il m'a aussi donné des pistaches pour vous.

Il tendit à la Sud-Africaine un énorme paquet de pistaches, et demanda :

— Où voulez-vous aller ?

— Au siège de la Croix-Rouge, dit Malko.

*
* *

On aurait dit une ville mexicaine. De larges avenues se croisant à angle droit, et se perdant dans le désert.

Pas un seul bâtiment en hauteur, de la poussière, des taxis jaunes et d'étranges « rickshaws », tricycles couverts peints de couleurs violentes et ressemblant aux tuk-tuk thaïlandais.

Les rues écrasées de chaleur étaient presque vides. Les boutiques, des échoppes minables, de grands terrains vagues alternant avec quelques villas neuves, très kitsch... Kandahar ne respirait ni l'opulence ni le charme. Ils franchirent un petit canal où jouaient des gosses tandis que des femmes toutes habillées s'y baignaient, d'autres y faisant leur lessive. Le 4×4 blanc, avec sa plaque locale, passait inaperçu...

Vingt minutes plus tard, il s'arrêta en face d'un portail arborant le sigle du CICR : ils étaient arrivés. En sautant du 4×4, Malko aperçut, de l'autre côté de l'avenue rectiligne et déserte, plusieurs petits tas bleuâtres en bordure de la chaussée. Il lui fallu quelques secondes pour réaliser qu'il s'agissait de femmes en burqa en train de mendier, immobiles comme des pierres sous les 50 degrés de chaleur...

Il fallut carillonner, discuter avec un barbu édenté et squelettique avant de voir arriver un responsable de la Croix-Rouge.

— Je suis le responsable à Kandahar du CICR, annonça-t-il. Tony Hamilton. Que puis-je pour vous ?

Malko lui donna sa carte, expliquant sa mission.

— Je travaille pour le gouvernement canadien au sauvetage des deux otages détenus par les taliban. Je sais que vous êtes déjà intervenus dans des cas similaires.

Ils se retrouvèrent tous les trois dans un bureau climatisé, donnant sur un jardin et une piscine, et Malko relata rapidement ses premiers contacts avec les ravisseurs, expliquant qu'ils avaient été rompus, sans préciser comment. Inutile de l'effrayer.

— Pouvez-vous m'aider à les renouer ? demanda-t-il.

Le Britannique hocha la tête, embarrassé.

— Mon statut m'interdit d'intervenir dans une négociation, dit-il. Je peux seulement, lorsque tout est arrangé, aller récupérer les otages. Ces humanitaires ont été très imprudents. Je les avais mis en garde.

Malko ne chercha pas à le détromper sur la véritable qualité de ceux qu'il cherchait à sauver, et écourta sa visite. De ce côté-là, il n'aurait pas d'aide.

Suzie Foley pleurait sans discontinuer, recroquevillée sur elle-même. Comme c'était une femme, on ne lui avait pas mis de chaîne aux pieds, mais une Afghane en burqa, armée d'une Kalach, ne la quittait pas d'une semelle. Elle ne comptait plus les jours de détention, avait renoncé à se laver et ne survivait qu'en mangeant un peu de riz avec ses doigts. Ce qu'il y avait de pire, c'était la solitude et le silence. Aucune des femmes qui s'étaient occupées d'elle ne parlait anglais. Elles ne la maltraitaient pas, lui donnaient à manger et à boire. Comme elles auraient nourri un animal…

Sa case mesurait deux mètres sur deux. Une sorte d'appentis où s'entassaient toutes sortes de choses. La nuit, les rats couraient partout, montaient sur elle, déclenchant de véritables crises de nerfs.

Parfois, Suzie Foley priait, parfois elle maudissait le ciel. C'était trop injuste.

Pour la première fois depuis plusieurs jours, elle venait de voir un homme qui s'était tenu à distance pour lui parler, comme si elle était une pestiférée. Et, en un anglais heurté, il lui avait annoncé une abominable nouvelle : un soi-disant tribunal islamique avait prononcé une sentence de mort contre Ron Lauder ! D'après le taleb, les Américains ayant rompu les négociations, son camarade avait été condamné à être décapité, elle-même devant être libérée ensuite, afin de montrer au monde la compassion des taliban à l'égard des femmes… Mais le plus abominable était l'offre qui lui avait été faite : le taleb lui avait demandé si elle souhaitait assister à l'exécution de son ami !

Depuis, Suzie Foley était dévastée !

Elle ne se sentait pas capable d'être le témoin d'une telle horreur. Et, d'un autre côté, qu'allait penser Ron Lauder d'être abandonné dans ce moment horrible ?

Suzie Foley se remit à pleurer, maudissant ceux qui n'arrivaient pas à la faire libérer. Elle avait l'impression de se trouver sur une autre planète, aux mains d'extraterrestres. À cette minute, elle décida de se laisser mourir de faim. Dans l'état de faiblesse où elle se trouvait, cela ne prendrait pas longtemps.

Le dôme bleu en forme d'obus de la mosquée dont la construction, décidée par le mollah Omar, avait été interrompue par la fuite des taliban, se voyait à des kilomètres. Probablement pour faire oublier la modeste *madrasa* de ses débuts, dans le village de Sangisar, le chef moral des taliban avait baptisé ce superbe édifice, au nord de Kandahar, juste en face de l'université, la mosquée du Prophète.

Le chauffeur du 4 × 4 arrêta le véhicule en face d'une rangée de bâtiments rectangulaires abritant classes et dortoirs.

Malko gagna la mosquée inachevée, juste en face. Seul, le dôme était terminé, protégeant une vaste salle ouverte à tous les vents au sol recouvert de tapis. Dans un coin, une chaire vide rappelait que cette mosquée était en service. Sur l'esplanade de béton entourant la mosquée, des étudiants lisaient ou se reposaient à l'ombre. À l'intérieur de la mosquée même, il y avait foule. Certains priaient, prosternés en direction de La Mecque, d'autres dormaient, allongés à l'ombre, sur les tapis poussiéreux, d'autres étudiaient. Personne ne sembla prêter attention à Malko. Bien entendu, Maureen était restée dans le 4 × 4. Inutile de déclencher une émeute…

Les Pachtounes avaient adopté pour les femmes la tradition germanique des trois K : *Kinder, Küche, Kirche*[1]… En y ajoutant la burqa…

Il regagna la Toyota.

— Il n'est pas arrivé, dit-il.

Sa Breitling indiquait quatre heures trente. Vingt minutes s'écoulèrent. Les étudiants allaient et venaient entre les bâtiments et la mosquée. La chaleur était toujours aussi effroyable. Enfin, Malko aperçut un véhicule cahotant sur la piste, venant de la route asphaltée menant au Hilmand. Un taxi qui stoppa en face de l'université. Il en sortit trois hommes, plutôt jeunes. Le taxi alla se mettre à l'ombre et les trois nouveaux venus se dirigèrent vers la mosquée. Celui qui marchait en tête était grand, mince, barbu, vêtu d'une tenue traditionnelle blanche qui flottait au vent. En voyant le 4 × 4, il laissa ses deux compagnons et se dirigea vers le véhicule.

Malko en descendit et vint à sa rencontre.

— C'est vous qui m'avez appelé ? demanda l'Afghan.

— Vous êtes Mohammad Saleh Mohammad ?

— Oui.

— Nous nous sommes déjà parlé, précisa Malko. Vous savez que je travaille à la libération des otages. Or, j'ai perdu le contact avec ceux qui les détiennent. La dernière fois, vous les aviez contactés. Pourriez-vous recommencer ?

Le journaliste afghan jeta un coup d'œil effrayé autour de lui et fit signe à Malko de le suivre. Ils s'arrêtèrent à l'ombre de la mosquée.

— C'est vrai, dit Mohammad Saleh Mohammad, je possède un ou deux numéros que je peux appeler. Mais

---

1. Enfants, cuisine, église.

ici, tout est dangereux. Les taliban utilisent souvent un double langage et certains se réclament d'eux, mais ne sont que des coupeurs de route. Je n'utilise pas ma voiture pour aller en reportage. J'ai peur de me faire arrêter par des gens qui m'égorgeront pour me voler mon véhicule ; après, on dira que ce sont les taliban… .

– Les deux jeunes gens qui sont avec vous sont aussi des journalistes ? demanda Malko.

– Non, des étudiants en agronomie qui voulaient revoir leur village avant de partir travailler en Inde. Les taliban interdisent qu'on aille à l'université. Ils veulent que tout le monde étudie dans les *madrasas*, seulement le coran et la religion. Si ces étudiants revenaient vivre dans leur village, ils se feraient égorger à coup sûr. Alors, ils ont profité de mon taxi…

Charmant pays. Malko commençait à dégouliner de sueur.

– Vous avez entendu des rumeurs sur les otages ? demanda Malko.

– Non, non, dit le journaliste. Les taliban communiquent directement avec ceux qui sont prêts à payer la rançon…

– Où sont-ils détenus ?

Le journaliste secoua la tête.

– Ils les changent de place tout le temps. Même si les Britanniques multiplient les patrouilles, ils n'occupent pas les villages et, la nuit, le pays appartient aux taliban. Le journaliste italien qui a été kidnappé a été changé dix-sept fois de cachette !

– Que me conseillez-vous ? demanda Malko. Ils m'ont envoyé un texto m'annonçant l'exécution de l'otage masculin dans trois jours.

Mohammad Saleh Mohammad sourit.

– Cela ne veut pas dire obligatoirement qu'ils vont mettre leur menace à exécution. Mollah Dadullah est très malin, il veut faire monter les enchères. Mais il peut aussi les exécuter. Ils sont souvent illogiques.

– Vous pouvez m'aider ? demanda anxieusement Malko.

Le journaliste réfléchit.

– J'ai un numéro où je laisse parfois des messages, ils me rappellent toujours. Je peux leur envoyer un texto en disant que vous cherchez un contact. Vous me laissez votre portable. Mais si Dadullah veut vraiment exécuter cet otage, cela ne servira à rien…

– Il faut tenter le coup, plaida Malko.

Il regarda l'Afghan taper le texto, puis l'envoyer, lui donna son numéro de portable et demanda :

– Quel est le niveau de danger ici ?

– Cela dépend des moments… Parfois, les taliban entrent en ville le soir pour une opération. Les F-16 de la base décollent et les pourchassent. Il y a eu deux ou trois attentats suicides mais rien de très méchant. Le gouverneur de la province lutte vraiment contre eux. Il a juré d'avoir la peau du mollah Dadullah.

– Il est anti-taliban ?

L'Afghan sourit.

– Non, Dadullah lui a confisqué une très grosse cargaison d'opium…

– Voulez-vous que je vous ramène en ville ? proposa Malko.

– Non, merci, j'ai mon taxi. Où habitez-vous, si j'ai à vous revoir ?

– Dans le camp des *Special Forces* américaines, avoua Malko.

Le journaliste se rembrunit.

– Je ne pourrai pas aller là-bas. Si on m'y voyait, je serais à coup sûr égorgé. Même en vous rencontrant ici, je prends des risques. Il y a sûrement des sympathisants des taliban parmi les étudiants de cette mosquée. Cependant, comme je suis journaliste, on me tolère certains contacts.

Il lui serra longuement la main, concluant :

– *Inch'Allah*, j'espère que vous résoudrez le problème.

Il s'éloigna en direction de son taxi. Malko se dit qu'il avait fait en une journée tout ce qui était humainement possible. Il fallait attendre les retombées. Seulement, lorsque le soleil se coucherait, il ne resterait plus que trois jours avant l'expiration de l'ultimatum des taliban.

– Il t'a dit des choses intéressantes ? demanda Maureen Kieffer lorsqu'il remonta dans le 4×4.

– Pas grand-chose, avoua Malko, il essaie de contacter les taliban.

* *
*

Habib Noorzai était pendu à son portable, depuis le départ de Malko. De temps à autre, un «Blackwater» entrouvrait sa porte et lui jetait un regard aussi gourmand que féroce... Ils avaient hâte de le massacrer.

L'Afghan était en train d'alerter toute sa tribu pour mettre la main sur son cousin Farid. Lorsque ce dernier avait évoqué la possibilité de localiser les otages, il ne l'avait cru qu'à moitié. Et même un peu moins. C'est la raison pour laquelle il avait tenté de fausser compagnie aux Américains, à Kaboul. Maintenant, le cousin Farid représentait sa seule chance de sauver sa peau. Son portable sonna. C'était une des dizaines de personnes qu'il avait appelées.

On avait enfin localisé le cousin Farid et on lui avait transmis le SOS d'Habib Noorzai. Il allait le rappeler dès qu'il serait de retour à Kandahar. Dans la nuit ou le lendemain matin.

Ensuite, il faudrait que Farid tienne sa promesse.

* *
*

Le désert se teintait de couleurs mauves, magnifiques. Encore une demi-heure et il ferait nuit. De retour au camp, Malko aspirait avidement l'air frais du climatiseur. Priant silencieusement. Plus que trois jours.

Le grondement d'un avion à hélices se fit entendre dans le lointain. C'était l'heure où les « Spectres » décollaient, allant hâcher menu les taliban : des C-130 Hercules hérissés de mitrailleuses et de canons. Là où ils sévissaient, personne ne survivait, surtout dans ce désert, sans le moindre abri pour se cacher.

Maureen Kieffer, allongée à côté de lui sur l'étroit lit de camp, passa une main sous sa chemise.

– Détends-toi, conseilla-t-elle. Tu fais tout ce que tu peux.

Ils avaient chacun sa chambre. Mais, en rentrant, elle était venue dans la sienne. Soudain, il se dressa comme si un scorpion l'avait piqué : son portable vibrait contre sa poitrine. Ensuite, il émit un faible couinement.

Un texto.

Il échangea un regard avec la Sud-Africaine, hésitant à le lire. C'était très probablement la réponse au message lancé par le journaliste afghan, Mohammad Saleh Mohammad. Mais quelle réponse ?

Maureen lui prit tendrement le portable des mains et l'ouvrit.

– Que Dieu soit de notre côté, dit-elle.

CHAPITRE XIV

Malko lut à son tour le texte, rédigé en anglais :

«Rendez-vous demain à cinq heures à l'Abasa Schrine.»

Le jeu du chat et de la souris recommençait. Que voulait vraiment le mollah Dadullah? Tout ce cirque n'était-il qu'une sinistre comédie?

— Qu'est-ce que c'est, l'Abasa Schrine? demanda-t-il à Maureen.

— Si je me souviens bien, une colline à l'ouest de Kandahar, qui sert de lieu de promenade et de pique-nique, le vendredi. Il y a un autel élevé en mémoire d'un homme très bon et très généreux...

Vendredi, c'était le lendemain. Pourvu qu'entre-temps, Habib Noorzai ait mis la main sur son cousin !

Dans ce «compound», Malko avait l'impression d'être dans une cellule de prison. Pas de bruit, sauf de temps à autre un avion passant très bas, prêt à se poser.

— Je viendrai avec toi, proposa la Sud-Africaine, je t'attendrai dans la voiture. *My God !* Il fait chaud ici.

Tranquillement, elle fit passer son chemisier par-dessus sa tête, apparaissant en soutien-gorge blanc, tranchant sur sa peau bronzée. Soudainement, Malko pensa moins aux otages. Leurs regards se croisèrent et Maureen sourit.

– Tu as envie ? C'est merveilleux d'avoir un homme pour me baiser.

Tandis qu'il caressait sa poitrine, elle entreprit de le faire durcir. Elle venait de sortir le membre raide et le masturbait avec douceur, lorsqu'un coup léger fut frappé à la porte. Ils sursautèrent tous les deux.

– Qu'est-ce que c'est ? cria Malko.

– *Haroye* Malko ?

C'était la voix timide de Habib Noorzai. Maureen s'écarta. Malko se rajusta et ouvrit la porte : le corpulent Afghan se tenait dans l'embrasure, souriant, un « Blackwater » sur les talons. Même dans cette enceinte super sécurisée, ils ne le lâchaient pas d'une semelle.

– J'ai de bonnes nouvelles, annonça Habib Noorzai. Mon cousin Farid peut savoir où se trouvent les otages. Il sera à Kandahar demain matin. On a rendez-vous à neuf heures.

– Où ?

Depuis Kaboul, il se méfiait des rendez-vous de l'Afghan

– Dans les bureaux d'un autre de mes cousins, qui s'occupe des droits de l'homme.

Il restait penché vers Malko, comme un grand échassier maladroit, mais au bec redoutable.

– Très bien. Nous irons, conclut ce dernier. Mais avec votre escorte habituelle.

– Il faudra qu'ils restent dehors, plaida l'Afghan. Et puis aussi m'enlever les menottes, cela fait mauvais effet. Ma famille pense que je suis complètement libre, que j'aide les Américains par reconnaissance.

Malko le regarda froidement.

– D'accord, mais au premier geste suspect, je vous mets une balle dans la tête.

– *Baleh !*

Habib Noorzai se retira en reculant, ravi de cette perspective qui aurait glacé n'importe qui. La peau de son crâne commençait à cicatriser, mais il était encore très abîmé… Malko se retourna vers Maureen, qui avait remis son chemisier.

– Il est temps de dîner. Tu veux sortir ?

Elle éclata de rire.

– Où ? Il n'y a que deux ou trois restaurants pourris à Kandahar. Aucun étranger ne les fréquente. C'est dangereux, cela pourrait attirer les taliban. Dès la nuit tombée, il rôdent en ville. Et, la nuit, ça craint…

Ils se retrouvèrent dans la petite cafétéria réservée aux officiers, entre des murs blancs d'hôpital, avec des serveurs au crâne rasé et au regard vide. Pour survivre, ils fumaient tous du hasch comme des fous.

Salade, tomate, hamburger, frites bien grasses, *apple-pie*. On se serait cru dans un bouffe-merde au fond du Texas. Et pas d'alcool. Habib Noorzai était resté dans sa chambre. Seul avantage : c'était climatisé… En une demi-heure, ce fut plié : il était neuf heures moins le quart et il faisait nuit noire. Pour se distraire, ils sortirent dans une des cours intérieures : il devait encore faire 45 °C… Le ciel, piqueté d'étoiles, était magnifique.

Un F-16 décolla dans un hurlement de réacteurs et, presque aussitôt, de courtes rafales claquèrent. Impossible de savoir d'où cela venait. Dans la cour voisine, un Chinook peint en noir embarquait en silence des soldats casqués pour une mission de soutien aux Canadiens.

Drôle de guerre.

La cantine s'était vidée. Les soldats, glués à leurs portables pour bavarder sur le Net avec leur famille ou regarder des films de cul, avaient interdiction de sortir, sauf morts. Malko huma l'air brûlant. Où pouvaient se trouver les deux otages ? Et dans quel état ? Il fut traversé par une pensée horrible : et si les taliban voulaient le rencontrer pour lui remettre une oreille de Ron Lauder ? Avec eux, tout était possible.

Ici, on se sentait très loin de l'animation de Kaboul.

Kandahar, bien que capitale de la province éponyme, était une petite ville plate sans le moindre charme, avec quelques mosquées et deux rues animées, celles du bazar. Deux axes importants s'y croisaient : Jallalabad-Herat et Uruzgan-Spin Boldak, mais à neuf heures, tout le monde dormait, même en temps normal. Les taliban l'enserraient dans un filet invisible, guettant la moindre faille de la sécurité.

Ils rentrèrent, subirent le choc agréable de la clim. Au moment de se séparer dans le couloir, Maureen proposa :

– Je n'ai pas sommeil, on va regarder un film...

Ils tenaient tout juste sur le lit étroit, fait pour une personne. Malko zappa : il n'y avait, à part les infos, que des films de cul. De guerre lasse, il se cala sur un film allemand, histoire de deux « touristes » teutonnes perdues dans le « gay Paris », puis ferma les yeux, écrasé par la journée.

Il somnolait à moitié lorsqu'il sentit une main se glisser vers son sexe et l'entourer. Sur l'écran, un membre redoutable envahissait la bouche d'une des « touristes ». Visiblement, ce gros plan ne laissa pas la Sud-Africaine indifférente. Rapidement, Malko fut en symbiose avec le film. Et soudain, il sentit la bouche de Maureen se refermer sur lui !

– C'est dommage, souffla-t-elle, je ne peux pas te passer au Karcher.

Il prit ses seins, fit sauter le soutien-gorge et frotta le membre raide entre les masses tièdes et douces.

Sur l'écran, une rousse pulpeuse se faisait sodomiser sauvagement. Maureen frotta son entrejambe contre lui et se mit à onduler en gémissant, sans cesser de le sucer. Il sentait la sève monter de ses reins. Elle se frotta de plus en plus vite et, au moment où il se déversait dans sa bouche, elle poussa un soupir rauque, collée à lui : elle venait de se faire jouir... Le film continuait, mais ils ne s'y intéressaient plus. Elle se redressa avec un petit rire.

— On va bien dormir !

Demain était une journée qui allait compter. Malko pria silencieusement pour qu'Habib Noorzai ne les mène pas en bateau. Le « vlouf-vlouf » d'un hélico tout proche lui rappela où ils étaient et il éteignit la télé.

* *
*

Les quatre « Blackwater », engoncés dans leur « armure », regardèrent à regret Habib Noorzai et Malko pénétrer dans l'immeuble où ils avaient rendez-vous. Plusieurs 4 × 4 étaient garés dans la cour. C'était au premier. La porte à peine ouverte, un Afghan plutôt maigre, à la barbe peu fournie et au monton prognathe, accueillit Habib Noorzai en se jetant dans ses bras. Les embrassades durèrent plusieurs minutes. Ils se flairaient comme des animaux. Habib Noorzai fit les présentations.

— L'excellent Kadir Noorzai, le troisième frère du cousin de ma mère. Il joue un rôle très important ici, en enquêtant sur les dommages collatéraux des bombardements.

Effectivement, un des murs de la grande pièce rectangulaire était couvert d'abominables photos représentant des corps déchiquetés retirés après les bombardements de l'ISAF. Avec un coin spécial pour les enfants…

Ils prirent place sur les divans qui tapissaient les murs, on apporta le thé. Une clim faiblarde maintenait un bon 30° et, très vite, ils furent en sueur. Vêtu de son *camiz-charouar* marron, le gros Habib Noorzai semblait totalement inoffensif, mais Malko ne le quittait pas des yeux, prêt à tout. Il avait fait monter une cartouche dans la chambre du H&K et n'hésiterait pas à s'en servir.

On discutait un peu dans le vide. En afghan. Habib Noorzai se tourna vers Malko.

– Nous attendons mon cousin Farid. Il vient d'assez loin. C'est lui qui…

Enfin, à dix heures, un personnage majestueux s'encadra dans la porte. Un homme de haute taille, coiffé d'un turban noir dont la «queue» pendait jusqu'à ses genoux. Il avait un nez busqué important, les traits fins et le regard vif. Habib Noorzai l'étreignit longuement sur sa large poitrine. Ils s'embrassèrent trois fois et on présenta Malko. Le nouveau venu le toisa rapidement.

– Mon cousin Farid arrive de Spin Boldak, expliqua Habib Noorzai. Il s'excuse de son retard.

Quatre hommes en tenue camouflée, enturbannés, bardés de cartouchières, avaient pénétré dans la pièce à la suite de Farid et s'étaient simplement assis par terre, dans un grand fracas métallique. Leur présence modifiait considérablement le rapport de forces, mais ils ne semblaient pas agressifs… Malko remarqua, au poignet du cousin Farid, une énorme montre en or, un chronomètre Breitling constellé de diamants qui devait valoir un siècle de salaire d'un policier local.

Ce n'était pas un pauvre paysan.

La conversation en afghan entre les deux cousins se prolongea interminablement, puis Habib Noorzai annonça :

– Nous allons déjeuner. En votre honneur nous utiliserons des fourchettes et des couteaux.

Touchante intention. Mais toujours rien sur les otages.

Ils passèrent dans une salle à manger. La table était couverte de plats de riz, de mouton, de poulet, de salades, de bouteilles d'eau minérale ou de boissons gazeuses. Les quatre hommes s'installèrent tandis que les gardes du corps restaient assis, à même le sol, tout autour de la table.

C'était le menu habituel afghan : *chicken kebab*, *lamb kebab*, *chachlik*, *dal*, salades aux amibes, énormes quartiers de pastèque et des monceaux de mangues.

Malko observait le cousin Farid, visiblement peu habitué à se servir d'une fourchette. Il faillit à plusieurs reprises se transpercer la main… Soudain, avec un grand éclat de rire, il posa sa fourchette et plongea la main dans le saladier de riz au safran, en ramenant une bonne poignée et la portant directement à sa bouche. On était revenus aux fondamentaux. Pendant quelques minutes, on n'entendit que des bruits de mâchoires.

Puis, le cousin Farid, qui avait sûrement bon cœur, prit un gros morceau de poulet dans le plat et le jeta à son garde le plus proche. Pratiquement, en plein dans la bouche ! Les autres convives l'imitèrent, sauf Malko. Placides, les récipendiaires semblaient ravis, pas du tout gênés de cette façon d'agir plutôt primitive. Les mains pleines de graisse et de sauce, ils s'essuyaient à leurs hardes marron qui en avaient vu d'autres.

C'étaient *Les Visiteurs*…

Ils s'empiffrèrent de fruits, tachant les vieux tapis, et enfin burent du thé dans de petits verres.

Discrètement, le Noorzai « droits de l'homme » s'éclipsa et on entra dans le vif du sujet. D'abord, un long monologue d'Habib Noorzai entrecoupé de quelques questions. L'Afghan se tourna ensuite vers Malko.

— Mon cousin Farid croit savoir où se trouvent les otages.

Malko sentit son pouls monter à la vitesse de la lumière.

— Il en est sûr ?

Nouvel échange entre les deux cousins.

— Oui, traduisit Habib Noorzai. C'est dans un village qui se trouve sur le territoire de sa tribu. Les villageois lui disent tout.

– Il sait comment ils sont gardés et où ?

– Dans un endroit où on conserve l'opium, traduisit Habib Noorzai. Il y a une demi-douzaine de taliban.

– On peut les surprendre ?

Le cousin Farid sourit, en donnant des explications volubiles.

– Sûrement, traduisit Habib Noorzai, mais ses hommes ne sont pas habitués à ce genre d'opération.

– Que faire alors ?

Dans l'échange en pachtou, Malko comprit le mot *americans*… Habib Noorzai traduisit :

– Il pense qu'il vaudrait mieux que les Américains interviennent ; eux savent faire ce genre de chose… Et puis, il ne veut pas qu'on sache qu'il est mêlé à cela. Il aurait des ennuis.

– Mais sans lui, comment agir ? Les taliban sont sûrement sur leurs gardes.

– Il nous donnera un guide, un homme de sa tribu, affirma Habib Noorzai.

– Que veut-il comme récompense ?

Habib Noorzai traduisit et le cousin Farid eut un geste de grand seigneur.

– Il ne veut rien, traduisit Habib Noorzai. Seulement votre amitié. Il pense que ces prises d'otages sont contraires aux enseignements du Coran.

Le cousin Farid regarda son chronographe Breitling constellé de diamants et se leva.

– Il a rendez-vous avec le gouverneur de la province, expliqua Habib Noorzai. C'est un homme très important. Si vous pensez faire quelque chose, faites-le-lui savoir.

La main sur le cœur, le cousin Farid s'inclina devant Malko. Et sortit, entouré de ses guerriers repus. Malko avait envie de se frotter les yeux… On lui apportait sur un plateau d'argent ce qu'il cherchait depuis son arrivée en Afghanistan.

– Il est sérieux ? lança-t-il à Habib Noorzai.

Ce dernier semblait flotter sur un petit nuage. Au lieu de répondre à la question, il demanda anxieusement :

— Si cela marche, je suis quitte. Je peux rester ici ?

Cette fois, il ne jouait pas la comédie, cela se sentait. Le moral de Malko monta en flèche.

— Bien sûr, fit-il, j'en fais mon affaire.

— Alors, qu'est-ce que je dis à Farid ?

Ses gros yeux globuleux semblaient avoir encore augmenté de volume. Il suait la trouille.

— Je dois prendre certaines assurances, dit Malko, je lui donnerai ma réponse avant la fin de la journée. Maintenant, on rentre.

Les « Blackwater » retrouvèrent leur souffre-douleur avec un plaisir évident et Maureen demanda aussitôt :

— Ça s'est bien passé ?

— Cela semble prometteur, admit-il. Presque trop beau.

Lorsqu'il eut relaté leur conversation à la Sud-Africaine, celle-ci afficha un scepticisme sans faille.

— Il y a un loup ! Je n'ai encore jamais vu un Pachtoune donner quelque chose sans contrepartie. Ce Farid aurait pu te demander dix millions de dollars pour cette info.

— Qu'est-ce que tu crois ?

— Je n'en sais rien, avoua-t-elle, mais méfie-toi.

— Tu penses qu'il ne faut pas donner suite ?

— Impossible, trancha-t-elle, tu t'en voudrais toute ta vie. À mon avis il faut biaiser et prévenir Noorzai qu'on le coupera en morceaux s'il y a une arnaque…

— Je crois qu'il est sincère, avoua Malko.

— Alors, vas-y. Ça vaut mieux que « Smiling Cobra ».

— Je vais appeler John Muffet, conclut Malko. Il n'y a que lui qui peut prendre cette décision.

— N'oublie pas ton rendez-vous de cinq heures à l'Abasa Schrine, rappela-t-elle. Tu peux avoir une bonne surprise.

Malko ne répondit pas : depuis son arrivée à Kaboul, il ne croyait plus aux bonnes surprises.

* *
*

Suzie Foley se sentait presque bien. Depuis qu'elle avait décidé de se laisser mourir de faim, elle n'avait plus rien avalé. Deux écuelles de riz restaient intactes, à côté d'elle, et la tisane noirâtre qu'on lui servait le soir aussi. Elle se dit que, finalement, c'était une mort agréable. Peu à peu, elle se détachait de la vie, sans souffrance.

Recroquevillée sur elle-même, immobile, elle respirait à peine, comme un animal en hibernation.

La femme qui s'occupait d'elle semblait décontenancée par cette attitude. Presque toutes les heures, elle entrouvrait la porte pour voir si elle avait touché à la nourriture.

* *
*

John Muffet semblait perplexe au téléphone, après le récit de Malko. Grâce à la ligne protégée des *Special Forces*, ils pouvaient se parler sans crainte. Le chef de station de Kaboul finit par dire :

— J'envoie un message à Langley. C'est eux qui doivent prendre la décision.

— Il est quatre heures du matin sur la côte Est, remarqua Malko.

— Je vais faire le maximum, promit l'Américain. Il y a encore votre rendez-vous de cinq heures. Rappelez-moi après.

* *
*

La colline de l'Abasa Schrine ressemblait à une fourmilière. Des centaines de gens se pressaient sur les

bouts de pelouse en terrasses, accessibles par des esca-
liers de pierre et des sentiers qui escaladaient jusqu'au
sommet ce gros monticule. À droite, se dressait la carcasse d'un hôtel inachevé avec une vue imprenable sur
le désert.

Partout, des marchands ambulants offraient tout ce
qu'il faut pour un pique-nique. Le parking était plein
de motos, de voitures et de «rickshaws».

C'était la promenade du vendredi.

Malko regarda sa Breitling : cinq heures moins dix.

– Vas-y ! dit Maureen, je veille sur toi.

Elle avait congédié le chauffeur afghan de son client
local et conduisait elle-même le 4 × 4.

– O.K., accepta Malko. À tout à l'heure.

Au moment où il ouvrait la portière, elle lui lança :

– Tu ne remarques rien ?

– Non.

– Il y a des milliers de gens ici, dit-elle, mais pas
une femme ni même une petite fille…

C'était impressionnant ! Malko eut beau regarder les
colonnes de gens qui montaient ou descendaient, il ne
vit pas une burqa. La culture pachtoune flirtait avec la
misogynie.

Le H&K glissé, invisible, dans sa ceinture, sous sa
chemise, il sauta à terre, devant la première rangée
de marchands ambulants installés au pied des esca-
liers. Maureen s'était trompée : il y avait deux femmes,
deux mendiantes en burqa bleue, accroupies sur le
sol, la main tendue, paume en l'air, d'une immobilité
minérale.

Il s'engagea dans l'escalier menant à l'hôtel abandonné, se demandant comment on allait le contacter.
Comme il était le seul étranger, ce n'était pas très difficile… Il était arrivé aux deux tiers de la montée,
lorsque, en levant les yeux, il aperçut un jeune homme
qui descendait dans sa direction. Jeune, barbu, en
camiz-charouar beige, il ne se différenciait de ses

voisins que par une chose : son regard brûlant, presque halluciné.

En apercevant Malko, son visage s'éclaira d'un étrange sourire. Presque séraphique. C'est alors que Malko réalisa que le jeune homme portait à deux mains un paquet, comme on porte un enfant mort.

Une sorte d'offrande.

Son sang se glaça dans ses veines : c'était un kamikaze, venu mourir avec lui.

CHAPITRE XV

Malko se figea, le cerveau glacé, le cœur cognant contre ses côtes. Le jeune homme continuait à descendre vers lui. Il avait très peu de temps pour prendre sa décision et il était peut-être déjà trop tard.

Une charge explosive puissante dévaste tout dans un rayon important.

Sans même s'en rendre compte, sa main avait filé vers sa ceinture, étreignant la crosse du H&K, sans le sortir. Les gens continuaient à monter et à descendre autour de lui, les enfants à jouer sur les pelouses.

Le jeune homme n'était plus qu'à une dizaine de marches de lui. C'était trop tard. Il attendit, stoïque, tous les muscles noués, le résultat de cette étrange partie de roulette russe.

Le sourire du jeune homme s'accentua, découvrant des dents éblouissantes, tranchant sur la barbe d'un noir de jais.

Bêtement, Malko se dit qu'un homme qui sourit ne va pas se faire exploser. Ses doigts relâchèrent légèrement la crosse du H&K. L'inconnu s'arrêta à quelques centimètres de Malko et demanda à voix basse :

— *Haroye* Malko ?
— *Baleh.*
Il continua en anglais :

– Je vous ai apporté un cadeau pour Habib Noorzai, dit-il, en lui tendant le paquet enveloppé de papier vert ; de la part du mollah Dadullah.

Devant l'hésitation de Malko, il précisa d'une voix douce :

– Ce n'est pas dangereux. Vous pouvez le prendre.

Malko prit le paquet. Il était léger et mou. On aurait dit du tissu. Le jeune homme le contemplait, avec son demi-sourire angélique. Les gens les frôlaient, dans une ambiance paisible. Le soleil descendait sur l'horizon, son énorme disque rouge suspendu au-dessus de la route d'Herat, la dernière grande ville afghane avant l'Iran.

– Vous êtes venu seulement pour cela ? s'étonna Malko, n'osant pas encore évoquer le dernier message reçu à Kaboul, annonçant l'exécution de Ron Lauder, dans quarante-huit heures désormais.

– Non, bien sûr, fit le jeune homme. J'ai un message pour vous, du mollah Dadullah. D'abord, il sait que vous n'êtes pour rien dans l'incident qui a failli coûter la vie à Qari Abdul Jawad. Il s'agissait d'une opération des Services afghans, à votre insu. Leur chef est un Panchiri qui nous voue une haine infâme.

– Le mollah Dadullah est-il revenu sur sa décision d'exécuter votre otage ?

– Le mollah Dadullah est un homme très juste et très bon, répliqua le jeune homme d'un ton sentencieux. Il a pu constater que vous teniez votre parole.

– Comment ? ne put s'empêcher de demander Malko.

– Vous êtes décidé à lui livrer le traître Habib Noorzai, puisque vous l'avez amené avec vous à Kandahar. C'est un geste important. Le paquet que j'ai été chargé de vous remettre contient la tenue qu'il devra porter à cette occasion.

On était dans le malentendu... Malko se dit qu'on

ne sortait le plus souvent de l'ambiguité qu'à son détri-
ment et ne protesta pas.

— Je remercie le mollah Dadullah, dit-il simplement.

— Qu'Allah le protège, fit le jeune homme en écho.
Inspiré par Lui, il a décidé de suspendre la décision du
tribunal islamique afin que nous puissions procéder à
l'échange. Son ultimatum annonçant l'exécution de
l'otage le 14 Jawza est donc annulé. Avant, afin de
montrer sa générosité, il va libérer la femme.

Malko n'en croyait pas ses oreilles. Jamais, à ce jour,
les taliban n'avaient rendu un otage sans compensation.
C'était trop beau ! Il y avait un piège.

— Quand ?

— Très rapidement, assura le jeune taleb. Nous pré-
viendrons le représentant de la Croix-Rouge à Kandahar pour qu'il puisse venir la chercher avec la somme
que vous avez fixée avec Qari Abdul Jawad.

La voix douce et posée du jeune homme donnait à
Malko une très forte envie de lui mettre deux balles
dans la tête. Cependant, en un sens, la demande de rançon le rassurait : on revenait à un schéma classique.
Les taliban étaient mal à l'aise avec les femmes. En
échanger une contre douze millions de dollars n'était
pas une mauvaise opération. Cependant, il y avait un
hic.

— Les gens de la CICR ne voudront jamais participer
à la remise d'une rançon, précisa Malko. Ils se conten-
teront de recueillir la personne que vous leur livrerez.
Il faut trouver une autre solution.

— Dans ce cas, il faudra nous faire parvenir l'argent
avant, précisa le jeune taleb.

Ils étaient arrivés au niveau du parking. Le taleb
s'arrêta et demanda de sa voix douce, d'un ton égal :

— Quand amenez-vous Habib Noorzai ?

Malko ne se démonta pas.

— Suivons les désirs du mollah Dadullah ! dit-il.
Réglons d'abord le problème de l'argent et de cette

femme. Il me faut aussi quelques jours pour verrouiller les choses de mon côté.

Plus il resterait flou, mieux cela vaudrait.

Le jeune barbu n'insista pas. Tirant de sa poche un portable, il le tendit à Malko.

— Prenez ceci, vous recevrez nos instructions dessus. *Inch'Allah.*

Sur un dernier sourire, il fit demi-tour et reprit l'escalier de pierre, remontant vers le sommet de la colline, se noyant très vite dans la foule.

Tandis qu'il traversait le parking, Malko réalisa que les taliban étaient désormais persuadés qu'il allait échanger Habib Noorzai contre leur otage… Cela lui donnait un peu d'espoir. Le temps de mettre à l'épreuve des faits la promesse du cousin Farid. Déjà, la libération de Suzie Foley était une très bonne nouvelle. Il restait, évidemment, un gros nuage noir à l'horizon : qu'arriverait-il si Farid faisait faux bond ? Il répugnait toujours autant à livrer aux taliban Habib Noorzai.

Maureen Kieffer en était à sa sixième cigarette, sa Kalach posée à côté d'elle.

— Alors ? demanda-t-elle.

— J'ai de bonnes nouvelles, dit Malko, avant de relater son entrevue.

— C'est bizarre qu'ils libèrent Suzie Foley aussi facilement, remarqua la Sud-Africaine ; même en payant. Il y a une raison qu'ils ne t'ont pas donnée.

— Peut-être, reconnut Malko, mais le principal, c'est de la récupérer.

Tandis qu'ils repartaient vers Kandahar, il appela immédiatement John Muffet. L'Américain explosa de joie !

— C'est formidable ! Mais on se réjouira vraiment quand elle sera en sécurité.

— Et l'argent ?

– Il sera demain matin à Kandahar. On vous l'apportera à la base «New Frontier».

– Nous sommes sur une « *collision course* [1] », remarqua Malko, si le cousin Farid ne tient pas parole. Je ne me sens pas capable de livrer Habib Noorzai à ces égorgeurs. Je ne pourrais plus jamais me regarder devant une glace.

– *One bridge at a time* [2], tempéra John Muffet. Récupérons déjà Suzie Foley. Et prions très fort. J'ai eu la réponse de Langley, elle est positive. Donnez le feu vert à Farid Noorzai. Je fais envoyer un message au colonel Davidson par le CentCom.

Lorsqu'il coupa la communication, ils étaient en train de contourner l'énorme bloc rocheux en forme de dent. Le soleil disparaissait à l'horizon.

– Si on allait faire un tour en ville ? suggéra Maureen Kieffer. Je n'en peux plus de ce camp.

– Où ?

– Il y a le *Guest-House Continental*. On peut y manger.

– O.K., allons-y, acquiesça Malko.

Lui non plus n'avait pas envie de regagner sa «prison» en plein désert.

*
* *

Une pancarte accrochée à un mur annonçait «Guest-House Continental. Full confort. TV. Internet. Air conditioning. 28 rooms». Inespéré. Après un immeuble en construction, il y avait un grand parking puis une grille style pénitencier gardée par un vigile afghan qui palpa Malko sous toutes les coutures, ne jetant même pas un regard à Maureen Kieffer.

Le sol, devant le *guest-house*, était recouvert d'un

---

1. On va droit dans le mur.
2. Un pont à la fois.

curieux dallage marron et bleu. Une voiture dormait sous une bâche. Dans le *lobby* minuscule et sombre trônait un gros Afghan derrière une petite réception. Il les accueillit avec un sourire affable. Oui, certainement, ils pouvaient dîner. La salle à manger donnait dans le *lobby* sombre, avec une grande télé allumée et trois tables de dix personnes. Seule la dernière était occupée. Des Afghans à un bout et, à l'autre, une femme en hijab, que Malko reconnut immédiatement : Tatiana, l'interprète kirghize de Bobby Gup, l'agent de la DEA.

Donc, ce dernier n'avait pas bluffé : leur opération était réellement en cours...

Elle ne les regarda même pas. Un serveur moustachu leur apporta le menu : salade aux amibes, *chicken kebab*, un monceau de riz, de l'eau minérale, des mangues et des pastèques. Exactement comme dans leur « prison ». Mais, au moins, le décor changeait. La télévision était calée sur Al-Jazira en anglais.

L'interprète kirghize termina son repas et s'esquiva. Sans un mot ni un regard. Sans que Malko sache si elle l'avait reconnu. À neuf heures, ils avaient terminé. Après avoir réglé une somme très modeste, ils repartirent à travers les rues totalement désertes.

À la sortie de la ville, ils durent s'arrêter à un check-point. Des soldats afghans dépenaillés leur extorquèrent 200 afghanis [1] par tête.

Le franchissement de l'entrée du camp « New Frontier » prit au moins dix minutes. Même à cette heure, la chaleur était encore inhumaine.

Après avoir pris une douche, Malko s'allongea, nu, sur son lit, devant CNN. Miné par l'angoisse, même si la situation s'était améliorée. Car, à un moment donné, il faudrait clarifier le cas Noorzai... Si, d'ici là, il n'avait pas récupéré les otages par une autre méthode, il était très mal.

---

1. Quatre dollars environ.

Le grondement d'un Chinook en train de décoller couvrit presque le grattement à sa porte. Maureen Kieffer se glissa dans la chambre, vêtue uniquement d'un haut blanc moulant qui dessinait les pointes de ses seins et d'un short ultra-court, une bouteille de Taittinger Comtes de Champagne à la main.

Le spectacle de ses interminables jambes bronzées réveilla instantanément la libido de Malko. Maureen lui adressa un sourire salace :

– C'est bien, tu es en tenue pour le « Karcher »…

Avec une habileté prouvant une longue habitude, elle fit sauter le bouchon de la bouteille de champagne, la maintenant fermée avec son pouce.

Malko se leva et prit sa seconde douche de la soirée. Lorsqu'elle le jugea bien « karcherisé », Maureen se débarrassa de son haut, et entreprit de l'arracher à ses soucis. Sa langue avait la douceur du velours.

Très vite, Malko essaya de la débarrasser de son short, mais elle esquiva. Il avait oublié la chaleur, les otages et le danger. Maureen, collée à lui de tout son long, comme une chatte en chaleur, avait décidé de le faire jouir dans sa bouche, et s'y tenait.

Elle y parvint presque sans surprise et se releva avec un sourire satisfait.

Ce n'était pas une sentimentale, plutôt une salope à l'état pur.

***

La sonnerie inhabituelle prit Malko par surprise : c'était celle du portable confié par le jeune taleb. Aucun numéro ne s'affichait et il se hâta de répondre. Reconnaissant aussitôt la voix de son interlocuteur de la veille.

– *Salam aleykoum*, dit poliment le jeune homme. Je ne vous réveille pas ?

Il était sept heures du matin, le 14 Jawza, jour où aurait dû être exécuté Ron Lauder.

– Non, assura Malko.

– Vous connaissez la route de Spin Boldak, qui est aussi celle de l'aéroport ?

– Oui.

– Vous allez la prendre. À une vingtaine de kilomètres de Kandahar, avant l'embranchement menant à l'aéroport, il y a une piste qui part sur la gauche, quand on vient de Kandahar. Elle mène à un village qui se nomme Morghan Kechah. Vous vous arrêterez dans ce village où vous recevrez d'autres instructions. Venez seul.

– Quand ?

– À dix heures.

– C'est trop tôt. Je n'aurai pas encore l'argent.

– Alors, midi.

Il avait déjà raccroché. Malko s'habilla et gagna la salle d'ops, où il trouva le colonel Davidson. Il lui expliqua où il devait se rendre. L'Américain fit la grimace.

– C'est plein de taliban, là-bas, affirma-t-il. Il y a une rivière et tout le village cultive le «poppy» sous la protection des taliban. Vous voulez une escorte ?

– Surtout pas.

L'Américain se rembrunit.

– Vous prenez des risques idiots, conclut-il. Je vais faire décoller un drone et vous emporterez un Thuraya. Grâce au drone, on vous observera en temps réel. S'il arrive quelque chose, on interviendra avec des Chinook.

Malko ne pensait pas courir de risque, mais il accepta, avant de retourner dans la cafétéria où Habib Noorzai buvait un thé, fasciné par les jambes de Maureen Kieffer.

– Vous n'avez pas de nouvelles de votre cousin Farid ? demanda Malko.

– Pas encore, dit l'Afghan, mais cela ne va pas tarder.

Il semblait si sûr de lui que Malko n'insista pas.

Une heure plus tard, un civil se présenta à la cafétéria, avec deux gros sacs de cuir noir style «valise diplomatique».

– Je viens de la part de John Muffet, annonça-t-il. Je vous apporte ce que vous attendiez. Je repars tout de suite pour Kaboul. Vous avez un message?

– Non, fit Malko.

Il attendit d'être dans sa «cellule» pour ouvrir les sacs : ils contenaient des liasses de billets de cent dollars tout neufs, attachés par liasses de cinquante mille. Cadeau des contribuables américains aux taliban.

La route filait à travers le désert, droit vers le sud et la frontière pakistanaise. D'ailleurs, Malko avait déjà croisé plusieurs camions pakistanais peinturlurés comme des icones. Il ralentit : le panneau indiquant l'embranchement de l'aéroport était devant lui. Il avait raté la bifurcation décrite par le taleb. Il fit demi-tour et revint sur ses pas. examinant soigneusement le désert sur sa droite. Il finit par distinguer, quelques kilomètres plus loin, une piste presque invisible filant vers l'est.

Il s'y engagea, rebondissant de trou en trou, aveuglé par la poussière. Pas âme qui vive, ni à pied ni en voiture. La piste semblait n'aller nulle part, mais au nord, une ligne verte indiquait la présence d'une rivière… Il dut soudain freiner pour éviter un troupeau de chèvres surveillé par un berger accroupi qui ne broncha pas. Toujours pas de village. Enfin, il le distingua dans la brume de chaleur : quelques masures ocre, éparpillées en plein désert. Il parcourut un kilomètre et il n'y eut plus rien.

En traversant le hameau, il n'avait pas vu âme qui vive. Il s'arrêta pour examiner son portable : plus d'émission. Il n'y avait évidemment pas de relais dans ce coin loin de tout. Donc, le taleb ne pouvait pas le joindre. Il parcourut encore quelques kilomètres, mais la piste était de plus en plus difficile à suivre, se perdant dans le sol rocailleux.

Il ne restait plus qu'à faire demi-tour. Il retraversa le village, toujours aussi désert, repartant en direction de la route Kandahar-Spin Boldak.

Soudain, en regardant dans le rétroviseur, il aperçut derrière lui une moto suivie d'un nuage de poussière, surgie de nulle part. Il ralentit et l'engin le rattrapa. Chevauché par un homme en turban qui en tenait l'extrémité entre ses dents, à l'afghane. Un barbu, mais il n'y avait que des barbus en Afghanistan. Il ralentit encore et la moto le dépassa. Son conducteur n'était pas le taleb de la veille.

La moto freina et stoppa en travers de la piste.

Malko en fit autant et sortit du 4×4, instantanément accablé par la chape brûlante du soleil. Il avait l'impression d'être un œuf dans une poêle. Le conducteur de la moto, un très jeune homme, lui adressa un signe de tête, la main sur le cœur, en s'inclinant légèrement, et prononça le seul mot d'anglais qu'il devait connaître :

– *Money*[1] ?

C'était l'envoyé des taliban.

Malko retourna à la voiture et revint avec les deux sacs de cuir que l'Afghan fixa avec soin sur son porte-bagages. Puis, sans un mot, il remonta sur sa machine et démarra, coupant à travers le désert, en direction de la ligne verte.

Malko n'avait plus qu'à revenir à Kandahar, en priant pour que les taliban tiennent leur promesse.

*
* *

---

1. Argent.

Il était quatre heures de l'après-midi lorsque le portable de Malko sonna. C'était le responsable du CICR à Kandahar, Tony Hamilton, rencontré deux jours plus tôt.

– J'ai reçu un coup de téléphone, annonça-t-il. Je dois aller chercher quelqu'un à Marwand. Vous êtes au courant ?

– Ce sont les taliban ?

– Je crois. Ils n'ont rien dit. Simplement qu'une femme qui avait besoin de soins était à ma disposition.

Malko l'aurait embrassé. Les taliban tenaient parole.

– À quelle distance se trouve Marwand de Kandahar ? demanda-t-il.

– Une centaine de kilomètres.

– La route est bonne ?

– Oui, c'est la route d'Herat.

– À quelle heure avez-vous rendez-vous ?

– Demain matin, à neuf heures.

– Bien, je viens vous voir.

Il fonça chez le colonel Davidson.

– J'ai besoin demain matin d'un hélico pour une évacuation sanitaire, annonça-t-il.

Lorsqu'il eut donné les détails, l'officier américain ne dissimula pas ses réserves.

– Je ne veux pas risquer un de mes Chinook, on ne sait jamais. Je vais demander un Blackhawk à l'ISAF. Je reviens vers vous dès que tout est organisé.

Malko était au téléphone avec John Muffet.

– J'espère qu'on n'aura pas de mauvaise surprise, fit le chef de station. Je n'aime pas cette histoire de soins… Je vais vous envoyer un Grunman avec une équipe médicale. Il attendra à l'aéroport de Kandahar.

Cinq minutes plus tard, Malko fonçait vers le siège de la Croix-Rouge. Tony Hamilton l'accueillit, un peu crispé.

– Vous êtes certain qu'il n'y a rien à négocier ? demanda-t-il. Mon statut me l'interdit.

– Il n'y a rien, affirma Malko. Où avez-vous rendez-vous ?

– Je l'ignore encore. Je recevrai des instructions en arrivant à Marwand.

– Très bien. Prenez ceci.

C'était le Thuraya prêté par le colonel Davidson.

– Dès que vous êtes en possession de l'otage, dit Malko, vous me prévenez. Je vous enverrai un hélicoptère pour éviter le trajet de retour. Attendez d'être loin des taliban pour qu'ils ne croient pas à un piège.

* * *

Les quatre hommes attendaient sur la piste menant à Eshquabad, un petit village au nord de la ville de Marwand. Une zone où opéraient plusieurs groupes se réclamant du mollah Dadullah. Ces taliban faisaient partie de son groupe. Posé à côté d'eux sur le sol brûlant, se trouvait un tapis roulé. À l'intérieur, une femme au teint cadavérique, inerte, ne donnant presque pas signe de vie.

Même durant le trajet, quand on l'avait transportée sur le siège d'une moto, elle n'avait pas protesté. Mollah Dadullah, en personne, avait donné l'ordre de l'amener à cet endroit. Les femmes qui la gardaient lui avaient dit qu'elle ne se nourrissait plus et qu'elle allait sûrement mourir. Or, il ne voulait pas qu'elle meure en captivité, ce qui donnerait une mauvaise image du mouvement.. Sur ce point, les taliban avaient réellement changé, cherchant à se rendre sympathiques.

– Regardez, fit un des jeunes gens.

Une voiture s'approchait, venue de Marwand. Machinalement, ils prirent leurs Kalachnikov et s'accroupirent derrière leurs motos. Ce n'est qu'en distinguant les grandes croix rouges peintes sur le capot et les portières du véhicule et le drapeau suisse qu'ils se relevèrent.

Deux d'entre eux allèrent ramasser la femme enroulée dans le tapis, s'avançant vers l'homme descendu de la voiture.

Le représentant de la Croix-Rouge blémit en voyant le teint livide de l'otage.

— Mais, elle est morte ! lança-t-il en pachtou.

Le jeune taleb secoua la tête.

— *Ne*, affirma le chef.

Le taleb la lui tendait. Presque malgré lui, il la prit dans ses bras, choqué par sa légèreté. Elle ne pesait pas plus de quarante kilos.

Le Britannique se tourna, atterré, vers les taliban.

— Qu'est-ce que vous lui avez fait ?

Ils ne répondirent pas, déjà en train de remonter sur leurs engins. Trente secondes plus tard, ils filaient dans le désert, laissant un nuage de poussière ocre derrière eux. Tony Hamilton alla déposer avec précaution la femme à l'arrière de sa voiture. Il avait essayé de lui parler mais elle n'avait pas répondu. Il sauta sur le Thuraya. Impossible de faire deux heures de route avec une femme dans cet état.

En entendant la voix de l'agent de la CIA qui lui avait remis le Thuraya, il dut se maîtriser pour dissimuler son émotion.

— J'ai récupéré l'otage, annonça-t-il, mais elle est inconsciente. Très amaigrie.

— Où êtes-vous ?

— Au nord de Marwand.

— O.K., laissez votre Thuraya ouvert.

Tony Hamilton mit la clim à fond et très doucement, commença à rouler. À l'arrière, la femme semblait dormir, mais il savait qu'elle était en train de mourir.

*
* *

Depuis vingt minutes, les deux Blackhawk volaient à trois cents pieds à peine au-dessus du désert. Deux

F-16 de l'US Air Force se tenaient prêts à décoller en cinq minutes sur la piste de Kandahar. Les Américains craignaient toujours une embuscade. Avec les taliban, il fallait s'attendre à tout. Depuis qu'ils avaient des missiles sol-air d'origine pakistanaise, le risque pour les hélicos était encore plus élevé. En volant très bas, on éliminait le plus gros de la menace. Malko, assis derrière les deux pilotes d'un des appareils, pointa soudain le doigt en direction d'un véhicule se trouvant sur la piste.

— Là !

La croix rouge peinte sur le toit se voyait de loin. Le Blackhawk commença sa descente, tandis que le second prenait de l'altitude, toutes ses contre-mesures activées, bien qu'on ne distingue aucune menace dans ce désert plat comme la main. L'appareil se posa dans un nuage de poussière ocre et Malko sauta aussitôt à terre, escorté de quatre hommes des *Special Forces*.

— Elle est très mal ! annonça le représentant du CICR.

On posa avec d'infinies précautions Suzie Foley sur une civière de toile et elle n'ouvrit même pas les yeux. Trois minutes plus tard, le Blackhawk fonçait vers l'est, suivi de son *sister ship*. Le copilote avertit l'équipage du Grunman de se tenir prêt à décoller. Quand ils se posèrent à côté du jet, Suzie Foley n'avait pas donné signe de vie. Cinq minutes plus tard, le Grunman décollait pour Kaboul.

Malko filait déjà vers le camp « New Frontier ». John Muffet l'appela deux heures plus tard. Ivre d'une rage froide.

— Je comprends pourquoi ils l'ont lâchée ! fit-il, elle était mourante ! Elle a expliqué qu'elle avait décidé de se laisser mourir. À quelques heures près, c'était fini. Elle était complètement déshydratée. Elle est déjà repartie sur un avion sanitaire. Bravo. Vous allez recevoir un message de Langley.

– Je n'ai rien fait, protesta Malko. Et il reste à résoudre le problème principal. Nous avons un petit répit, mais si Farid Noorzai ne tient pas parole, nous risquons d'avoir à affronter un dilemme très très pénible.

Il aurait bien voulu être plus vieux de quelques jours… Il savait que, même si le mollah Dadullah lui avait donné un répit, il allait devoir se manifester très vite pour annoncer la « livraison » de Habib Noorzai.

Sinon, le compte à rebours recommencerait. Pour de bon, avec son issue fatale.

CHAPITRE XVI

Habib Noorzai, allongé sur le dos sur le lit de sa « cellule », les yeux fermés, était rongé par l'angoisse. Pourtant, il venait d'avoir une longue conversation téléphonique avec Bianca Robinson, restée à Kaboul, qui lui avait proposé de venir le rejoindre à Kandahar. La mort dans l'âme, il avait dû refuser : on ne l'aurait pas laissée entrer dans le camp des *Special Forces* américaines. L'Afghan était en résidence surveillée. L'agent de la CIA Malko Linge lui avait clairement fait comprendre que le dénouement approchait.

Soit l'opération proposée par son cousin Farid aboutissait, soit il aurait le choix entre plusieurs solutions, toutes pires les unes que les autres. Il ne se faisait aucune illusion sur les Américains : après l'affaire de Kaboul, ils ne lui feraient pas de cadeaux. À la seconde où il ne serait plus utile, les « Blackwater » le liquideraient. À moins qu'on le renvoie terminer ses jours dans une prison américaine.

Toutes les deux heures, il appelait le cousin Farid pour savoir où en étaient les choses, maintenant que les Américains avaient accepté le principe d'une libération de l'otage par la force, opération balisée grâce à Farid. Ce dernier promettait d'obtenir l'information d'une minute à l'autre.

Habib Noorzai était arrivé à chasser de son esprit une petite pensée désagréable. Pourquoi Farid, qui n'était pas vraiment un philantrope, acceptait-il d'aider les Américains sans contrepartie ?

La sonnerie de son portable le fit sursauter. En reconnaissant la voix de Farid, il sentit son pouls s'envoler. C'était la première fois que lui appelait. Il fut bref.

— Viens avec ton ami demain à neuf heures au même endroit que la dernière fois.

*
* *

On aurait entendu voler une mouche ! Des gardes armés veillaient devant la porte de la salle du premier étage de l'immeuble de la Mission des droits de l'homme de Kandahar. Ceux de Farid Noorzai. Le chef de tribu venait d'arriver, très affable. Après les embrassades d'usage avec son cousin Habib et une chaleureuse poignée de main à Malko, les trois hommes avaient étalé une carte de la province de Kandahar sur la table.

— C'est ici, annonça en pachtou l'Afghan, posant son index à l'ongle en deuil sur un point au milieu de nulle part, dans le district de Daman, au sud de le ville de Kandahar.

Malko fronça les sourcils.

— Mais il n'y a rien sur la carte, protesta-t-il. Ni piste ni village.

Effectivement, la carte était vierge dans cette zone, à part un tronçon de piste qui commençait et se terminait en plein désert, zigzaguant comme un serpent rouge. Habib Noorzai traduisit sa remarque.

Le cousin Farid sourit dans sa barbe et lâcha une longue phrase.

— Il dit qu'il y a beaucoup de villages, même s'ils

ne sont pas sur la carte, traduisit Habib Noorzai. Ils ont tous des puits et le pavot pousse même dans le sable…

– Quel est le nom de ce village ?

– Il n'a pas de nom. Il se trouve à une centaine de kilomètres au sud de Kandahar. Il connaît la piste pour s'y rendre.

Pour les Américains, il n'y aurait pas de problème : ils utilisaient les Chinook. Il suffisait de savoir où les faire poser pas trop loin du village.

– Quel est son plan ? demanda-t-il à Habib Noorzai.

Il y eut un long échange entre les deux cousins, puis Habib Noorzai expliqua :

– Partir cette nuit de Kandahar, vers trois heures du matin. Vous, moi-même et un homme de ce village. Il sait exactement à quel endroit l'otage est retenu. Ce sera facile pour les Américains de s'en emparer par surprise. Les taliban qui le gardent ne sont pas très nombreux, cinq ou six.

Malko lui jeta un regard méfiant.

– Les « Blackwater » nous accompagneront aussi, souligna-t-il. J'espère que vous n'avez pas de mauvaises idées en tête. Vous savez qu'ils ne vous aiment pas…

C'était une litote…

La main sur le cœur, Habib Noorzai jura qu'il était innocent comme l'agneau qui vient de naître. Il échangea quelques mots avec le cousin Farid et demanda :

– Si c'est d'accord, il va convoquer le « guide ».

– C'est d'accord, dit Malko.

Il n'allait pas pouvoir biaiser longtemps avec le mollah Dadullah. Ce dernier avait rendu Suzie Foley la veille et allait commencer à s'impatienter.

* *
*

Malko n'avait pas fermé l'œil. Il était debout bien avant l'heure du rendez-vous. En apparence, le camp

« New Frontier » dormait, mais tout était prêt pour l'opération.

À deux heures et demie du matin, il franchit le portail dans un Humwee, où se trouvaient Maureen Kieffer et Habib Noorzai, et ils prirent la direction de la Mission des droits de l'homme. Derrière eux, dans un autre Humwee, se trouvaient les quatre « Blackwater ».

Il y avait de la lumière dans les bureaux et l'autre cousin les accueillit chaleureusement. Un Afghan pauvrement vêtu, enturbanné, était accroupi dans un coin du bureau. Habib Noorzai se tourna vers Malko.

– C'est Jalladuddin qui va nous conduire à son village. Dès que nous aurons récupéré l'otage, nous appellerons Farid pour lui annoncer la bonne nouvelle.

Dix minutes plus tard, les deux véhicules prenaient la route de Spin Boldak, traversant la ville endormie, sans même un check-point. Malko était noué : en tentant de délivrer l'otage par la force, ils prenaient un risque certain, mais ils n'avaient pas vraiment le choix. Grâce à son Thuraya, il allait guider les Chinook avec précision. Pour éviter de donner l'éveil aux villageois, les hommes du commando devaient être déposés à plus de deux kilomètres. Le colonel Davidson avait repéré un thalweg où les hélicos se poseraient sans trop de bruit.

Malko était tellement fatigué qu'il s'endormit, accroché à la poignée de cuir du 4×4, bercé par les moutonnements du désert. En deux heures de piste, ils ne croisèrent qu'un renard ébloui par les phares. Il se demandait comment leur « guide » Jalladuddin s'y retrouvait… Les yeux ouverts comme une chouette, il scrutait chaque ondulation.

À un moment, il poussa un grognement bref et Habib Noorzai lança aussitôt :

– Il faut s'arrêter là.

Le chauffeur pila puis éteignit son moteur. Malko descendit le premier. L'air était encore brûlant et la température devait dépasser 35 °C en pleine nuit. Il regarda autour de lui : pas un point de lumière, un peu de vent, le silence absolu, minéral. Il se tourna vers Habib Noorzai.

– Demandez-lui à quelle distance nous sommes de ce village.

– Environ cinq kilomètres, répondit le « guide ».

À pied, la distance sur ce sol caillouteux mais à peu près égal pouvait se couvrir en une heure au maximum.

– Sait-il où se trouve l'otage ?

Long dialogue chuchoté puis Habib Noorzai annonça :

– Oui. Dans une sorte de grange, à l'entrée du village, de ce côté-ci. Un peu à l'écart, derrière un monticule.

Malko regarda le ciel étoilé, puis les aiguilles lumineuses de sa Breitling. C'est maintenant qu'il fallait prendre la décision. Il était paniqué à l'idée du bruit causé par les deux Chinook dans ce silence absolu.

– Vous les appelez ? demanda Habib Noorzai, visiblement stressé.

Les quatre « Blackwater », descendus de leur véhicule, attendaient, assis sur le sol en arc de cercle.

– O.K., annonça Malko.

Il alluma le Thuraya, l'orienta pour trouver le satellite et, quelques instants plus tard, le voyant vert lui apprit qu'il était activé. Le colonel Davidson devait attendre car il décrocha immédiatement.

– *You read me*[1] *?*

– *Five on five,* répondit l'officier. Tout est O.K.

– Vous avez ma position ?

– Je suis en train de la lire.

– Dans combien de temps pouvez-vous partir ?

– Cinq à sept minutes.

– Allez-y. Ici, le terrain est plat. Dès que nous vous entendrons, nous allumerons un signal lumineux.

---

1. Vous me recevez.

– On sera là dans vingt à vingt-cinq minutes, assura le colonel des *Special Forces*.

Les dés étaient jetés. Malko s'appuya à la tôle chaude du Toyota et se mit à prier.

* *
*

Au fond de sa ceinture, sous le *charouar*, Habib Noorzai serrait la crosse d'un petit pistolet. C'est son cousin Kabir qui avait réussi à le lui glisser. Une sorte d'assurance vie. Il n'avait pas confiance dans les Américains, et encore moins dans les « Blackwater ». Ceux-ci, l'otage libéré, n'hésiteraient pas lui régler son compte…

S'il parvenait, pendant l'assaut, à s'esquiver, quitte à se servir de son arme, et à se cacher dans le village, il s'arrangerait bien, ensuite, pour gagner le Pakistan, guère éloigné. Il bénit le cousin Farid. Grâce à lui, il espérait échapper aux deux mâchoires du piège qui s'apprêtait à le broyer… Il saurait le récompenser.

Il leva la tête vers le ciel toujours piqueté d'étoiles. Il lui avait semblé percevoir un bruit lointain. Il tendit l'oreille, tourna la tête et son cœur s'affola. Le grondement se rapprochait. Cela venait du nord, de la direction de Kandahar. Même lorsqu'il fut presque assourdissant, il ne distingua la masse sombre des deux hélicoptères qu'au dernier moment. Ils volaient très bas, leurs feux de position pratiquement invisibles du sol. Ils se laissèrent tomber lourdement à l'endroit prévu, soulevant un nuage de poussière qui le fit tousser. Puis les rotors s'arrêtèrent et le silence retomba.

* *
*

Les hommes casqués, chargés comme des baudets, étaient en train de débarquer par la trappe arrière des deux Chinook. Le colonel Davidson s'approcha de Malko. Grâce à la torche infrarouge fixée sur son casque, il y voyait comme en plein jour.

– Cela a fait beaucoup de bruit ! remarqua Malko, tendu.

L'Américain ne se troubla pas.

– Cela ne s'entend pas à moins de deux kilomètres, affirma-t-il. En plus, nous volions très bas. Et enfin, il y a souvent des vols de nuit d'avions ou d'hélicos, les gens sont habitués.

– *Inch'Allah !* conclut Malko. Vous avez quelqu'un qui parle pachtou avec vous ?

– Oui, un officier de liaison de l'armée afghane. On ne lui a rien dit de notre objectif.

– Bien, je vais le présenter à notre « guide ».

Les présentations furent faites avec force chuchotis et les hommes se mirent en marche, sur deux colonnes. Grâce aux appareils de vision nocturne, sur ce terrain plat, ils ne craignaient pas de surprise ou d'embuscade. Les deux Toyota étaient restées avec les hélicos. On n'entendait plus que le bruit des brodequins sur le sol. Le commando disposait de lance-roquettes, de deux mitrailleuses légères et d'assez de munitions pour livrer la bataille de Stalingrad. Malko se demandait comment ils arrivaient à avancer.

La nuit était, heureusement, toujours aussi noire. Habib Noorzai, pris en sandwich entre Malko et les « Blackwater », trébuchait parfois sur le sol inégal.

Malko s'imposa de ne pas regarder sa Breitling avant un bon moment. Lorsqu'il le fit, il constata qu'ils étaient partis depuis quarante-cinq minutes. Il hâta le pas, doubla les soldats et rejoignit le groupe de tête : le colonel Davidson, Jalladuddin le guide, et l'inter-prète pachtou. Presque aussitôt, les trois hommes s'ar-rêtèrent et l'officier répercuta l'ordre par radio. Les soldats s'accroupirent sur place, invisibles.

– Jalladuddin dit que nous sommes à moins de cinq cents mètres, expliqua l'officier afghan. Le jour va commencer à se lever dans une heure. Je suggère que nous agissions maintenant. Grâce à notre équipement, nous avons un avantage certain. À condition de ne pas nous tromper de cible.

Accroupis, le « guide » du cousin Farid et l'officier afghan discutaient à voix basse. Ce dernier traduisit :

– D'après lui, il n'y a qu'une entrée à ce bâtiment et cinq ou six hommes armés à l'intérieur. Entre la surprise, nos grenades aveuglantes et notre puissance de feu, cela ne devrait pas poser de problème.

– Il ne faut que quelques secondes pour égorger quelqu'un, remarqua Malko, sombrement.

Le colonel Davidson ne se troubla pas.

– Ou ils ont entendu les hélicos et ils sont sur leurs gardes. Ou ils dorment. Dans ce cas, mes hommes sont entraînés à neutraliser des adversaires en quelques secondes.

– Dieu vous entende ! fit Malko. Est-il absolument certain qu'il s'agit de ce bâtiment ?

Chuchotis. L'officier afghan conclut :

– Il dit que oui. Il y a été lui-même.

Le colonel Davidson et Malko échangèrent un long regard. On aurait entendu voler une mouche.

– *Let's roll !* fit Malko, à mi-voix.

CHAPITRE XVII

Ron Lauder n'arrivait pas à dormir. Les élancements causés par l'infection de son œil gauche lui envoyaient sans arrêt des vagues de douleur à hurler. L'œil restait fermé, les paupières collées par le pus. Les taliban ne lui donnaient aucun médicament. Pour eux, c'était une broutille. Habitués à survivre dans des conditions très difficiles, ils lui appliquaient le même traitement qu'à eux.

Sans méchanceté mais sans la moindre humanité.

Il avait encore été changé de lieu de détention trois jours plus tôt. Sans ménagement, emmené cette fois dans un vieux 4 × 4, dissimulé sous des bâches. Tout le temps du trajet, un jeune taleb était resté près de lui, un poignard à la main, la lame posée à plat sur sa gorge. Il lui suffisait d'une torsion du poignet et d'un geste rapide pour l'égorger. Ce qui était prévu en cas de check-point inopiné. Les taliban n'oubliaient rien. Dix ans de guerre contre l'Armée rouge avaient formé les plus vieux et les autres apprenaient vite.

Sa nouvelle prison ressemblait aux autres : grange au sol de terre battue, avec les éternels ballots d'opium et des fûts de « précurseurs » chimiques, plus quelques instruments aratoires. Peuple d'agriculteurs, les Afghans étaient très actifs. Il se demanda où était Suzie

Foley. Depuis leur « rapprochement », il n'avait plus eu de nouvelles. L'équipe qui le gardait désormais ne parlait que le pachtou. Il en venait à regretter Amin, le taleb qui s'intéressait à la vie sexuelle des incroyants.

Parfois, Ron Lauder était le témoin involontaire d'une étreinte rapide entre deux taliban, au milieu de la nuit, au fond de la grange. Il fallait bien satisfaire les pulsions de ces très jeunes gens. À leurs yeux, ce n'était pas de l'homosexualité, mais de l'hygiène.

Soudain, il entendit des frôlements et sursauta.

Un rat ou un petit animal.

Le bruit léger cessa mais il lui sembla en entendre un autre venant de l'extérieur. On lui avait pris sa montre dès le premier jour et il n'avait aucune idée de l'heure. Il attendit, le cœur battant, au cas où il se passerait quelque chose.

Malko, coiffé d'un casque muni d'un appareil de vision nocturne, apercevait nettement les contours d'un bâtiment bas en pierre et boue séchée, au toit presque plat, à une trentaine de mètres, en silhouette verdâtre.

Le colonel Davidson approcha sa tête de la sienne, et dit à voix basse :

– Nous sommes à H – 2.

C'est-à-dire qu'il restait deux minutes avant l'assaut destiné à libérer l'otage. Les hommes des *Special Forces* s'étaient déployés sans le moindre bruit, encerclant le bâtiment-cible, puis établissant un cordon de sécurité entre le village et la cible, de façon à éviter toute surprise.

Le groupe chargé de neutraliser les geôliers de Ron Lauder comportait six hommes : un sergent et cinq soldats. Tous rompus à ce genre d'assaut.

Malko, les yeux glués à sa Breitling, suivait la progression de l'aiguille lumineuse des secondes. Elle accomplit un tour complet et repartit dans sa course sans fin. Malgré lui, il avait la bouche sèche. Les dernières secondes semblaient s'écouler plus vite. L'aiguille repassa le chiffre douze. Ils étaient en retard.

Et soudain, le silence de la nuit vola en éclats.

D'abord, une explosion sourde, suivie de plusieurs éclairs aveuglants. Ensuite, des détonations, si faibles qu'elles évoquaient plus un jeu d'enfant qu'une opération militaire. Les hommes du colonel Davidson utilisaient des armes munies de silencieux. En même temps, plusieurs fusées éclairantes montèrent dans le ciel, détaillant les maisons du village comme en plein jour.

– *Let's roll !* lança le colonel Davidson, entraînant Malko dans son sillage.

Derrière eux, Habib Noorzai resta sur place, entouré des quatre «Blackwater». La main crispée sur la crosse de son petit pistolet. Craignant que, l'otage délivré, ils se laissent aller à leurs mauvais instincts. Accroupi sur les talons, il avait le dos de sa *camiz* collée à la peau par la transpiration. Les fusées éclairantes permettaient de voir des silhouettes se déplacer rapidement, mais le silence était retombé. Malko et l'officier américain pénétrèrent en même temps dans la grange. Juste au moment où un des hommes du commando tirait une balle derrière l'oreille d'un homme qui bougeait encore faiblement. C'étaient les ordres. Dans cette unité, on ne faisait jamais de prisonniers. Systématiquement, tous les adversaires étaient achevés d'une balle de petit calibre tirée par un pistolet équipé d'un silencieux.

Un soldat, équipé d'une puissante torche électrique, inspectait les lieux. Le colonel Davidson se précipita vers le sergent.

– Vous l'avez trouvé ?

– Négatif, *sir*, répondit le sous-officier. Nous avons neutralisé cinq hommes, tous armés. Ils dormaient.

Ceux-là ne s'étaient pas vus mourir. Malko sentit son cœur descendre dans ses chaussettes. Si le « guide » s'était trompé de lieu, l'otage devait déjà être égorgé !

Accroupi dans un coin, Jalladuddin semblait terrifié, houspillé par l'interprète afghan. Celui-ci leva la tête.

— Il assure que c'était bien le bâtiment que le cheik Farid lui avait désigné.

— Il avait vu l'otage ?

— Non, personne n'avait le droit de pénétrer là. Mais le cheik Farid lui a juré l'avoir vu.

Autrement dit, le cousin Farid... Malko était atterré. Les soldats étaient en train de déplacer d'énormes ballots dégageant l'odeur fade de l'opium. La quête fut vite terminée.

— Il n'y a personne ici, assura le sergent. Nous avons trouvé, derrière, un petit dépôt de munitions. Une douzaine de RPG7 et des munitions de Kalach.

Ce qu'on pouvait découvrir dans chaque village de la région...

Devant la tête de Malko, le colonel Davidson lança :

— Nous allons fouiller ce village, maison par maison. S'il est là, nous le trouverons.

Un peu plus loin, une rafale de Kalach éclata et le cœur de Malko fit un bond dans sa poitrine. Les premières lueurs de l'aube commençaient à éclairer le ciel. Des soldats tiraient les cadavres des cinq taliban à l'extérieur, pour les photographier.

— Allez chercher Habib Noorzai, ordonna Malko.

Les commandos s'étaient répandus dans tout le village, fouillant chaque habitation... Habib Noorzai arriva, les traits tendus, le regard affolé.

— Il n'y avait personne dans cette grange, à part cinq taliban, annonça Malko. Votre cousin Farid vous a mené en bateau.

Habib Noorzai semblait sincèrement effondré. Il essuya son front dégarni et sortit son portable.

— Je ne comprends pas, balbutia-t-il. Il m'avait dit

être absolument sûr. Il avait vu l'otage. Vous avez bien trouvé la grange ?

Malko lui tendit son Thuraya.

– Appelez-le.

Ce qu'il fit. Malko entendit la sonnerie résonner dans le silence, puis basculer sur un enregistrement en dari. Le cousin Farid n'était pas joignable. Habib Noorzai referma le portable. Décomposé.

– Il ne répond pas, laissa-t-il tomber

Il resta le portable en main, assommé.

En dépit de tout ce qui s'était passé, Malko avait l'impression que l'Afghan ne jouait pas la comédie.

– Pourquoi votre cousin Farid avait-il accepté de vous aider ?

Habib Noorzai esquissa un faible sourire.

– Mais c'est mon cousin… C'est normal. Nous sommes de la même tribu. J'en aurais fait autant pour lui.

Malko se sentit envahi par une rage froide.

– Votre cousin Farid s'est moqué de vous et de moi ! lança-t-il. Pour une raison que j'ignore.

Il écumait de rage intérieurement, à l'idée d'avouer à la CIA qu'il s'était fait « enfumer » par le cousin Farid. Les quatre « Blackwater » observaient la scène, impassibles.

Le gros Afghan se rapprocha de Malko et dit à voix basse :

– Ne les laissez pas me tuer…

Les quatre Américains le guettaient comme un matou guette une souris bien grasse. Eux aussi savaient désormais que l'otage ne se trouvait pas là. Ray Rainer, « Spiderman », s'approcha de Malko avec un sourire faussement innocent.

– *Sir*, nous allons repartir, j'ai appelé la voiture par radio. On le prend avec nous ?

Jamais Habib Noorzai n'arriverait vivant à Kandahar… Malko se dit qu'il ne pouvait pas laisser assassiner cette crapule. Pas comme ça.

– O.K., repartez, dit-il. Il va revenir avec nous dans les hélicos. Il ne risque pas de s'échapper.

« Spiderman » n'osa pas insister et se détourna sans un mot. Le jour se levait très rapidement. Maintenant, on distinguait parfaitement les masures, couleur désert. Des soldats américains avaient pris position tout autour tandis que les autres achevaient la fouille du village. Le colonel Davidson surgit et s'approcha de Malko.

– *Sir*, nous avons fouillé toutes les maisons et interrogé les gens. Aucune trace de cet otage, et les habitants prétendent ne jamais en avoir entendu parler…

– J'ai entendu des coups de feu. Qu'est-ce que c'était ?

– Un homme armé. Il a tiré sur nous quand nous avons voulu pénétrer dans sa maison. Il a été neutralisé. Heureusement, mes hommes ont des protections en céramique… Quels sont les ordres, *sir* ?

– Il y a des dégâts collatéraux ?

– Non, *sir*, juste des « adversaires combattants ». Six, en tout.

– Très bien, appelez les hélicos, on repart. Inutile de s'attarder.

– Très bien, *sir*.

Malko le rappela.

– Il faut détruire ce stock d'opium avant de repartir, dit-il. Il y a là de quoi fournir des milliers de drogués.

Le visage du colonel se ferma et il répliqua d'une voix sèche.

– *Sir*, cela n'entre pas dans le cadre de la mission qui a été définie par le CentCom de Bagram. Nous cherchons un otage, pas de l'opium. En plus, je n'ai pas de quoi le détruire et cela prendrait du temps.

– Qu'allez-vous faire alors ?

– Dans mon rapport, je vais signaler la présence de

cet opium et demander qu'on transmette l'information
à la DEA.

Comme si les « stups » américains allaient venir per-
quisitionner dans ce village du bout du monde ! C'était
grotesque. Brutalement, Malko eut une illumination
pour transformer cet échec en succès. En utilisant cet
énorme stock d'opium pour réaliser l'opération proposée par Bobby Gup, l'agent de la DEA ! L'échange de
l'otage américain contre de l'opium que l'homme de la
DEA voulait « confisquer » au gouverneur de la province. Or, cet opium-ci était disponible immédiatement
et n'était plus défendu.

Les deux Chinook venaient de se poser à la lisière
du village. En bon ordre, les hommes du colonel
Davidson évacuaient l'endroit, après avoir photogra-
phié les cadavres des taliban. Malko réalisa soudain
qu'il manquait quelqu'un. Jalladuddin, le « guide »
offert par le cousin Farid ! En toute logique, il aurait
dû rembarquer avec eux, sous peine de se faire échar-
per par les habitants du village... Il s'adressa au capitaine interprète afghan :

– Avez-vous vu l'homme qui nous a amenés jusqu'ici ?

– Il a disparu. J'ai l'impression qu'il n'est plus dans
le village. Il doit se cacher à l'écart. De toute façon,
nous n'avions plus besoin de lui.

Tout à son nouveau plan, Malko marcha vers le colonel Davidson, en train de superviser le dégagement de
ses hommes.

Le premier Chinook était déjà en phase de décollage,
les rotors sifflant comme des serpents. Malko dut hurler pour se faire entendre.

– Colonel, pouvez-vous laisser un détachement de
vos hommes afin de sécuriser ce stock d'opium ?
demanda-t-il.

Le colonel américain n'hésita pas.

– Négatif, *sir*, hurla-t-il à l'oreille de Malko. Ce

serait beaucoup trop risqué. Les taliban risquent de revenir en force, en apprenant ce qui s'est passé. Désolé.

Il lui tourna le dos. À cause de la poussière soulevée par les énormes rotors, on n'y voyait plus rien. Quelques silhouettes apparaissaient timidement au milieu du village. Il était temps de repartir. Désormais, il faisait grand jour et 45 °C…

Poussant devant lui Habib Noorzai, Malko monta le dernier dans le second Chinook. Lequel s'éleva dans un grondement d'enfer. Tous ses occupants étaient tendus : c'était le moment le plus dangereux. Si des RPG étaient dissimulés dans le village, une roquette pouvait facilement abattre l'appareil encore près du sol.

Heureusement, rien ne se passa et les deux gros hélicos mirent le cap au nord. Malko pensait déjà à la phase suivante. Quand le bruit se fut un peu calmé, il se rapprocha du colonel Davidson.

– Pouvez-vous me donner la localisation exacte de ce village ?

L'officier américain lui montra la carte posée sur sa cuisse. Le district de Daman, avec un point et des coordonnées GPS.

– Nous l'avons appelé le village Shangri-La, annonça l'officier.

Malko nota les coordonnées et alla s'asseoir sur la banquette en toile, au milieu des soldats qui somnolaient déjà, toujours harnachés.

Vingt minutes plus tard, les deux appareils se posaient sur l'hélipad du camp « New Frontier ». Avant de le quitter, le colonel Davidson expliqua à Malko :

– Je vais faire un rapport disant que, sur renseignement, nous avons effectué un raid dans un village et neutralisé six « ennemis combattants ». De cette façon, je peux justifier mes dépenses sans toucher à la confidentialité de l'opération.

Les soldats regagnaient leurs dortoirs, se débarras-

sant enfin de leur lourd harnachement. Malko resta seul
avec Habib Noorzai, l'air misérable.

— Qu'est-ce que vous allez faire de moi ? demanda
l'Afghan. Je vais essayer de savoir ce qui s'est passé.

— Moi, je le sais déjà, soupira Malko. Votre cousin
Farid s'est moqué de nous. Reste à savoir pourquoi.

— Et maintenant ?

— Vous restez ici. Il y a peut-être une toute petite
chance de sauver votre peau.. Alors priez très fort Allah
ou qui vous voulez.

— Je vais enquêter par téléphone, promit le gros
Afghan.

Malko ne l'écoutait déjà plus. Il savait que les soldats de garde avaient l'ordre de l'abattre s'il tentait de
quitter le camp. De ce côté-là, il ne risquait rien…
Maureen l'attendait, habillée et maquillée, bien qu'il
ne soit que six heures du matin.

— C'était une fausse information, lança Malko.
L'otage n'a jamais été là-bas… Va te reposer.

Maintenant, il fallait gérer la suite. Et d'abord
joindre Bobby Gup.

Dès qu'il fut dans sa chambre, il appela l'agent de
la DEA, qui mit pas mal de temps à répondre.

— *Who's calling ?* demanda-t-il d'une voix endormie. Vous savez quelle heure il est ?

Malko ne perdit pas de temps.

— C'est Malko Linge, dit-il, et je sais qu'il est six
heures. Mais il fallait que je vous parle d'urgence.

— Allez-y, fit l'Américain, complètement réveillé.

— Pour votre opération en cours, êtes-vous certain
de mettre la main sur le stock promis par votre informateur ? demanda Malko.

Le DEA rit, pas trop sûr de lui.

— Vous savez bien qu'on n'est jamais 100 % sûr.
Pourquoi ?

— Si je vous amène, moi, un stock équivalent, votre
proposition tient toujours ?

– C'est-à-dire ?

– Grâce à vos contacts, vous faites un deal avec le mollah Dadullah et vous récupérez notre otage. En échange, je vous remets Habib Noorzai.

Tout bien compris, c'était une solution morale, pas trop déshonorante…

Le silence se prolongea au bout du fil. Visiblement, l'Américain était étonné de la proposition de Malko. Il relança :

– Où allez-vous prendre un tel stock ?

– Je l'ai vu il y a une heure, expliqua Malko, je sais où il se trouve.. Il n'est même plus gardé, mais il faut faire vite.

– C'est à Kandahar ?

– Non, dans le district de Daman. Une centaine de kilomètres au sud.

Cette fois, l'agent de la DEA comprit que Malko était sérieux.

– O.K., dit-il, *we have a deal* ! Qu'est-ce qu'on fait ?

– Où êtes-vous ?

– À Kaboul.

– Dans combien de temps pouvez-vous être là ?

– Entre neuf heures et dix heures.

– O.K. D'ici là, votre interprète Tatiana peut-elle trouver deux camions ? Je sais qu'elle est là, je l'ai vue.

– Oui, je pense. Moi aussi, en les demandant aux Canadiens.

– O.K. Dès que vous décollez de Kaboul, vous m'appelez. J'ai encore des choses à régler ici.

À peine eut-il raccroché qu'il fonça chez le colonel Davidson, qui sortait de la douche.

– J'ai besoin d'un Blackhawk, annonça Malko. Prêt à décoller de l'aéroport dans deux heures, au maximum.

L'officier américain secoua la tête.

– Je ne gère pas ce type d'appareil. Il faut demander aux Canadiens. Ou à « Enduring Freedom ».

Malko était déjà au téléphone avec John Muffet.

— Vous l'avez ? demanda l'Américain, avant même que Malko pût placer un mot.

— Non, c'était une information bidon. Il n'a jamais été dans ce village. J'ai peut-être une solution de secours.

Il lui expliqua rapidement son plan et conclut :

— J'ai besoin de «sécuriser» d'urgence ce stock d'opium. Le seul moyen d'atteindre ce village rapidement est un hélico.

— C'est risqué, remarqua le chef de station de la CIA. Et si les taliban sont revenus ?

— Je n'irai pas seul. Le colonel Davidson me prêtera des hommes.

— Je vais demander à l'état-major des Canadiens, ici, à Kaboul, dit John Muffet. Mais ce sont des lents…

— Secouez-les, conclut Malko.

Alertée, Maureen Kieffer appela le chauffeur de son «client». Une demi-heure après, ils débarquaient au *Guest-House Continental*. Comme il s'y attendait, il trouva, attablée dans le jardin, Tatiana, l'interprète kirghize de Bobby Gup, en train de jongler entre plusieurs portables.

Elle l'accueillit avec un large sourire.

— J'essaie de trouver des camions, annonça-t-elle. Avec les Stups d'ici, les Afghans. Mais ils veulent se faire payer.

— Payez-les ! lança Malko. Quand les aurez-vous ?

— Dans une heure, si tout se passe bien.

Le portable de Malko sonna, c'était John Muffet, désespéré.

— Je n'arrive pas à trouver d'hélico, annonça-t-il. Je suis obligé de remonter au CentCom. Ils veulent tous savoir pourquoi.

— Mentez ! conseilla Malko. Dites que c'est pour aller chercher l'otage.

— Ce n'est pas vrai.

– En partie, si.

À côté de lui, Tatiana la Kirghize s'égosillait en pachtou. À peine avait-il terminé qu'il reçut un texto de Bobby Gup : « Je décolle de Kaboul. Serai à Kandahar à 8 heures. »

Il avait fait vite. Malko se retourna vers Tatiana.

– Dès que vous avez les camions, rejoignez-nous à l'aéroport.

*
* *

Deux camions pakistanais venaient de se garer en face de la grange où se trouvait le stock d'opium du village sans nom baptisé Shangri-La. Après avoir franchi la frontière pakistanaise à Spin Boldak, ils avaient suivi la route goudronnée vers Kandahar, coupant ensuite à travers le désert.

Leurs chauffeurs connaissaient très bien la route, pour être déjà venus y charger de l'opium.

Ils avaient retrouvé à l'entrée du village Jalladuddin, le « guide » qui avait piloté les Américains, s'esquivant ensuite. Celui-ci était en contact constant par Thuraya avec son chef, Farid Noorzai. Ce dernier avait passé la nuit dans le désert, dans son 4 × 4 climatisé, attendant que Jalladuddin lui annonce la fin de l'opération américaine.

Il avait alors donné l'ordre aux camions de gagner le village, sûr de ne pas rencontrer d'opposition armée, les taliban qui gardaient l'opium ayant été éliminés par les *Special Forces* américaines.

Il n'en revenait pas de sa chance.

Dès que son cousin Habib lui avait parlé de l'otage, il avait pensé à cette manip. Depuis longtemps, il connaissait l'existence de ce stock d'opium appartenant au mollah Dadullah, qui n'avait pas voulu le mettre sur le marché pour ne pas faire baisser les cours.

Ce village étant hors de la zone d'action des Canadiens et des Britanniques, il n'avait pas besoin d'une garde nombreuse. C'était presque symbolique. Personne n'allait toucher à de l'opium appartenant aux taliban. C'est alors que Farid Noorzai avait eu une idée géniale : faire éliminer les taliban gardant le stock par les Américains et s'en emparer ensuite.

En faisant croire que c'étaient les Américains qui l'avaient « confisqué ».

Il suffisait de les convaincre qu'ils allaient retrouver leur otage...

La première partie de la manip avait superbement marché. Maintenant, il restait à déménager le stock d'opium avant que les taliban ne réagissent. C'était une question d'heures. Terrifiés, les villageois restaient cloîtrés dans leurs maisons.

Grâce au Thuraya, Farid Noorzai suivait en temps réel les opérations menées par Jalladuddin. Une vingtaine de journaliers pakistanais, recrutés à Spin Boldak, s'affairaient à transférer l'opium de la grange aux camions. Ceux-ci reprendraient ensuite la route de Spin Boldak. Là-bas, tout était bordé : les douaniers achetés, et l'opium déjà revendu à un gros trafiquant pakistanais. Certes, avec un *discount*. Mais pour ce qu'il avait coûté...

Farid Noorzai regarda son portable. Habib, son cousin, lui avait laissé une demi-douzaine de messages, de plus en plus angoissés. Il les effaça, serein. Il allait passer quelques mois à Quetta, pour laisser les choses se calmer et placer les dix millions de dollars obtenus grâce à cette arnaque.

CHAPITRE XVIII

Un gradé de l'armée afghane, en uniforme, qui traînait dans l'aérogare déserte, s'approcha de Malko avec un sourire embarrassé et murmura :

– *Money...*

Malko lui donna deux billets de cinquante afghanis et il s'éloigna, satisfait. Vu le nombre limité de passagers qui transitaient par Kandahar, il ne devait pas faire fortune. Ouverte à tous les vents, l'aérogare semblait abandonnée. Seul, le vieil Américain, coiffé d'une casquette de base-ball portant la mention «Custom Officer», contemplait le terrain vide, assis sur un banc à l'ombre.

Un C-130 attendait, puis deux F-16 décollèrent à quelques secondes d'intervalle. Malko regarda sa Breitling. Presque deux heures s'étaient écoulées depuis le coup de fil de Bobby Gup.

Son portable sonna : c'était Tatiana la Kirghize.

– J'ai les camions, annonça-t-elle.

– Où ?

– Devant le *Guest-House Continental.*

– Venez à l'aéroport.

Il y avait une quinzaine de kilomètres et c'était dans la bonne direction : toujours cela de gagné... Il avait à peine raccroché qu'un petit jet apparut, effectua un

virage serré et se présenta sur la piste. Malko s'approcha aussitôt du vieux « Custom Officer » américain,
relié à la tour de contrôle par radio.

– Quel est ce vol ?

– Vol privé en provenance de Kaboul, répondit le
« Custom Officer ».

L'avion roulait déjà en direction de l'aérogare. Il
s'arrêta, la passerelle se déplia et la moustache de
Bobby Gup émergea de la cabine. L'agent de la DEA
fonça sur Malko, suivi d'un homme massif, aux cheveux rasés.

– Ted Kennedy, mon *deputy*, annonça-t-il. Où en
sommes-nous ?

– J'attends toujours un hélico, avoua Malko. Je rappelle John.

Il eut un mal fou à joindre John Muffet. Le chef de
station de la CIA écumait de rage.

– Impossible d'avoir un hélico dans un délai aussi
court ! explosa-t-il. Surtout que la destination est floue.
Cela risque de prendre plusieurs heures.

– Laissez tomber, dit Malko, on va y aller par la
piste. Je vous tiens au courant.

Aussitôt, il rappela le colonel Davidson, lui signa-
lant leur départ pour le village de « Shangri-La ».

– Je ne m'attends pas à trouver de la résistance,
expliqua Malko. Mais je veux pouvoir compter sur
vous pour nous dégager, si besoin est.

– Pas de problème, affirma l'officier des *Special
Forces*. Je mets un Chinook en *stand by*. Il ne se passera pas plus d'une demi-heure à partir du moment où
vous m'appellerez et celui où nous serons là. Je pré-
viens aussi les Brits, pour qu'ils soient prêts à intervenir.

Ils foncèrent à la sortie de l'aérogare. Maureen Kieffer était là, avec Tatiana la Kirghize, en train de se
battre au téléphone avec les gens du premier barrage

de sécurité de l'aéroport qui refusaient de laisser passer les camions.

Cette fois, la Sud-Af avait tenu à les accompagner, convoyant les quatre «Blackwater» d'Habib Noorzai.

– Qu'est-ce qu'on fait ? demanda Bobby Gup.

Malko étala la carte où étaient notées les coordonnées du village sur le capot de la Land Cruiser et désigna l'itinéraire.

– On y va par la route de Spin Boldak. Il faut tourner à droite dans cette zone-là, et continuer sur une piste. Les chauffeurs doivent avoir l'habitude.

– Il y a deux agents afghans des Stups, dit aussitôt l'agent de la DEA. Mais si les taliban sont là-bas, qu'est-ce qu'on fait ?

– On attendra la «cavalerie», conclut Malko.

Évidemment, avec un hélico, c'eût été plus rapide et plus simple. Mais la route de Spin Boldak est relativement sûre.

– *Let's roll*, conclut le DEA.

*
* *

Un des deux agents afghans des Stups de Kandahar examinait le désert à droite de la route. Ils avaient atteint la zone où il fallait quitter l'asphalte pour plonger dans le désert. Une très vague piste apparut et les quatre véhicules s'y engagèrent, cahotant sur le sol défoncé, dans un nuage de poussière.

Vingt minutes plus tard, ils atteignirent un village perdu en plein désert, avec une antédiluvienne pompe à essence à main à l'entrée. Ce qui impliquait une intense circulation. Ensuite, la piste bifurquait vers le sud. Ce qui n'était pas la bonne direction. Un des agents afghans des Stups alla se renseigner et revint, désignant l'ouest.

– Il y a un village par là, à une trentaine de kilomètres. La piste est praticable.

Grâce au GPS, ils purent déterminer un cap et s'engagèrent dans l'immensité caillouteuse. Le thermomètre avait atteint 50 °C. Bobby Gup se retourna vers Malko.

– Vous avez vu l'opium ?

– Oui. La grange en était pleine.

– Ce serait formidable ! soupira l'Américain. Pour moi comme pour vous...

Ils continuèrent, trop secoués pour pouvoir parler, les reins brisés. Derrière, les deux camions suivaient tant bien que mal. Soudain, Malko aperçut, au moment où ils croisaient une caravane de chameaux, un nuage de poussière à l'horizon. Des véhicules qui se déplaçaient dans leur direction. Tous se raidirent et Maureen Kieffer sauta sur sa Kalach. Bobby Gup n'en menait pas large.

– C'est peut-être des taliban ! grogna-t-il.

– Les taliban se déplacent en moto, corrigea la Sud-Africaine.

Or, là, il s'agissait de véhicules. Comme ils se rapprochaient, ils identifièrent des camions pakistanais, reconnaissables à leur fronton peinturluré. On n'était pas loin de la frontière et cela n'avait rien d'étonnant. Le désert, vide en apparence, était en réalité très peuplé. Quelques minutes plus tard, deux gros camions les croisèrent, roulant à près de quarante à l'heure, un exploit sur cette piste abominable. Malko eut soudain un sale pressentiment.

– Je me demande si ces camions ne viennent pas du village Schangri-La ? avança-t-il.

Bobby Gup sursauta.

– Ils évacueraient l'opium ?

– C'est possible, fit Malko. Mais il faut faire un choix. Ou on va au village ou on fait demi-tour et on essaie de les rattraper.

L'agent de la DEA sortit son Thuraya.

– J'alerte nos gens à Kandahar, pour qu'ils sensibilisent le poste de douane de Spin Boldak, au cas où ils iraient par là.

Accroché à son portable, il parvint à transmettre ses instructions. Malko, penché sur la carte, releva la tête.

— Nous y sommes dans cinq minutes, annonça-t-il.

Maureen Kieffer fit monter une cartouche dans le canon de son AK47. À force d'écarquiller les yeux, Malko arriva à distinguer les premières maisons du village, de l'exacte couleur du désert. Ils stoppèrent afin de préparer leur entrée.

Bobby Gup alla expliquer la situation aux chauffeurs des camions, qui restèrent sur place. Ensuite, les deux Land Cruiser entrèrent à petite allure dans l'unique rue. Deux enfants leur jetèrent des regards étonnés. Ils traversèrent le village sans avoir croisé aucun adulte. Enfin, Malko reconnut le bâtiment au toit plat, attaqué la nuit précédente par les *Special Forces* du colonel Davidson. Les corps des taliban abattus avaient disparu et la porte de la grange était ouverte. Une ouverture basse, même pas de la taille d'un homme. Soudain, un villageois sortit de derrière un mur, et un des agents afghans des Stups l'interpella, se retournant ensuite vers Bobby Gup et Malko.

— Il dit qu'il n'y a personne, à part eux. Ils ont enterré les morts ce matin, selon la tradition. Aucun taleb n'a donné signe de vie. Il n'y en avait pas avec les camions.

— Quels camions ? demanda aussitôt Malko.

— Ceux qui sont venus chercher ce qu'il y avait dans la grange, répondit le villageois.

— Qu'est-ce qu'il y avait ?

L'autre fit l'idiot.

— On ne sait pas… C'était enveloppé dans du plastique noir.

— Les deux camions pakistanais ! explosa Malko. Ils sont venus déménager la drogue.

Ils coururent jusqu'à la grange. L'inspection fut vite

faite. Elle était vide. Seule, l'odeur grasse et fade de l'opium indiquait ce qu'elle avait contenu.

Malko enrageait.

– Si on avait pu avoir un hélico, on arrivait avant eux !

Bobby Gup s'égosillait déjà dans son Thuraya, alertant tous les agents des Stups de la province de Kandahar.

– Filons, conseilla Malko, il y a peut-être une chance de les rattraper.

Les deux camions n'avaient plus aucun intérêt. Dûment chapitrés, les chauffeurs des deux 4×4 reprirent la piste par laquelle ils étaient venus, aussi vite qu'ils le pouvaient. Bobby Gup, accroché comme un noyé à son Thuraya, continuait d'alerter la terre entière. Il s'interrompit pour annoncer :

– Les Stups locaux viennent d'établir un barrage à l'entrée de Kandahar. Je leur ai donné le signalement des camions. Ils arrêtent tout ce qui roule…

Les deux 4×4 fonçaient à une allure d'enfer, rebondissant de bosses en creux, s'enlisant dans de profondes ornières, laissant derrière eux une traînée de poussière ocre. C'était très difficile de suivre une piste quasi invisible ; deux fois, ils se perdirent, revinrent sur leurs pas. Enfin, ils aperçurent, dans le lointain, le ruban asphalté de la route Kandahar-Spin Boldak.

Le paradis après l'enfer.

Malko consulta sa Breitling. Ils avaient croisé les deux camions pakistanais une heure et demie plus tôt. Si ces derniers avaient pris la direction de Kandahar, ils étaient déjà arrivés au check point. Bobby Gup était en train de le vérifier. Il se tourna vers Malko, dépité.

– Ils n'ont rien vu, avoua-t-il.

– Et du côté de Spin Boldak ?

– Je vais vérifier.

Ces deux camions chargés d'opium ne s'étaient pas envolés…

Malko entendit soudain un hurlement, suivi d'un tombereau d'insultes répétitives. Bobby Gup écumait.

– *Motherfuckers! Idiots! Fuck you! Fuck you!*

Il s'interrompit pour reprendre son souffle et lâcha dans une gerbe de postillons :

– Les deux camions ont passé la frontière à Spin Boldak ! Les douaniers avaient sûrement été achetés. Ils ne les ont même pas inspectés.

– Et où sont-ils maintenant ?

– Ils roulent vers Quetta…

Dans le «trou noir» de la zone tribale pakistanaise. Autrement dit, sur une autre planète. Effondré, l'agent de la DEA en avait perdu la parole. Il n'y avait plus qu'à regagner Kandahar, la queue basse.

Amer, Malko ruminait son échec. Ce qui venait de se passer illustrait à merveille le problème de l'Afghanistan. Un mélange de désorganisation et de corruption éhontée. On ne pouvait compter sur personne.

Et, pendant ce temps, Ron Lauder, l'otage, croupissait quelque part dans le désert du Hilmand. Désormais, la seule option pour le sauver était de faire ce que réclamait le mollah Dadullah : livrer Habib Noorzai. Deux jours s'étaient écoulés depuis l'expiration de l'ultimatum. Le mollah Dadullah risquait de perdre patience, même si Malko lui avait demandé un délai. Habib Noorzai était une abominable crapule, mais cette solution faisait humainement horreur à Malko.

Les bajoues d'Habib Noorzai s'étaient affaissées. Les coudes sur la table de la cafétéria, il dit d'une voix sans timbre :

– Mon cousin Farid m'a trompé. Je sais tout maintenant.

– Que voulez-vous dire ? demanda Malko, juste revenu de son expédition.

– Un de ses hommes m'a parlé. Farid connaissait depuis longtemps l'existence de ce stock d'opium, mais il n'osait pas s'en emparer car il était gardé par des taliban dépendant du mollah Dadullah.

– Pourquoi ne l'avaient-ils pas vendu ?

– Pour ne pas faire baisser les cours ; on a récolté trop d'opium l'année dernière, alors il a fallu en stocker. Pour le vendre avant la prochaine récolte, lorsque les cours sont au plus haut. Quand je lui ai parlé de l'otage, Farid a tout de suite vu le profit qu'il pouvait en tirer. Il savait qu'il n'avait jamais été détenu là, mais c'était invérifiable. Il savait aussi que les Américains ne feraient pas l'impasse sur cette information. Or, eux avaient les moyens de neutraliser les taliban. Moi, je l'ai cru quand il m'a affirmé avoir vu l'otage de ses yeux. Tout était préparé. Il avait fait venir des camions du Pakistan, pour transporter l'opium là-bas. Il connaît tout le monde à la frontière.

– Et où se trouve votre cousin Farid, maintenant ? demanda Malko.

Habib Noorzai eut un geste désabusé.

– Je l'ignore. Il ne répond pas à son portable. Il n'est pas dans sa propriété, il doit être de l'autre côté…

Malko l'aurait presque plaint ! Le cousin Farid allait tranquillement attendre qu'Habib Noorzai se fasse estourbir par les taliban ou renvoyer aux États-Unis pour réapparaître…

L'Afghan lui jeta un regard désespéré.

– Qu'est-ce que vous allez faire ?

Malko le fixa.

– Avez-vous une idée pour résoudre le problème ?

Habib Noorzai n'avait pas d'idée, sauf celle qui lui faisait de toute évidence horreur : tenir à son corps défendant le rôle que la CIA lui avait attribué au départ, pour le racheter de ses péchés : celui de la chèvre attachée à un piquet, dévorée par le tigre.

Malko se dit qu'il ne restait plus que le plan B de Bobby Gup pour éviter une solution déshonorante.

Laissant Habib Noorzai à la cafétéria du camp « New Frontier », il alla retrouver Maureen Kieffer.

— On va au *Continental*, dit-il.

Plutôt que de venir au camp des *Special Forces* l'agent de la DEA s'y était installé, comme son interprète, Tatiana. Les taliban ne s'attaquaient pas spécialement aux gens de la DEA qui ne les gênaient pas beaucoup.

Si vraiment Bobby Gup pouvait mettre la main sur le stock d'opium dont il avait parlé, et si vraiment le mollah Dadullah était prêt à l'échanger contre l'otage américain, il y avait une toute petite chance de réussite.

Après le quartier de Kotali Murcha, la route filait droit vers le nord, en direction de l'Uruzgan. Bobby Gup ralentit à la hauteur des dernières maisons.

— Il doit être là, dit Tatiana la Kirghize.

Ils avaient tenu tous les quatre — Maureen était demeurée silencieuse tout le temps de la discussion — un mini-conseil de guerre sur la pelouse du *Continental*. Malko avait d'emblée posé la question de confiance : la DEA était-elle toujours aussi intéressée par Habib Noorzai ?

La réponse de Bobby Gup avait été tout aussi nette : oui.

Croyait-il toujours que le mollah Dadullah serait intéressé par cet échange ?

Il le croyait, mais la seule façon de s'en assurer était de lui faire poser la question par Teymour, l'informateur de la DEA à Kandahar, qui jurait avoir de très bonnes relations avec le mollah Dadullah. Tatiana avait arrangé le rendez-vous par téléphone. Pas question que Teymour s'affiche avec des Américains au *Continen-*

tal. Ils étaient donc convenus d'un rendez-vous discret, à la sortie de la ville.

Effectivement, à peine le 4 × 4 eut-il stoppé qu'un bonhomme rondouillard, en *camiz-charouar*, surgit de derrière un mur et sauta à l'arrière du Land Cruiser.

Le visage rond, bien en chair, avec un petit bouc bien taillé, des yeux globuleux et, dans l'ensemble, un physique assez repoussant. Une tête de traitre. Son regard dérapa sur les cheveux blonds de Maureen, il adressa un sourire vaguement servile à Malko et serra la main de Bobby Gup. Celui-ci ne perdit pas de temps en vaines politesses.

— Teymour, demanda-t-il, le stock d'opium dont vous m'avez parlé, qui est détenu par le gouverneur, est toujours là ?

— *Baleh! Baleh*, affirma aussitôt l'Afghan.

— On pourrait donc le « confisquer » ? continua l'agent de la DEA.

— Oui, mais il faudra neutraliser les soldats qui le gardent.

Pendant la discussion, ils continuaient à rouler, s'éloignant de Kandahar. Bobby Gup se retourna vers Malko.

— Il me faut quarante-huit heures pour monter l'opération, expliqua-t-il. Je sais que le gouverneur part après-demain à Kaboul pour rencontrer Hamid Karzai. Ce sera une excellente opportunité.

Malko secoua la tête.

— Bobby, je m'attends, d'un moment à l'autre, à recevoir un message du mollah Dadullah me demandant quand je lui livre Habib Noorzai. Si j'élude, on va repartir sur un ultimatum, qui risque d'être le bon, si on peut dire. On ne peut pas attendre quarante-huit heures, plus le temps nécessaire à un rendez-vous avec le mollah Dadullah. Il faut monter l'opération maintenant.

Il se tourna vers l'Afghan.

— Vous êtes certain que le mollah Dadullah sera

intéressé par l'échange qu'on lui propose : l'otage qu'il détient contre un très important stock d'opium ?

– Je le crois, fit Teymour, sans trop s'engager.

– Il sait que vous travaillez avec la DEA ?

– Non, je ne crois pas. Je connais bien mollah Dadullah, affirma-t-il. Il m'aime beaucoup parce que j'ai écrit plusieurs articles élogieux sur lui dans des journaux locaux. Comme j'ai dit qu'il était devenu plus puissant que mollah Omar, il a été très content.

– Comment pouvez-vous le contacter ?

– C'est facile, répondit Teymour, j'envoie un SMS à un numéro que je connais et on me répond de la même façon, en me fixant un rendez-vous.

– Cela prend combien de temps ? lui fit préciser Malko.

– Entre une demi-journée et deux jours ; cela dépend de l'endroit où il se trouve.

– Comment comptez-vous lui présenter l'affaire ?

Teymour ne se démonta pas :

– Tout le monde sait que j'ai des contacts avec mollah Dadullah. Je vais lui dire que j'ai été contacté par des gens de la DEA qui veulent renvoyer Habib Noorzai en prison. Je ne suis qu'un intermédiaire.

– Il y a encore un « petit » problème, souligna Malko. Nous ne pouvons pas attendre d'avoir la drogue en notre possession. Vous devez lui dire que nous l'avons déjà.

Ce fut au tour de Bobby Gup de sursauter.

– Mais si Dadullah s'aperçoit que ce n'est pas vrai ?

C'est Teymour qui répondit :

– C'est très difficile pour lui. Il est loin, dans le Hilmand.

C'est lui qui semblait le plus enthousiaste. Il regarda sa montre.

– Si vous voulez, je vais l'appeler tout de suite. Dès que vous m'aurez déposé.

Bobby Gup et Malko se consultèrent du regard et,

finalement, l'agent de la DEA acquiesça. Ils firent demi-tour et le déposèrent là où ils l'avaient pris.

– Dès que vous avez une réponse, vous appelez, recommanda Bobby Gup.

Malko ne put s'empêcher de remarquer :

– Il a l'air très coopératif.

Bobby Gup eut un sourire cynique.

– Il touche 5 % de la valeur de la drogue saisie grâce à ses informations. Cela fait beaucoup d'argent.

Les trente deniers de Judas n'avaient pas vieilli… En tout cas, les heures qui allaient suivre seraient éprouvantes pour les nerfs. Ils se séparèrent à l'entrée du *Continental* et, à la façon dont Tatiana regardait l'agent de la DEA, Malko se dit qu'elle n'était pas fâchée de se retrouver seule avec lui, loin de Kaboul.

– On retourne au camp, dit-il.

À chaque seconde, il craignait d'entendre le couinement annonçant l'arrivée d'un texto. Il était sur la corde raide, avec des alliés plus que douteux, engagé dans un processus plus que tordu.

CHAPITRE XIX

Malko était tellement absorbé par ses pensées moroses qu'il mit quelques secondes à réaliser que la sonnerie qui lui vrillait les oreilles était celle de son portable.

La voix traînante de Bobby Gup annonça d'emblée :

– Ce petit *son of a bitch* s'est bien démerdé. Il a une réponse du mollah. J'ai pris rendez-vous avec lui pour le briefer.

– Quand ?

– Maintenant. Au même endroit que cet après-midi. On se retrouve au *Continental* dans une demi-heure…

– À cette heure-ci, je n'ai plus que les véhicules des *Special Forces*, objecta Malko. Ce n'est pas discret.

– C'est vrai, concéda l'agent de la DEA. Je passe vous prendre dans une demi-heure. Au poste de garde.

Malko alla prévenir. Contre toute attente, le plan tordu de Bobby Gup semblait fonctionner.

*
* *

– Il a rendez-vous demain matin ! annonça Bobby Gup, dès que Malko fut monté dans sa Land Cruiser. Il doit prendre la route de Marwand et «on» le contactera quelque part. Son correspondant a pris le numéro de sa voiture.

— Il va rencontrer le mollah Dadullah ?

— C'est ce qu'il a demandé, fit prudemment l'Américain, et pour une affaire comme celle-ci, le mollah ne déléguera pas. Nous devrions être fixés demain.

— Prions, fit sobrement Malko.

— J'ai eu une idée pour éviter de nous faire baiser, ajouta Bobby Gup. On va « sonoriser » Teymour. Comme ça, il ne pourra pas nous raconter de salades.

— Vous ne croyez pas que c'est imprudent ? réagit aussitôt Malko. Si les taliban s'en aperçoivent, il risque de ne pas revenir…

— Il n'y verront que du feu, affirma l'agent de la DEA. Ils ne vont pas le déshabiller…

La DEA, aux États-Unis, équipait ainsi souvent ses informateurs afin de recueillir des confessions de suspects à leur insu. Évidemment, c'était risqué pour celui qui se chargeait de cette besogne. Pas mal d'informateurs avaient fini avec deux balles dans la tête.

— Vous avez demandé son avis à Teymour ?

— Non, avoua l'Américain. Mais il acceptera. Il n'a pas le choix.

— C'est un risque inutile qui peut faire échouer toute l'opération, objecta Malko.

— *Fuck you !* grommela Bobby Gup dans sa moustache. Teymour est *mon* informateur.

Malko ne répliqua pas, ravalant sa colère. Ils roulèrent un bon moment sans rencontrer personne, puis l'Américain ralentit : ils approchaient de l'endroit où ils avaient retrouvé l'informateur la veille. Bobby Gup donna deux coups de phare et une silhouette apparut sur le bord de la route.. En un clin d'œil, Teymour fut dans le 4×4.

— *You did a good job*[1] *!* lança l'agent de la DEA à l'Afghan, qui sourit modestement.

─────────────

1. Vous avez fait du bon boulot !

Bobby Gup roula encore un peu, puis quitta la route pour une amorce de piste et s'arrêta.

– À quelle heure partez-vous demain matin ? demanda-t-il à son informateur.

– Sept heures.

– O.K. Il y a juste une petite formalité. On va vous sonoriser. Comme on avait fait dans l'affaire Chovni. Enlevez votre chemise.

Teymour se tortilla sans bouger.

– Vous croyez vraiment que c'est indispensable, *sir* ? demanda-t-il timidement. Le mollah Dadullah est très méfiant.

– C'est votre copain, non ? Il ne va pas vous déshabiller. Allez, on ne va pas rester ici deux heures.

L'Américain quitta le volant, passa à l'arrière et ouvrit une malette métallique. À regret, l'Afghan ota sa longue *camiz*, découvrant un torse poilu et grassouillet.

Bobby Gup ouvrit la mallette et commença à coller sur sa poitrine, à l'aide de ruban adhésif, deux micros ultrasensibles, puis les fils qui en sortaient, reliés à l'enregistreur.

– Baissez votre *charouar* ! ordonna l'Américain.

Avec délicatesse, il fixa l'appareil entre deux bourrelets de graisse, à grands coups de ruban adhésif. Ensuite, il fixa, d'abord autour de sa taille puis le long de la colonne vertébrale, un fil jaune qui remontait presque à la nuque.

– O.K., conclut-il. Descendez de la voiture et sautez sur place.

Teymour obéit, toujours torse nu, et se mit à sautiller. Scène surréaliste au milieu du désert… Lorsqu'il remonta dans la Land Cruiser, Bobby Gup vérifia que rien n'avait bougé.

– Ça roule ! lança-t-il. Rhabillez-vous.

Teymour obéit. Grâce à l'ampleur de la tenue afghane, on ne voyait absolument rien. Évidemment, il ne fallait pas qu'on le palpe.

– Et ne vous amusez pas à l'enlever ! menaça l'Américain. Je veux savoir exactement ce que vous vous êtes dit. Vous n'avez rien à toucher. Rien à régler. À partir de maintenant, il enregistre pendant vingt-quatre heures.

Il reprit le volant et regagna la route asphaltée. À l'arrière, l'Afghan demeurait muet comme une carpe.

Pas vraiment heureux.

Lorsque le 4 × 4 s'arrêta, il descendit avec un timide *good night*. Lui risquait de ne pas passer une bonne nuit.

Bobby Gup se tourna vers Malko avec un sourire triomphant.

– Et voilà ! Il n'y a plus qu'à pousser...

– C'est une imprudence inutile.

Bobby Gup éclata d'un rire sardonique.

– Mais non, je ne vous ai pas tout dit. Ce truc ne fait pas qu'enregistrer. C'est aussi un émetteur GPS miniaturisé. Autrement dit, on peut suivre Teymour à la trace, à dix mètres près. Cela va nous permettre de localiser le mollah Dadullah. Je sais comment les taliban fonctionnent. Un type important comme lui s'installe dans un village et y reste plusieurs semaines. Donc, si le mollah Dadullah refuse la proposition, on a un plan B !

– L'otage ne sera sûrement pas au même endroit que lui, objecta Malko.

– Non, mais si on arrive à faire prisonnier Dadullah, on pourra sûrement l'échanger contre l'otage. Et j'aurai rempli mon contrat. Vous me filerez Habib Noorzai.

– Comment allez-vous recueillir le signal ?

– Avec mon avion. Il est équipé pour ça. Je le fais décoller demain à sept heures et il ne lâchera plus Teymour. Il volera assez haut pour que ces enculés de taliban ne le repèrent pas.

Aux yeux de l'agent de la DEA, l'humanité se

divisait en deux catégories : les gens « clean » et les enculés, ces derniers étant infiniment plus nombreux que les autres. Malko se demanda dans quelle catégorie l'Américain le plaçait. Satisfait de lui, Bobby Gup conclut :

– O.K., je vous ramène au camp.

*
* *

John Muffet n'avait rien trouvé à redire au plan de Bobby Gup. Malko l'avait appelé dès son retour au camp « New Frontier ». L'Américain résuma :

– De toute façon, on n'a rien à perdre et on ne risque rien. Si ce Teymour se fait couper en morceaux à cause des conneries de cet enculé de « Smiling Cobra », c'est son problème. Mais il faut quand même prier pour que ça marche… Sinon…

Il laissa sa phrase en suspens.

La récupération de l'otage de la CIA tournait au cauchemar, à cause de son « péché originel », Habib Noorzai. Malko avait beau disposer de la puissance formidable des États-Unis, contre des mollahs fous, terrés dans des villages sans nom au fin fond du désert, cela ne servait pas à grand-chose.

On frappa à sa porte et Maureen Kieffer pénétra dans sa « cellule ». Tout de suite, il fut frappé par son regard espiègle et sa tenue provocante. Une mini rouge et un tee-shirt blanc très moulant, sans le moindre soutien-gorge. Si elle sortait comme ça dans Kandahar, elle allait se faire lapider.

– J'ai envie de me détendre, annonça-t-elle. Tu n'as plus rien à faire ce soir ?

– Non.

– Je n'en peux plus d'être ici, allons ailleurs.

– Tu veux retourner au *Continental* ?

– Non, c'est presque aussi sinistre qu'ici. J'ai une autre idée, on va se promener.

– Mais comment ?

– Pendant que tu étais absent, j'ai appelé le chauffeur. Il m'a amené la Cherokee et il est reparti dans un autre véhicule. Elle est garée devant le poste de garde.

– Bien, allons-y, accepta Malko, intrigué par cette idée bizarre.

Quand ils furent devant la Cherokee, Maureen s'installa à la place du passager.

– Conduis, dit-elle, j'ai envie de me détendre.

– Où veux-tu aller ?

– Vers le centre, à Charzoo.

Le quartier du bazar.

Il roula un long moment sur la route déserte. Pas un piéton. Pas une voiture. Lorsqu'il fut en ville, cela ne changea guère. À part un modeste éclairage public et quelques échoppes encore éclairées, on se serait cru dans une ville morte. Un conducteur de « rickshaw » dormait sur la banquette de son engin rouge vif, roulé en boule. Les incursions de taliban étant fréquentes, les gens ne traînaient pas dans les rues.

Soudain, il vit Maureen prendre sa mini à deux mains et la remonter presque jusqu'à l'aine. D'un geste rapide, elle ôta sa culotte et la fit glisser le long de ses jambes. Puis, glissant sur son siège, les jambes ouvertes, elle se tourna vers Malko.

– Caresse-moi. Je veux jouir au milieu de ces refoulés.

Ils étaient dans Aga-Khan Street, au milieu du bazar. Toutes les boutiques étaient fermées. Sous les doigts de Malko qui s'activaient sur elle, Maureen commença à respirer de plus en plus vite. Tout à coup, il vit sa main droite se crisper sur la commande électrique de la glace qui descendit silencieusement. Ce n'était pas involontaire. Quelques secondes plus tard, elle poussa un long feulement qui se termina en cri aigu. Juste au moment où ils passaient devant un marchand ambulant de mangues, éclairé par une lampe à huile. Malko le vit sursauter, puis suivre la voiture des yeux.

La Sud-Africaine éclata de rire.

– C'est top ! Je n'ai jamais aussi bien joui ! En plein milieu de cette ville de fous.

Elle se pencha vers Malko et posa sa main sur lui.

– Hé, hé ! fit-elle, espiègle, ça t'a fait quelque chose aussi.

Malko pouvait difficilement nier… En un clin d'œil, elle eut sorti son membre pour le prendre dans sa bouche. Allongée sur le ventre, elle faisait aller et venir sa tête, avec une habileté consommée. Malko vit que sa main droite était enfouie sous son ventre : elle ne s'oubliait pas…

Cette étrange promenade dans cette ville austère était un grand moment d'érotisme.

En passant devant le mausolée de Ahmad Sha Baba, Malko ne put se retenir davantage, se vidant dans la bouche de Maureen. Celle-ci se redressa quelques instants plus tard, remit sa culotte et soupira d'aise.

– J'ai passé une très bonne soirée, fit-elle. On peut rentrer.

Cinq minutes plus tard, ils tombaient sur un check-point de l'armée afghane supervisé par des Canadiens nerveux et terrifiés. En voyant des Blancs, ils ne fouillèrent même pas la voiture.

Redescendu sur terre, Malko se remit à penser au lendemain. Pourvu que le plan de Bobby Gup fonctionne.

*\
*

Teymour n'avait plus un poil de sec. Parti de Kandahar à sept heures du matin, selon les instructions de son texto, il avait pris la route de Marwand qui filait jusqu'à Farah et Herat, à la frontière iranienne. On lui avait dit de rouler tout droit, qu'il recevrait d'autres instructions. Or, il venait d'entrer dans la province du Hilmand sans rien voir.

Soudain, il aperçut, sur le côté droit de la route, un pick-up arrêté, capot levé. Spectacle courant. Au même moment, il distingua deux motos dans son rétroviseur. Elles n'étaient pas là quelques instants plus tôt, donc elles avaient surgi d'une des innombrables pistes du désert. Un des engins arriva à sa hauteur et il distingua son conducteur, un jeune barbu, qui lui adressa un petit signe. Son pouls grimpa en flèche : c'étaient des taliban. Il ralentit, encadré par les deux motos, et celui qui roulait à sa gauche lui fit signe de stopper à côté du pick-up au capot levé. Ce qu'il fit.

Trois hommes enturbannés et barbus, qui attendaient assis par terre, remontèrent dans la cabine.

– Monte derrière, ordonna un des motards. Laisse la clef sur ta voiture.

On ne discutait pas les ordres des taliban. Teymour grimpa sur le plateau et s'installa sur la tôle brûlante. Le pick-up fonçait déjà vers le sud-ouest, cahotant sur une piste quasi invisible, menant à Laskha Gah, région tenue par des groupes de taliban bien armés. Il allait donc bien rencontrer le mollah Dadullah. Il y avait presque tous les jours des accrochages dans cette zone et il regarda anxieusement le ciel bleu. Ce serait bête de se faire attaquer par un hélico britannique ! Les Brits détruisaient à la roquette tous les véhicules suspects. Et, dans ce coin, un pick-up avec plusieurs hommes à bord *était* suspect.

Le bourg de Laskha Gah se trouvait entre les deux bras de la rivière Helmand.

Teymour se tâta, effleurant le dispositif collé sur sa peau et se maudit d'avoir été si faible.

Hélas, c'était trop tard.

Le pick-up bifurqua dans une zone marécageuse et pleine de végétation. Pour s'arrêter au milieu d'un village, sous un auvent. Teymour sauta à terre, aussitôt

encadré par les taliban. Il retint son souffle, craignant
d'être fouillé, mais ils lui ordonnèrent simplement de
les suivre, jusqu'à une maison anonyme, aux murs
épais, où il faisait presque frais…

Pas d'électricité mais plusieurs lampes à pétrole. Le
mollah Dadullah, en turban noir, était à demi allongé
sur des coussins et des tapis, une Kalach à crosse
pliante debout derrière lui, avec trois chargeurs scotchés ensemble. Teymour se précipita pour lui baiser la
main et s'accroupit ensuite en face de lui. Les cinq
jeunes taliban qui l'entouraient paraissaient plongés
dans leurs prières.

Ils burent du thé, puis échangèrent quelques propos
sur la situation. Teymour commençait à se détendre.
Visiblement, le mollah Dadullah était de bonne
humeur. Et personne ne songeait à le fouiller. D'un ton
badin, le mollah demanda :

— Tu as demandé à me rencontrer, mon frère ?

C'était le moment délicat. Teymour but du thé pour
humecter ses lèvres sèches et se lança dans la tirade
qu'il avait préparée avec Bobby Gup.

Impassible, le mollah Dadullah écoutait, grignotant
des pistaches…

Teymour expliquait comment la DEA avait mis la
main sur un stock très important d'opium et, plutôt que
de le brûler, était prêt à l'échanger au mollah contre
l'otage américain que ce dernier détenait. Il se tut et un
silence pesant se prolongea plusieurs secondes. Le chef
taliban essayait, avec un ongle noir et long, d'ôter de
ses dents des bouts de pistache qu'il cracha devant lui.
Puis, il leva les yeux et fixa Teymour.

— Tu penses que j'ai besoin de cet opium ?
demanda-t-il de sa voix douce.

Une lueur dangereuse flottait dans son regard
sombre. Teymour sentit une goutte de sueur glisser le
long de son dos.

— Vous avez besoin de beaucoup d'argent pour

acheter des armes afin de combattre les étrangers qui nous ont envahis.

— C'est vrai, reconnut le mollah, et je te remercie de vouloir participer à notre djihad. À propos, d'où vient cet opium ?

— Il était stocké dans les locaux du gouverneur, précisa Teymour. Il a été saisi par la DEA, car le gouverneur est parti à Kaboul.

— Il y en a beaucoup ?

Teymour eut un geste qui signifiait qu'il s'agissait d'une énorme quantité. Le mollah Dadullah but encore un peu de thé, replia sa jambe amputée et dit :

— Il faut que je réfléchisse. C'est, certes, une proposition intéressante, mais cet homme a été condamné par un tribunal islamique à être décapité. Je ne peux pas le faire échapper à son sort sans une décision religieuse.

Teymour sentit sa poitrine se dilater de soulagement. Le mollah faisait plutôt un bon accueil à sa proposition. Il connaissait les taliban. Ils avaient toujours su jouer avec la religion quand ça les arrangeait.

— Bien, conclut Teymour. Que dois-je dire à ceux qui m'envoient ?

— Je vais réfléchir, dit le mollah Dadullah. C'est l'heure de la prière, veux-tu la faire avec nous ?

Teymour, bien entendu, accepta.

Tous s'agenouillèrent sur les vieux tapis, tournés vers La Mecque. Ensuite, deux taliban l'accompagnèrent jusqu'à une minuscule maison de pierres séchées. Les débris d'un tapis recouvraient le sol de terre battue, la chaleur était effroyable et l'odeur insupportable. Teymour entendit le claquement d'un cadenas. Il était prisonnier.

Peut-être, finalement, que les choses ne se présentaient pas aussi bien qu'il le pensait.

CHAPITRE XX

— *So far, so good!* lança Bobby Gup. Tout est sous contrôle. Teymour est parti à l'heure et se trouve en ce moment dans un village de la province du Hilmand. Son émetteur fonctionne. Il n'a pas bougé depuis qu'il est arrivé là-bas.

Malko venait de rejoindre l'agent de la DEA au *Guest-House Continental* et ils s'étaient installés dans le jardin, à l'ombre, en compagnie de Tatiana la Kirghize, une carte étalée devant eux. Il était presque une heure de l'après-midi.

— C'est normal ? demanda Malko.

— Oui, ils n'aiment pas se déplacer en pleine chaleur. Et puis, le mollah doit réfléchir.

— Où se trouve-t-il ?

— Ici, fit Bobby Gup en désigant de l'index un point sur la carte. Le village de Samizi, tout près de la rivière. L'émetteur du GPS continue à fonctionner, donc il n'a pas été découvert.

— Sauf si les taliban l'ont trouvé et laissent l'appareil fonctionner pour nous égarer, remarqua Malko.

— C'est possible, reconnut l'Américain. Ils sont vicieux.

— Vous pensez que le mollah Dadullah se trouve dans ce village ?

– Cela correspond à sa zone d'influence.

– Que fait-on ? demanda Malko.

– Rien. On attend. Mon avion va être obligé de rentrer pour faire le plein.

– O.K., conclut Malko, je retourne au camp.

Autant laisser Bobby Gup et Tatiana en tête à tête. Et, effectivement, il n'y avait plus qu'à attendre le retour de Teymour. Il regagna la Cherokee du client de Maureen Kieffer. Tenaillé par une angoisse sourde. À chaque seconde, il s'attendait à recevoir un texto du mollah Dadullah réclamant Habib Noorzai.

Le silence du chef taleb était même étonnant. Pour ne pas dire inquiétant.

En rentrant dans sa chambre, son regard tomba sur un paquet posé sur une chaise : celui remis par le jeune taleb à l'Abasa Schrine, le vendredi précédent. Il avait complètement oublié de le remettre à son destinataire, Habib Noorzai. Il le prit et se mit à la recherche de ce dernier qui restait terré dans sa chambre, la plus grande partie du temps. Comme un condamné à mort qui attend l'arrivée du bourreau.

Il le trouva finalement à la cafétéria, où l'Afghan était en train de lire devant un thé, l'air abattu. Malko lui tendit le paquet, en expliquant sa provenance. Habib Noorzai, intrigué, l'ouvrit, découvrant une masse de tissu bleu, sur lequel était posé un morceau de papier. Habib Noorzai lut l'inscription qui s'y trouvait et blêmit. Lorsqu'il releva la tête, ses gros yeux étaient pleins de larmes !

– Qu'est-ce qui se passe ? demanda Malko, intrigué.

Habib Noorzai prit le tissu et le déplia : c'était une burqa bleue comme les femmes en portaient tout le temps.

– C'est une burqa, constata Malko.

– Oui, un cadeau du mollah Dadullah, fit Habib Noorzai d'une voix blanche. Il me dit dans ce mot qu'il

est content d'avoir trouvé ma taille, qu'elle m'ira très
bien…

Il semblait totalement bouleversé… Malko ne
saisissait pas.

— Qu'est-ce que cela veut dire ?

— En Afghanistan, lorsqu'on offre une burqa à un
homme, c'est un signe de mépris absolu. Cela signifie
qu'on le considère comme une femme !

Autrement dit, entre le chien et le chameau.

— C'est la pire insulte ! continua Habib Noorzai.
Mollah Dadullah voudrait se servir de moi comme
d'une femme. Je suis déshonoré !

Il fixa la burqa et se mit à pleurer, la tête dans ses
mains. Inouï, de la part d'un homme qui avait envoyé
une vingtaine de personnes à une mort certaine sans
état d'âme, qui trahissait les siens et vivait du trafic
d'héroïne ! Où allait se nicher la fierté ?

Dépassé, Malko ne put que dire :

— Rangez cette burqa. Il n'y a que moi qui l'aie
vue…

Habib Noorzai le fixa, les yeux pleins de larmes.

— Mollah Dadullah va le dire à tous les membres
de la tribu. Je suis déshonoré. Mes enfants seront
déshonorés.

— Que pouvez-vous faire ?

Le regard de l'Afghan s'assombrit.

— Je dois le tuer.

Malko le fixa, abasourdi.

— Ou me tuer, compléta aussitôt Habib Noorzai.
Sinon, ma vie est finie, je n'oserai plus regarder
personne en face.

Un ange passa. Les deux solutions étaient fâcheuses.
Si on tuait le mollah Dadullah, l'otage risquait d'être
exécuté et si Habib Noorzai se tuait, Malko n'avait plus
de monnaie d'échange.

— Calmez-vous, conseilla-t-il. Cela va s'arranger.

Sans un mot, Habib Noorzai quitta la table, emportant la burqa du déshonneur.

Un problème de plus.

*
* *

La journée touchait à sa fin. Teymour comptait les minutes. Cela faisait plus de six heures qu'il était enfermé. On ne lui avait apporté ni à manger ni à boire.

Et surtout, l'angoisse lui asséchait le gosier. Pourquoi le mollah Dadullah se conduisait-il ainsi ? Il entendit enfin un cliquetis métallique à l'extérieur et sauta sur ses pieds. On était en train d'ouvrir le cadenas. Deux jeunes taliban surgirent dans l'embrasure.

– Viens, ordonna l'un d'eux.

Indiciblement soulagé, Teymour le suivit, sans même demander à boire, jusqu'à la maison où il avait rencontré le mollah Dadullah dans la matinée. Celui-ci s'y trouvait toujours, seul, en train de grignoter ses pistaches en buvant du thé. Teymour, après lui avoir baisé la main, s'installa en face de lui, assis en tailleur. Le mollah Dadullah cracha quelques pelures et fixa Teymour de son regard impénétrable.

– Au nom du Dieu Tout-Puissant et Miséricordieux, pourquoi m'as-tu menti, mon frère ? demanda-t-il de sa voix onctueuse.

Teymour eut l'impression de recevoir un coup en plein visage. Sa peau se couvrit de sueur et il protesta.

– Je ne t'ai pas menti ! Pourquoi le ferais-je ? Allah m'est témoin que mon cœur est pur.

Les traits du mollah Dadullah se tordirent de dégoût.

– Ne blasphème pas, chien infâme ! lança-t-il. Demande tout de suite pardon à Allah. Tu prétends ne pas avoir menti, mais j'ai fait vérifier : le stock d'opium de cette crapule de gouverneur – que Dieu le punisse – est toujours à sa place. Alors, continua-t-il d'un ton doucereux, si cet opium est là, quel est celui que tes amis infidèles me proposent ?

Teymour demeura muet, le cerveau en capilotade. Effectivement, il avait menti et décida de le reconnaître.

— C'est vrai, plaida-t-il, j'ai travesti la vérité. Cet opium est toujours là, mais il suffit que tu donnes ton accord pour qu'il t'appartienne.

Le mollah Dadullah ne broncha pas, mais se pencha en avant et lança d'une voix sifflante pleine de haine et de fureur :

— Je vais te dire d'où vient cet opium ! C'est celui que les chiens d'infidèles m'ont volé, en assassinant plusieurs de mes *mudjahidin*, Allah les ait en sa sainte garde !

— Mais quel opium ? bredouilla Teymour qui recevait le ciel sur la tête.

Évidemment, il n'était absolument pas au courant de l'arnaque montée par Farid Noorzai. Le mollah Dadullah déplia le moignon de sa jambe amputée, se gratta légèrement et laissa tomber :

— Peut-être es-tu sincère, abusé par les infidèles. Je vais te renvoyer à Kandahar, avec ma réponse. Sache, de toute façon, qu'on ne mélange pas le djihad sacré avec les intérêts financiers.

Teymour voulut répondre mais n'en eut pas le temps. Un des jeunes taliban, placé derrière lui, venait de passer un lacet autour de sa gorge et serrait de toutes ses forces.

— Il revient ! annonça triomphalement Bobby Gup. Je viens de recevoir un SMS sur mon portable. Il me donne rendez-vous au *Continental* vers neuf heures.

— Ce n'est pas imprudent ? objecta Malko.

Bobby Gup rayonnait.

– Au contraire, c'est bon signe ! Cela veut dire que le mollah Dadullah est intéressé par la négociation.

– Vous êtes optimiste, laissa tomber Malko.

– Non, assura l'agent de la DEA. Mon avion a redécollé en fin de journée. Il a pu constater, grâce à l'émetteur GPS fixé sur Teymour, que celui-ci a quitté le village de Samizi un peu avant six heures. Le signal se déplace en direction de Kandahar. Tout baigne. L'avion rentre, on n'en a plus besoin...

Malko n'arrivait pas à partager complètement l'optimisme de Bobby Gup, mais devait se rendre à l'évidence : les choses se déroulaient comme l'agent de la DEA l'avait prévu.

– Très bien, fit-il, je serai au *Continental* vers neuf heures. Espérons que Teymour ramènera de bonnes nouvelles. Sinon, il faudra envisager autre chose.

– Ne vous en faites pas, assura l'Américain, désormais, nous avançons.

– Cela risque d'être un peu plus compliqué, remarqua Malko.

– Il sait où se trouve Dadullah. Si Teymour nous apprend qu'il ne veut pas de son deal, on lui tombe dessus à l'aube, avec vos copains des *Special Forces*, puisque vous avez l'autorité pour les activer.

– Souhaitons qu'on puisse l'éviter, soupira Malko. Ce serait quand même une opération à haut risque. Dans leur fureur, les taliban risquent d'égorger l'otage.

– On n'en viendra pas là, affirma Bobby Gup. *Everything is gonna be all right*[1].

***

Ron Lauder somnolait dans une semi-obscurité, lorsque la porte de la grange où il se trouvait depuis trois jours s'ouvrit. C'était sa treizième planque. Il ne

_____
1. Tout va bien se passer.

pensait plus, ne priait plus, taraudé par la douleur lancinante de son œil. Deux jeunes taliban s'encadrèrent dans la porte, faisant une sorte de haie d'honneur à un homme à qui il manquait la jambe droite, amputée au genou, et qui marchait avec des béquilles. Un turban noir, une tenue kaki, des cartouchières, une Kalach en bandoulière. Ron Lauder n'avait encore jamais vu le mollah Dadullah, mais c'était le seul commandant taliban à qui il manquait une jambe. D'un coup de pied, un des taliban le fit se lever. Les mains liées derrière le dos, les chevilles enchaînées, il tenait à peine debout.

Le commandant taliban lui adressa une longue phrase en pachtou d'où émergeaient les mots « *Bismallah Al-Rahin Al-Rahman* ». Lesquels commençaient inévitablement toutes les déclarations importantes. Le taleb qui lui avait donné un coup de pied traduisit en mauvais anglais :

– Au nom du Dieu le Tout-Puissant et le Miséricordieux, le commandant Dadullah vous annonce que vous serez égorgé à l'aube du vendredi, car vos amis ont essayé de nous tromper.

Les trois hommes se retirèrent sans un mot de plus. Ron Lauder se laissa tomber par terre, le cerveau vide.. Les mots ne voulaient plus rien dire, il était trop fatigué, trop affaibli. La mort ressemblait à une délivrance, à la fin de cet interminable cauchemar. Même son instinct de survie s'était émoussé. Il avait horriblement soif et cela effaçait tout le reste.

Il était huit heures et demie du soir et la température avait baissé de quelques degrés : il ne faisait plus que 45 °C... Bobby Gup et Malko, installés dans des fauteuils en plastique blanc sur la terrasse du *guest-house*, ne quittait pas des yeux l'entrée donnant sur le parking, surveillé par un vigile armé d'une Kalach.

Les quatre «Blackwater» de la sécurité rapprochée de l'agent de la DEA s'étaient répartis entre un immeuble en construction, à gauche de l'entrée, et le parking situé entre la rue et l'entrée du *guest-house*.

– Regardez ! fit soudain Malko.

Un âne, tiré par un jeune garçon, venait de franchir l'entrée de la rue et longeait le parking, sous le regard indifférent des deux «Blackwater» installés au premier étage de l'immeuble en construction. Ce qui ressemblait à un corps humain était installé sur son dos, les pieds pendant d'un côté, les mains de l'autre, par-dessus deux grandes poches de toile.

Le pouls de Malko grimpa en flèche.

L'homme couché sur l'âne était inanimé ou mort. Coïncidence inquiétante au moment où ils attendaient Teymour.

Tiré par le gosse, l'âne était au milieu du parking, avançant dans leur direction.

– Qu'est-ce qui se passe ? demanda Bobby Gup ; on dirait Teymour !

Pendant quelques minutes, rien ne se passa. L'âne continuait à avancer de son pas régulier et avait presque atteint l'entrée du *guest-house*. Le vigile à la Kalach s'avança pour le contrôler.

Les deux «Blackwater» ne bronchaient pas. Soudain, Malko aperçut dans la rue, planté en face de l'entrée du parking, un jeune homme immobile et comprit instantanément ce qui se passait.

– Bobby ! *Dug*[1] *!*

Il plongea en direction de la pelouse, sur sa droite, suivi à quelques secondes par Bobby Gup. Ils atterrirent tous les deux à plat ventre derrière un petit muret.

Le jeune garçon et l'âne n'étaient plus qu'à quelques mètres. Malko tourna la tête et distingua le visage de

---

1. Planquez-vous !

l'homme qui se trouvait sur l'âne. C'était Teymour, qui avait à la place des yeux deux trous rouges.

En un éclair, il réalisa que c'était la réponse du mollah Dadullah qui arrivait. Impuissant, il se rencogna contre le mur. L'aile de la mort était en train de le frôler.

CHAPITRE XXI

Alerté, le vigile fit glisser la Kalach de son épaule. Au même moment, le gosse lâcha la longe de l'âne et détala en direction du parking.

L'âne s'arrêta aussitôt de lui-même.

Les deux « Blackwater » du parking, instinctivement, voulurent barrer la route au gamin qui s'enfuyait. Bobby Gup cria à Malko :

– Qu'est-ce que c'est que… ?

La fin de la phrase fut noyée dans une explosion assourdissante. L'âne disparut dans une boule de feu, qui avala le jeune garçon et le « Blackwater » en train de l'intercepter. Le vigile de l'entrée s'enflamma comme une torche et, les vêtements en feu, partit en courant en direction de la rue. Un souffle brûlant balaya les abords du *Guest-House Continental*, faisant exploser toutes les vitres, projetant des objets variés dans toutes les directions. Allongés derrière leur muret, Bobby Gup et Malko, arrosés de débris, eurent l'impression de se retrouver quelques secondes dans un four. À peine le silence revenu, ils se relevèrent d'un bond.

Là où s'était trouvé l'âne, il n'y avait plus qu'une grosse tache noire. L'animal, le gosse et le cadavre arrimé sur l'âne avaient été volatilisés. Le « Blackwater » qui avait tenté d'intercepter le gamin se roulait par terre pour éteindre les flammes qui consumaient sa tenue noire, sous le regard horrifié de son copain indemne. Les deux autres, restés dans l'immeuble en construction, essayaient de regagner le sol par les échafaudages.

Le patron du *Continental* surgit, pieds nus, affolé et choqué. Dans le parking, le spectacle était abominable : il y avait des morceaux de chair humaine dans les arbres, sur les canisses abritant les voitures, sur le sol, des taches de sang un peu partout. Malko eut un haut-le-cœur en apercevant, juste à ses pieds, une jambe humaine coupée net à l'aine. Vraisemblablement celle du garçon.

– *My God!* fit Bobby Gup d'une voix blanche. *Motherfuckers!*

Il n'arrivait plus à parler.

Quelques minutes plus tard, un pick-up bleu de la police entra en trombe dans le parking, suivi par un blindé léger canadien. L'explosion avait dû s'entendre dans toute la ville… Malko, choqué, se débarrassa de sa chemise maculée de débris innommables. Dans le parking, les trois « Blackwater » survivants essayaient d'ôter les vêtements de leur copain qui hurlait de douleur.

Le cerveau de Malko se remit à fonctionner. Cette fois, il n'y avait plus de plan B ou C… Toutes les options épuisées, il ne restait, pour sauver l'otage Ron Lauder, que l'attaque du village où devait se trouver le mollah Dadullah. Une opération à haut risque.

*   *
*

Des infirmiers du Mirways Hospital entassaient dans des sacs en plastique les débris humains les plus gros, avec de longues pinces, et parfois à mains nues.

Éclairé par des projecteurs, le parking grouillait

d'infirmiers. Quelques badauds s'étaient rassemblés
dans la rue, repoussés par des policiers nerveux et terrifiés. Le « Blackwater » gravement brûlé avait été
emmené par les Canadiens. Un des trois survivants
s'approcha de Bobby Gup.

— Bobby, venez voir !

Dans le parking, deux infirmiers étaient penchés
sur un torse humain. La tête et les deux jambes
manquaient, mais la *camiz* marron, déchiquetée par
l'explosion, permettait d'apercevoir des fils encore
fixés à la peau du cadavre. La « sonorisation » de Teymour à laquelle on n'avait pas touché. Donc, le mollah Dadullah ne s'était pas vengé à cause de cette
opération d'espionnage.

Quelque chose ne collait pas. Même s'il ne voulait
pas de l'offre de la DEA, pourquoi cette sauvagerie
spectaculaire ?

— Il faut comprendre ce qui s'est passé, dit Malko à
Bobby Gup.

L'agent de la DEA, choqué, ne répondit pas. Il glissa
quelques mots à Tatiana la Kirghize, surgie de sa
chambre juste après l'explosion et qui ne le quittait plus
d'une semelle. La confusion était telle qu'aucun
Afghan ne semblait remarquer sa tenue très immo-
deste. Grosse poitrine moulée dans un haut orange, la
taille étranglée par une large ceinture Dolce & Gab-
bana, et une mini qui semblait peinte sur sa croupe cal-
lipyge. Elle partit en courant et revint, une bouteille de
scotch à la main. Bobby Gup la lui prit et but une
longue lampée au goulot. Soudain, en baissant les
yeux, il aperçut quelque chose accroché à sa chemise :
des lambeaux de peau humaine. Avec une exclamation
horrifiée, il se mit à l'arroser de whisky, jusqu'à ce
que les innommables débris tombent à terre. Malko
s'approcha de lui

— Il faut agir vite, dit-il. Puisque nous savons, grâce

à vous, où se trouve Dadullah, nous devons l'attaquer à l'aube.

Hébété, Bobby Gup fouilla dans sa poche et lui tendit un papier.

— *You're right !* bredouilla-t-il. Moi, je décroche pour ce soir. D'ailleurs, vous n'avez plus besoin de moi.

Au fond, l'otage de la CIA, il s'en moquait éperdument, mais il ne pensait même plus à sa bête noire, Habib Noorzai… Preuve qu'il était sérieusement atteint. Tatiana le prit par le bras et l'entraîna vers l'arrière du *guest-house*, là où se trouvaient les chambres modernes, et il se laissa faire. L'âcre odeur de l'explosif flottait toujours dans l'air.

Comprenant qu'il n'y avait rien à tirer de Bobby Gup, Malko, toujours torse nu, alla trouver les « Blackwater » et leur demanda de le reconduire au camp « New Frontier ». Il disposait de très peu de temps pour monter l'opération contre le mollah Dadullah.

Arrivé au camp des *Special Forces,* il fonça prendre une douche et ce n'est que propre et habillé de vêtements neufs qu'il se mit à la recherche du colonel Davidson. Son adjoint, un capitaine noir, lui apprit que le chef de corps était en opération. Il ne rentrerait pas avant minuit. En son absence, aucune décision ne pouvait être prise. Malko était en train de regagner sa chambre lorsqu'il se heurta à Habib Noorzai.

L'Afghan arborait une expression un peu solennelle et demanda de sa voix posée, un peu chantante :

— Puis-je m'entretenir avec vous ?

— Évidemment ! fit Malko.

Ils gagnèrent sa chambre et le corpulent Afghan s'installa sur une chaise trop petite pour lui. Fixant Malko droit dans les yeux, il annonça :

— J'ai décidé de me livrer au mollah Dadullah.

Malko en eut le souffle coupé. Scrutant le visage placide de son interlocuteur, il lui fit préciser :

— Que voulez-vous dire ?

– Je vais lui montrer que je ne suis pas un lâche, expliqua Habib Noorzai. Je dois laver l'affront fait à mon nom.

– Vous savez ce que cela signifie ?

– Bien sûr. Il va me tuer, fit paisiblement Habib Noorzai, mais nous devons tous mourir.

Il semblait parfaitement sûr de lui, mortellement sérieux. Cependant, Malko l'avait déjà vu se livrer à tant de manips qu'il était circonspect.

– Qu'est-ce qui vous a décidé ?

L'Afghan eut un léger sourire.

– J'ai donné beaucoup de coups de téléphone. Mon cousin Farid ne me respecte plus non plus. Il s'est ouvertement moqué de moi. Avant, il n'aurait jamais osé. S'il m'en avait parlé et que, ensemble, nous ayons monté cette histoire, c'eût été différent. Hélas, il m'a traité comme un étranger.

– Je comprends, dit Malko, mais êtes-vous sûr de vouloir vous suicider ?

– Ce n'est pas un suicide, plaida l'Afghan. Je retrouverai mon honneur. Cependant, j'y mets une condition. Je veux passer une journée avec ma famille, ici, à Kandahar, dans ma résidence, pas dans cet endroit horrible.

On y venait. Malko se ferma un peu.

– Je ne suis pas contre le principe, reconnut-il, mais il ne faut pas que ce soit une façon de vous esquiver…

– Vous prendrez toutes les mesures nécessaires, affirma Habib Noorzai, presque hautain. Je vous assure que je n'ai plus l'intention d'échapper à mon destin. C'est Dieu qui l'a voulu.

Après un bref silence, Malko demanda :

– Et quand… ?

– Il me faut le temps de faire venir ma famille de Quetta, expliqua Habib Noorzai. Disons, dans trois jours au maximum.

Trois jours, c'était long. Et, même si Malko

parvenait à joindre le mollah Dadullah, par l'intermédiaire de Mohammad Saleh Mohammad, rien ne disait
que le chef taliban accepterait ce délai.

– Dites au mollah Dadullah que j'ai juré sur le
Coran de me livrer à lui. Pour laver mon honneur…

Malko était presque convaincu. Il restait à en
convaincre le chef taliban, mais, entre une opération
militaire hautement hasardeuse et l'offre d'Habib
Noorzai, il n'y avait pas photo…

– Il y a une chose que vous devez négocier, ajouta
l'Afghan. Je veux que le mollah Dadullah m'accueille
en personne. Je ne veux pas me livrer à un de ses
commandants.

– Cela doit pouvoir s'arranger, affirma Malko. Très
bien, j'accepte votre offre.

Le mollah Dadullah avait beau se bourrer de thé noir
extrait d'une vieille théière verte, il n'arrivait pas à calmer sa fureur. Lorsqu'il avait convoqué Teymour, il
ignorait ce que le journaliste afghan voulait. Ensuite,
après avoir entendu sa proposition, il avait eu du mal
à se contenir. Très rapidement, grâce à ses sources dans
l'entourage du gouverneur de la province, il avait
appris que l'opium se trouvait toujours là. De plus, les
Américains ne pouvaient pas s'emparer de ce stock,
gardé par des éléments de l'armée afghane. Cela crée-
rait un grave incident diplomatique. En Afghanistan,
c'était le Pentagone qui commandait et la lutte contre
le trafic de drogue était le cadet de ses soucis. Que Teymour lui ait menti, c'était péché véniel. Mais qu'on ait
cherché à lui échanger un otage de haute valeur contre
l'opium qui lui appartenait et qui lui avait été dérobé,
c'était trop !

En effet, le stock du village de Shangri-La lui appartenait. C'était une énorme perte sèche pour lui. Bien

sûr, il savait qu'il avait fallu des complices afghans à la DEA et il en avait déjà identifié un : Farid Noorzai, un cousin de l'homme qu'il avait juré de décapiter. Il ne perdait rien pour attendre, mais, pour l'instant, il s'était évaporé : comme les quarante tonnes d'opium. Vraisemblablement transférées au Pakistan.

Il termina son thé et se prépara à dormir, enroulé dans un drap, après avoir posé son turban et vérifié le chargeur de sa AK47.

Il fit sa cinquième prière de la journée, tourné vers La Mecque, priant Dieu pour que la seconde étape de sa vengeance s'accomplisse selon ses vœux.

La troisième serait l'exécution de l'espion américain, qui établirait définitivement son pouvoir sur tous les combattants taliban du Sud, de Herat à Ghasni, en passant par le Hilmand et Kandahar. Son rêve secret était de supplanter dans le cœur des taliban le vieux mollah Omar, qui ne se mêlait plus aux combats, et vivait retiré dans la zone tribale pakistanaise.

Or, en Afghanistan, le finish se jouait toujours dans une surenchère d'horreurs. Peuple simple, imprégné de violence, les Afghans reconnaissaient comme chef celui qui frappait le plus fort. En plus, les multiples dégâts collatéraux subis à la suite des bombardements aveugles des Américains avaient exarcerbé la haine de l'Amérique chez tous les Afghans. Égorger un espion de ce pays, filmer son exécution et la diffuser sur Internet augmenterait considérablement son prestige. En attendant, il espérait avoir de bonnes nouvelles de Kandahar avant l'aube.

Il ferma les yeux sur cette pensée réconfortante.

*
* *

Les heures s'écoulaient sans que Malko soit parvenu à joindre Mohammad Saleh Mohammad, dont le portable ne répondait pas. Malko, faute de pouvoir joindre

le mollah Dadullah, ne voyait plus qu'une solution :
l'attaque du village où devait se tenir le chef taliban,
localisé grâce à feu Teymour.

Il fallait l'envisager avec le colonel Davidson. Ce
dernier venait de rentrer et Malko gagna la salle d'ops.

Le colonel américain écouta ses explications, reporta
sur la carte d'état-major les coordonnées du village où
était censé se trouver le mollah Dadullah et conclut :

— C'est faisable. Mais il me faut le feu vert du
CentCom. À cette heure-ci, ce n'est pas évident.

— Vous l'aurez sûrement, prédit Malko. Il s'agit de
sauver un otage américain. Mais, à votre avis, quelles
sont les chances de succès ?

L'officier n'hésita pas.

— De l'opération : 100 %, si on met le paquet avec
des F-16. Il ne restera pas un taliban en ordre de
marche.

— Et celles de récupérer le mollah Dadullah vivant ?

— 10 %, laissa tomber l'Américain. À part votre
plan, nous ne disposons d'aucune information. Il risque
de se battre jusqu'à la dernière cartouche. C'est un dur.

Malko ne mit pas longtemps à prendre sa décision.
Mort, le mollah Dadullah ne servait à rien. Et le premier réflexe des hommes qui gardaient l'otage serait
de l'égorger pour se venger.

— Laissez tomber, dit-il au colonel Davidson. Il y a
trop de risques.

Le soulagement de l'Américain fut visible.

— Je crois que vous prenez la bonne décision,
conclut-il.

Resté seul, Malko se remit à ronger son frein. Cette
fois, il n'y avait plus rien à faire.

CHAPITRE XXII

Bobby Gup se dressa en sursaut, réalisant qu'il s'était endormi ! Il regarda sa montre : dix heures et demie. Quatre heures s'étaient écoulées depuis l'attentat. Il avait bu le tiers d'une bouteille de scotch pour effacer l'horreur, l'odeur et la vision des membres déchiquetés. Il ne pleurait guère Teymour, mais c'est lui qui avait eu très peur.

– Il faut que j'y aille, grommela-t-il.

Sans vraiment savoir où. Après l'attentat, il avait suivi Tatiana et s'était allongé sur le lit, sans réaliser qu'il se trouvait dans la chambre de l'interprète. Les trois « Blackwater » survivants de sa protection s'étaient installés au fond du *guest-house*.

Il ramassa sa chemise imbibée de scotch et commença à l'enfiler, quand son regard tomba sur la Kirghize. Assise sur l'unique chaise de la chambre, jambes croisées très haut, bien droite pour faire ressortir sa poitrine, elle le fixait, un sourire provocant sur sa grosse bouche rouge. Elle avait compris que le hasard lui apportait une occasion inespérée qui pourrait la mener au Graal convoité par toutes les interprètes sous contrat avec la DEA : une « green card » lui permettant de travailler aux États-Unis. Pour cela, il fallait un sérieux appui...

– Il faut vous reposer, dit-elle. À cette heure-ci, c'est dangereux de sortir.

Elle se leva pour venir se planter à côté du lit, déhanchée, sa large ceinture Dolce & Gabana lui étranglant la taille, la poitrine orgueilleuse sous la soie de son chemisier.

Bref, bandante au possible.

– Faut que j'y aille, répéta d'une voix pâteuse l'agent de la DEA, s'escrimant à enfiler sa chemise dans le mauvais sens.

Pourtant, il avait envie de bouger comme d'aller se pendre.

Tatiana vint s'asseoir au bord du lit, ses grosses lèvres retroussées en un sourire salace.

– Il faut vous reposer, répéta-t-elle.

Elle se pencha et, posant les mains à plat sur le torse de Bobby Gup, le repoussa vers l'oreiller. L'Américain se laissa faire, anesthésié par le whisky. Il ferma les yeux, marmonnant des sons incompréhensibles. La Kirghize se dit qu'il fallait frapper un grand coup.

Elle fit passer son chemisier par-dessus sa tête, découvrant une lourde poitrine, puis se débarrassa de son soutien-gorge, libérant ses seins aux longues pointes brunes. Bobby Gup, les yeux clos, ne semblait s'apercevoir de rien. Tatiana franchit l'étape suivante : grimpant sur le lit, elle s'assit à califourchon sur ses cuisses, se pencha, effleurant la poitrine de l'Américain de la pointe de ses seins, en se balançant lentement.

Boby Gup mit quelques secondes à ouvrir les yeux. La sensation était très agréable, mais il ne l'avait pas identifiée. Lorsqu'il vit les seins lourds se balancer à quelques centimètres de son visage et le sourire salope de Tatiana, il émergea d'un coup et lâcha son expression favorite.

– *Motherfucker!*

Ses mains se refermèrent automatiquement sur les

seins de la Kirghize qui comprit qu'elle avait gagné la première manche. S'allongeant complètement sur lui, elle se mit à frotter son pubis contre le ventre de l'Américain. Celui-ci oublia instantanément ses velléités de départ. Ses mains couraient des seins nus à la croupe serrée dans la mini, essayant de glisser quelques doigts entre le tissu et la peau. Tatiana se tortillait de plus belle, accroissant son excitation.

Elle s'interrompit et souffla :

– Tu n'es pas bien !

Elle se souleva, défit la ceinture de l'agent de la DEA et tira sur son pantalon jusqu'à ce qu'il tombe sur le sol. Le caleçon rayé de Bobby Gup moulait une érection d'enfer. L'ignorant dans un premier temps, Tatiana s'allongea de nouveau sur lui, pour un body-massage démoniaque. Chaque fois que la pointe de ses seins effleurait les mamelons de Bobby Gup, celui-ci avait l'impression de recevoir une décharge électrique. Les deux mains plaquées sur sa croupe, il n'avait plus qu'une idée : enfouir son sexe au fond du ventre de Tatiana. Celle-ci faisait durer le plaisir, esquivant chaque fois qu'il s'attaquait à sa grosse ceinture.

Elle voulait qu'il soit chauffé à blanc.

À son tour, elle se leva et se débarrassa de sa jupe et de la ceinture, ne conservant qu'un minuscule string noir, puis revint s'allonger sur lui. Cette fois, le sexe tendu battait contre sa peau nue.

– *I want to fuck you*[1] ! grogna Bobby Gup.

– *Da, da*[2] ! approuva la Kirghize.

Bobby Gup parvint à déboutonner son caleçon et son sexe se dressa presque à la verticale. Attrapant le string, il tira dessus jusqu'à ce que l'élastique cède. Ils étaient désormais peau contre peau.

Tatiana réagit à la vitesse d'un cobra.

1. Je veux te baiser.
2. Oui, oui !

Elle pivota, se plaçant tête-bêche par rapport à l'Américain. Celui-ci n'eut pas le temps de protester. La bouche rouge de la Kirghise s'était abattue sur lui, l'avalant jusqu'à la racine !

Il eut l'impression que son cœur remontait dans sa gorge. Les lèvres épaisses allaient et venaient lentement tandis que la langue de Tatiana s'agitait comme une folle.

C'était très différent de ce qu'on pratiquait en Caroline du Nord.

Tatiana s'interrompit quelques secondes pour lancer :
– *Eat my pussy*[1] !

Fou d'excitation, l'agent de la DEA empoigna les fesses qui se balançaient devant son visage et se mit à lécher la jeune femme, qui bientôt couina sans interruption. C'était son plaisir favori.

Soudain, Bobby Gup poussa un hurlement.
– *I am coming ! I am coming*[2] !

Résultat de l'habileté préméditée de la Kirghize, qui n'appréciait pas trop la pénétration. Bobby Gup ne perdait pas au change. Les yeux fermés, il soufflait comme un phoque, le pouls à 200, quand il entendit un bruit du côté de la porte et tourna la tête.

Le battant était en train de s'entrouvrir.
– *Who is there*[3] ? cria-t-il.

– C'est Aziz, répondit une voix chevrotante.

Celle de l'employé chargé de nettoyer les chambres et d'apporter du thé ou de l'eau.

– Fous le camp, Aziz ! lança Bobby Gup, refermant les yeux, tout à son extase.

L'Américain ne vit pas les trois silhouettes se glisser dans la chambre, des jeunes gens barbus enturbannés au regard fou. Aziz, lui, gisait sur la pelouse, la

1. Suce-moi !
2. Je jouis. Je jouis !
3. Qui est là ?

gorge tranchée, après avoir servi une dernière fois. Un Afghan travaillant pour des étrangers méritait de mourir. Comme la durée de vie moyenne d'un Afghan était de cinquante ans et qu'il était à trois mois de les atteindre, cela ne changeait pas grand-chose à son sort.

C'est Tatiana qui les aperçut la première. Son hurlement glaça Bobby Gup qui, sans réfléchir, plongea vers le sol pour tenter de saisir son pistolet, accroché dans son holster à la ceinture de son pantalon. Il était dans cette position quand un des jeunes gens lui enfonça un long poignard dans la clavicule, atteignant le cœur. Détournant les yeux pour ne pas voir son corps dénudé, le second taleb, d'un geste large, balaya l'air, tranchant d'un seul coup la gorge de la Kirghize.

La jeune femme s'effondra en avant, précédée par les deux jets de sang de ses carotides.

Pour plus de sûreté, le troisième taleb trancha la gorge de Bobby Gup, secoué par les soubresauts de l'agonie. Ensuite, ils distribuèrent encore quelques coups de poignard, plus par méchanceté pure que par souci d'efficacité. Leurs deux victimes ne respiraient plus.

Cela n'avait pas duré une minute.

Le premier taleb fouilla les affaires jonchant le sol et en retira le pistolet automatique qu'il glissa sous sa *camiz.*

Prise de guerre.

Ils s'imposèrent de ne pas fixer le corps nu de la femme. Même si c'était une infidèle, c'était *haram*. Ensuite, ils se retirèrent, après avoir essuyé leurs poignards aux vêtements répandus à terre.

Tout le *guest-house* dormait.

Les trois « Blackwater », au fond, n'avaient rien entendu.

Les taliban repartirent comme ils étaient venus.

Depuis l'attentat, il n'y avait plus de vigile à l'entrée du *guest-house*.

Le mollah Dadullah allait être très satisfait.

*
* *

L'angoisse avait réveillé Malko à sept heures du matin. Habillé, douché, il rejoignit Maureen Kieffer, en train de prendre son *breakfast*. Il appela John Muffet qu'il trouva tout aussi angoissé que lui.

— Il n'y a plus rien à faire, dit Malko.

L'Américain explosa.

— On ne peut pas rester les bras croisés pendant que Ron Lauder se fait décapiter.

— Si on arrivait à joindre le mollah Dadullah, souligna Malko, la volte-face de Habib Noorzai pourrait tout arranger. Mais Mohammad Saleh Mohammad ne répond pas.

— Je n'y crois pas, soupira John Muffet, il nous prépare encore un coup… Allez réveiller Bobby Gup. Lui a peut-être un moyen de le joindre, par ses contacts locaux.

Malko retourna voir Maureen.

— On va en ville, annonça-t-il. Appelle ton ami.

La chaleur était toujours aussi implacable. Juste avant d'ariver au *Continental*, ils se heurtèrent à un barrage de policiers hystériques et loqueteux, qui prétendaient leur interdire le passage. Grâce au chauffeur pachtoune, ils réussirent à franchir le check-point. Plus ils approchaient du *guest-house*, plus les policiers étaient nombreux. Enfin, ils se heurtèrent à une patrouille mixte Canadiens-Afghans, et Malko put demander ce qui se passait.

— Deux étrangers ont été assassinés cette nuit dans le *guest-house*, leur apprit un lieutenant canadien.

Il les mena jusqu'à la chambre où avait eu lieu le

massacre. Les deux corps avaient été dissimulés sous des draps couverts de traînées sanglantes.

— Personne n'a rien vu, annonça le lieutenant canadien. Ils ont utilisé des armes blanches. Ce qui est grave, c'est qu'ils ont volé un pistolet automatique…

— Ils ont aussi assassiné deux personnes, corrigea Malko.

Décidément, les Canadiens n'étaient pas faits pour cette guerre… Le patron du *guest-house*, en babouches, semblait atterré.

— Ils ont égorgé le vieux Aziz, qu'Allah lui donne la paix !, dit-il d'un ton geignard.

— Ils n'ont laissé aucune revendication ? demanda Malko.

— Non, rien. C'est un voisin de chambre qui a vu la porte ouverte ce matin, et a donné l'alerte.

Il n'y avait rien à faire de plus. Ils repartirent, regagnant d'un trait le camp des *Special Forces*. Kandahar, en ce début de matinée, bruissait d'animation, tout semblait normal.

Sur le chemin du retour, Malko appela John Muffet sans parvenir à le joindre. Il était en train de franchir le poste de garde du camp « New Frontier » lorsque le chef de station rappela.

— J'étais en avion, expliqua-t-il. Je viens d'arriver à Kandahar. L'Agence m'a demandé de coordonner les opérations.

La CIA ne faisait plus confiance à Malko…

John Muffet semblait avoir rapetissé sous le soleil féroce, Malko était allé le chercher à l'aéroport, dans la Cherokee du client de Maureen Kieffer, suivi par un 4 × 4 des « Blackwater » assignés à Habib Noorzai. Le chef de station de la CIA à Kaboul débarqua d'un petit

jet, escorté de huit gardes du corps – six « Blackwater »
et deux *junior officers* –, trempé de sueur, défait.

– Ces cons de Canadiens ont dit qu'ils ne pouvaient
pas assurer ma sécurité ! lança-t-il. J'ai failli ne pas
partir. Il fait toujours aussi chaud ?

– Toujours ! dit Malko.

Il le mit au courant du meurtre de Bobby Gup et de
son interprète. Cela ne lui remonta pas le moral. Finalement, les Canadiens avaient quand même envoyé
deux blindés légers pour les escorter jusqu'au camp des
Special Forces.

Il ne manquait que des F-16.

Dans le 4 × 4 climatisé, John Muffet reprit un peu du
poil de la bête.

– Hier soir, j'ai eu le feu vert de Langley pour une
opération militaire, en dernier ressort.

– On verra bien, dit Malko. Au stade où nous en
sommes, nous ne pouvons négliger aucune chance.

Ils allaient entrer dans le camp lorsque Malko reçut
un texto :

« Rendez-vous dans Aga-Khan Street, quartier de
Charsoo, devant la boutique du bijoutier Bakhtiar, à dix
heures. »

Ce n'était pas signé mais ne pouvait venir que du
mollah Dadullah. Qui se réveillait. Après l'histoire de
l'âne et le double meurtre de la nuit, c'était étonnant.
Malko montra le texto à l'Américain, qui sursauta :

– Malko, je vous interdis d'aller à ce rendez-vous !

– Si je n'y vais pas, je suis certain que, demain
matin, Dadullah décapite Ron Lauder, rétorqua Malko.
C'est vous qui avez dit qu'on ne pouvait pas rester les
bras croisés en laissant Ron Lauder se faire décapiter…

L'Américain était blême.

– Ça ne vous suffit pas ? siffla-t-il. Hier, un « Blackwater », un informateur afghan torturé et tué, plus les
deux morts de cette nuit. Je n'ai pas envie que vous

ajoutiez votre nom à la liste… Ce rendez-vous est un piège !

Malko demeura quelques secondes silencieux avant de dire calmement :

– John, je ne peux pas ne pas aller à ce rendez-vous… C'est comme si je décapitais moi-même Ron Lauder… Dadullah attend que je lui livre Habib Noorzai. Il faut au moins lui parler. De plus, c'est en ville et en plein jour. Je ne risque pas grand-chose.

John Muffet secoua la tête.

– *You're fucking crazy* [1] *!*

---

1. Vous êtes complètement dingue !

CHAPITRE XXIII

Les deux hommes se toisèrent du regard d'interminables secondes et l'Américain lut dans les prunelles dorées de Malko une détermination sans faille. Il hocha la tête, résigné.

— O.K., mais c'est votre décision. Moi, je ne vous impose rien.

— Ce sont les circonstances qui commandent, fit Malko. S'il y a une chance de sauver la vie de Ron Lauder, il ne faut pas la laisser échapper.

— À une condition, dit John Muffet : je prends la direction des opérations. Vous allez vous rendre à ce rendez-vous, mais avec une protection rapprochée sérieuse.

— C'est-à-dire ?

— L'équipe de « Blackwater » que j'ai amenée de Kaboul ne va pas vous lâcher des yeux...

— Il ne faut pas qu'ils soient trop visibles, rétorqua Malko, sinon cela risque de faire échouer ce rendez-vous. Or, il est crucial.

— Ils ne vous colleront pas, mais ne seront pas loin, c'est le minimum. Après ce qui s'est passé, on peut s'attendre à tout.

— Si Dadullah a voulu reprendre contact, c'est pour

négocier, plaida Malko. En plus, grâce à la volte-face
de Habib Noorzai, nous avons la solution.

– S'il ne change pas d'avis. En tout cas, soyez
vigilant.

– On ne peut pas tout prévoir…

John Muffet secoua la tête, admirant visiblement le
fatalisme de Malko. Il était déjà au téléphone en train
d'organiser sa protection. L'opération de récupération
des otages avait déjà causé assez de morts.

Un générateur posé à même le trottoir, à l'entrée
d'une impasse dans le dédale de ruelles qui s'entremê-
laient derrière Aga-Khan Street, tressautait en faisant
un bruit d'hélicoptère… Toutes les vitrines de la rue se
ressemblaient, scintillant de leurs bracelets et bijoux
d'or et d'argent, tous identiques. Des échoppes guère
plus larges qu'un couloir, tenues exclusivement par des
hommes.

Pas une seule vendeuse.

Quelques clientes en burqa discutaient âprement
autour des comptoirs ou flânaient sur les trottoirs
encombrés par les éventaires des marchands ambulants. Aga-Khan Street courait d'est en ouest, en plein
cœur de Kandahar, animée par le flot des taxis jaunes,
des charrettes à bras et des «rickshaws» peinturlurés
de couleurs criardes mais hermétiquement fermés.

Malko feignait de s'intéresser aux vitrines, ne s'éloignant pas beaucoup de celle arborant l'inscription
«Bakhtiar and Son». Un «rickshaw» tout blanc
s'arrêta devant la boutique et le pouls de Malko
s'accéléra. Il en sortit une ombre bleue qui s'engouffra dans la ruelle d'en face. Il se retourna, apercevant
le 4×4 aux vitres fumées des quatre «Blackwater»
chargés de sa protection, arrêté trente mètres plus loin.
Une voiture de police en plaques rouges passa devant

et ses occupants lui jetèrent des regards intrigués. Pour soixante-quinze dollars par mois, les policiers n'avaient pas envie de risquer leur peau.

Malko s'arrêta. Avec sa tenue occidentale, on le remarquait comme une mouche dans un verre de lait, mais sa présence ne déclenchait aucune réaction d'hostilité. Les Afghans n'étaient pas des fanatiques, en dépit de leur misogynie. Le seul risque pour un étranger était d'être pris pour un Américain, car, aux yeux des autochtones, tous les étrangers étaient des Américains. Il suffisait de croiser le rescapé d'un village écrabouillé par les bombes de l'ISAF, muni d'une Kalachnikov, pour risquer un sérieux problème... Un vendeur barbu s'avança sur le trottoir, avec un sourire engageant, et proposa à Malko de venir prendre un thé dans sa boutique.

Justement «Bakhtiar & Son».

L'échoppe ne dépassait pas dix mètres en profondeur, sur trois de large. Elle ne pouvait guère recéler de piège mais il refusa. Il avait rendez-vous devant la boutique, pas à l'intérieur. Il baissa les yeux sur sa Breitling : dix heures cinq et 51 °C...

Il se retourna et aperçut, un peu plus loin, la Cherokee où se trouvait Maureen Kieffer, qui avait tenu à venir aussi. Beaucoup plus discrète avec sa plaque locale. Les gens du mollah Dadullah étaient en retard. En nage, il continua à faire les cent pas, regardant distraitement les monceaux d'or. Ici, il n'y avait pas de hold-up. Tous les gens étaient surarmés, les voleurs prudents. En plus, l'application par les taliban, de 1996 à 2001, de la charia, la loi islamique en vertu de laquelle on coupait la main droite des voleurs, avait considérablement ralenti les vocations.

Pays *presque* bénit.

Une vieille voiture japonaise blanche s'arrêta en face de la boutique, les roues à moitié dans l'égout à ciel ouvert. Un jeune barbu au turban verdâtre était au volant et ne descendit pas. L'arrière de la voiture était rempli de cartons.

Malko était revenu à la contemplation des vitrines quand un léger coup de klaxon le fit se retourner. Son pouls grimpa d'un coup. Le jeune homme de la voiture blanche lui faisait signe ! Il traversa le trottoir et ouvrit la portière, côté passager. Le jeune barbu lui adressa un sourire, suivi d'un « *salam aleykoum* » respectueux, et lui tendit un portable relié par un fil au tableau de bord. Desendant aussitôt du véhicule, il traversa et s'engouffra dans une des ruelles, s'éloignant dans le bazar.

La voiture sentait la crasse, la graisse de mouton et diverses autres odeurs indéfinissables. En plus, il y régnait une chaleur d'enfer. Soudain, une voix sembla sortir du tableau de bord.

— CIA ?

Pas agressive, juste curieuse.

Malko comprit que le portable avait été relié à un haut-parleur dissimulé dans le tableau de bord.

— *Yes*, répondit-il.

— Vous vous mettez au volant, fit en anglais la voix, jeune et afghane. Vous faites demi-tour et vous vous dirigez vers la route d'Herat. Mettez en route.

— Attendez, dit Malko, où est le rendez-vous ?

— Ici. À partir de maintenant, vous êtes un combattant du djihad sous les ordres du mollah Dadullah.

Malko ne comprenait plus. La voix continua, s'exprimant en très bon anglais. C'était visiblement quelqu'un d'éduqué qui parlait.

— Cette voiture est chargée d'une centaine de kilos d'explosif militaire à l'arrière et dans le coffre, continua le correspondant. Si vous cherchez à en sortir ou si vous ne suivez pas exactement mes instructions, je déclencherai les explosifs et vous mourrez inutilement. Si vous obéissez, nous nous retrouverons au paradis, car vous serez mort en servant Allah !

Le ton était devenu déclamatoire. En d'autres circonstances, c'eût été risible, mais Malko réalisa soudain que de fines goutelettes de sueur lui tombaient dans les yeux. Ce n'était pas seulement la chaleur.

— Mettez en route, répéta la voix, d'un ton sans réplique.

Il obéit. Il fallait avant tout gagner du temps. Celui qui parlait était dissimulé quelque part dans la foule qui se pressait sur le trottoir. À l'aide d'un téléphone portable, on pouvait parfaitement mettre à feu une charge explosive. À Bagdad, cela arrivait tous les jours.

— Bien, approuva son « contrôleur », maintenant démarrez doucement. Et ne cherchez pas à descendre.

Malko n'en avait nullement l'intention. Si la voiture explosait, tout serait anéanti dans un rayon de vingt mètres. Même un chat ne pourrait pas sauter assez loin…

Il jeta un coup d'œil dans le rétroviseur, aperçut le 4×4 des « Blackwater » qui décollait du trottoir. Eux ne devaient pas être inquiets. Furieux, il repensa aux avertissements de John Muffet. L'Américain avait eu raison. Il s'était bêtement jeté dans la gueule du loup.

Et pour en sortir…

Il ralentit légèrement en passant devant la Cherokee de Maureen Kieffer. Priant de toutes ses forces pour qu'elle regarde dans sa direction. Leurs regards se croisèrent. Rapidement, il se retourna à moitié, montrant du doigt l'arrière de la voiture. Espérant être aussi expressif que possible. Déjà, elle n'était plus dans le champ de vision. Hélas, même si elle avait compris ce qu'il voulait dire, que pouvait-elle faire ?

À son corps défendant, il était devenu une bombe humaine. La voix du « contrôleur » reprit :

— Vous ne coupez pas ce portable. Si vous cherchez à vous servir du vôtre, vous sautez. Au prochain rond-point, prenez à droite pour rattraper la route d'Herat.

Il dut s'arrêter, bloqué par un embouteillage, et tâcha

de voir où se trouvait son « contrôleur ». Celui-ci était forcément dans un véhicule, devant ou derrière lui. Il s'essuya le front, pensant à des tas de choses agréables pour se déconnecter de ce voyage vers l'enfer. Aux longues cuisses d'Alexandra lorsqu'elle les écartait pour lui et qu'il s'enfonçait dans son ventre. Aux dîners au château de Liezen, en compagnie d'invités de choix, avec beaucoup de très jolies femmes auxquelles il avait parfois goûté. À la vie en général et à son cortège de merveilles… Il put enfin redémarrer. Le haut-parleur cracha à nouveau ses instructions :

– Prenez la route d'Herat.

Deux cents mètres plus loin, les maisons commencèrent à se faire moins nombreuses. Des échoppes de mécaniciens auto, des marchands de fruits. Puis, abruptement, il se retrouva hors de la ville. Où voulait-on qu'il aille ? C'était clair : ce n'était pas seulement lui qui était visé. La circulation était toujours aussi intense. Il jeta un coup d'œil dans le rétroviseur et aperçut le 4 × 4 des « Blackwater » qui se rapprochait pour venir rouler juste derrière lui. Ils devaient se demander pourquoi il ne communiquait pas. Cela ferait probablement quatre morts de plus : leur véhicule n'était pas blindé. Brutalement, il s'ébroua mentalement et décida d'essayer de vivre. Ses options étaient limitées avec ce « contrôleur » invisible et omniprésent. Il posa la main sur la portière. S'il sautait en marche, sans arrêter le véhicule, il avait une chance minuscule de s'en tirer. Sauf si son « contrôleur » n'était pas loin derrière lui. Il fallait seulement une fraction de seconde pour déclencher l'explosion. Il décida de faire un test, posa la main sur la poignée de la portière et poussa vers le bas pour l'ouvrir. Elle s'écarta légèrement et un vent brûlant envahit la voiture. Aucune réaction dans le haut-parleur.

Un énorme camion le doubla. S'il avait sauté, il était écrabouillé. Sans arrêt, des véhicules arrivaient en sens inverse. Ils n'auraient jamais le temps de l'éviter, s'il sautait sur la chaussée. En plus, les véhicules qui le suivaient risquaient aussi de l'écraser.

Il arrivait à un embranchement. La route menant à Herat continuait tout droit et une autre à gauche contournait l'énorme bloc rocheux en forme de dent surplombant le camp des *Special Forces*. L'espace, autour, était entouré de barbelés et miné pour éviter les infiltrations de malfaisants.

— Prenez à gauche ! ordonna la voix.

Cette fois, c'était clair : cette route menait droit au camp des *Special Forces*. Les taliban voulaient se servir de lui comme d'une bombe humaine pour attaquer les Américains ! Machinalement, il leva le pied. Quelques instants plus tard, la voix éclata dans le haut-parleur du tableau de bord.

— Qu'est-ce que vous faites ? N'essayez pas de vous arrêter !

La rage au cœur, Malko appuya à nouveau sur l'accélérateur. Certain d'une chose : il était surveillé à vue, ce qui diminuait encore ses chances de survie. Il lui restait environ trois kilomètres à parcourir. Il savait comment les hommes de garde à l'entrée du camp « New Frontier » réagiraient en voyant une voiture inconnue, avec un seul homme à bord, s'approcher des chicanes de l'entrée : ils tireraient à vue.

Il avait le choix entre deux façons de mourir. Lâchant le volant quelques secondes, il essuya ses mains couvertes de sueur sur son pantalon. Ne voyant pas comment s'en sortir.

La route tournait doucement, épousant le massif rocheux et, ensuite, il y avait une longue ligne droite de deux kilomètres environ.

Ensuite, c'était la mort. Un mauvais moment à passer, mais qui durait ensuite très longtemps.

Personne ne savait à coup sûr ce qu'il y avait après, mais le fait que personne n'avait jamais donné signe de vie, si l'on peut dire, n'était pas encourageant.

Soudain, son regard accrocha un point noir qui venait de surgir dans le ciel, de derrière la « dent ». Un hélicoptère. Pendant quelques instants, il fut pris d'un espoir fou, mais l'appareil s'éloigna vers l'ouest, en direction d'Herat.

Un coup d'œil dans le rétroviseur : les « Blackwater », collés à lui, se préparaient à mourir, sans le savoir. Mais derrière, il aperçut une moto noire, chevauchée par un homme en turban. Instantanément, il comprit que c'était son « contrôleur ». D'ailleurs, la moto n'arrêtait pas de déboiter, pour ne pas le perdre de vue. Il posa ses mains bien à plat sur le volant et se dit qu'il allait précipiter la voiture contre les barbelés, avant d'arriver au camp. Inutile de faire partager son sort à d'autres.

Il n'avait même plus peur. Une sensation de vide, comme une anesthésie, ce qu'on appelait au siècle dernier une « grâce d'état ». Les mourants avaient souvent le visage paisible. Une phrase émergeant de ses lointaines études lui revint en mémoire : *« Ave Caesar, morituri te salutant* [1]. »

Le salut des gladiateurs à l'empereur romain, avant d'affronter les lions dans l'arène. Puis, délibérément, il cessa de penser et chercha devant lui l'endroit où il allait terminer sa course, et sa vie.

– La moto ! La moto ! Vous la voyez ?

Arrêtée en bordure de la clôture de barbelés encerclant la « dent », Maureen Kieffer hurlait dans son portable. La voiture conduite par Malko se trouvait à cinq cents mètres devant, suivie par le 4 × 4 des « Blackwater ». Juste derrière, au milieu des autres

1 Salut, Empereur, ceux qui vont mourir te saluent.

véhicules, la Sud-Africaine avait repéré une petite
moto noire chevauchée par un homme en turban,
camiz-charouar, plutôt jeune, barbu, des lunettes
d'acier, le pan du turban serré entre ses dents.

Maureen Kieffer l'avait remarqué dans Aga-Khan
Street, lorsque Malko était passé devant elle, faisant un
geste qu'elle n'avait d'abord pas compris. Garé non loin
de la voiture blanche, le motard avait démarré juste derrière elle. Sans réfléchir, Mauren Kieffer avait suivi à
son tour, mortellement inquiète, cherchant à comprendre. Malko était seul dans la voiture, en pleine ville,
protégé par les «Blackwater» et, pourtant, à ses traits
tendus, elle avait compris qu'il se sentait en danger.

C'est un souvenir de Kaboul qui lui avait ouvert les
yeux. Une conversation avec un policier. On lui avait
expliqué, devant la recrudescence des attentats terro-
ristes, que les taliban engageaient des jeunes pour
conduire des voitures bourrées d'explosifs, en leur
expliquant qu'il suffisait d'enclencher une minuterie
avant de sauter du véhicule, donc qu'ils ne mourraient
pas. En réalité, un taleb suivait le véhicule piégé et
déclenchait la charge à distance, pulvérisant l'innocent
et naïf conducteur… C'est ce qui devait se passer avec
la moto qui suivait Malko. C'est son conducteur qui
devait déclencher l'explosion. Étant donné l'itinéraire,
la suite n'était pas difficile à deviner. C'est le QG des
Special Forces qui était visé.

Une voix brouillée arriva dans son téléphone.

– Affirmatif ! Je la vois.

L'hélico volait en vol stationnaire, assez loin à
l'ouest. Dès le départ de Aga-Khan Street, Maureen
Kieffer avait donné l'alerte au camp «New Frontier»
où était resté John Muffet. Expliquant sa théorie :
Malko avait été attiré dans une voiture piégée contrô-
lée par quelqu'un se trouvant dans un autre véhicule.
Dès qu'on aurait pu identifier celui-ci, la seule chance
de sauver la vie de Malko était de le détruire. Pour cela,

un seul moyen : une roquette tirée d'hélicoptère. Les Israéliens faisaient cela très bien dans la bande de Gaza, mais ils disposaient de complices sur place qui équipaient les véhicules visés de puces électroniques pour le guidage des missiles.

John Muffet avait vite compris et le colonel Davidson réagi avec tout autant de célérité. Exactement douze minutes après l'appel, un Apache décollait et se dirigeait vers la voiture où se trouvait Malko, guidé par Maureen Kieffer. Désormais, tout était en place pour l'action, avec un hic de taille. Le taux de réussite devait être de 100 %.

— Vous pouvez le détruire ? cria la Sud-Africaine dans son portable.

Elle était repartie, et fonçait pour rattraper le binome moto-voiture.

— Affirmatif, répondit le pilote.

— Quel degré de précision ?

— Quatre-vingts pour cent, comprit-elle dans les crachouillis.

Cela laissait 20 % de chances que le missile rate la moto. Se sachant visé, le taleb n'hésiterait pas un quart de seconde.

— Vous ne pouvez pas améliorer ?

— Négatif.

Maureen Kieffer n'hésita pas. Il restait six ou sept minutes.

— *Stand-by*, lança-t-elle. Je vais essayer quelque chose. Si je rate, vous y allez.

— *Roger !*

La jeune femme jeta son portable sur le siège et, pied au plancher, fonça pour rattraper la moto. Priant de toutes ses forces pour que le motard ne se retourne pas.

***

Abdul Shahi était grisé de bonheur. À lui revenait le

double honneur d'éliminer un espion américain et de frapper un des points forts de la présence impie dans le sud de l'Afghanistan. Médecin à l'Alhad Hospital, il soignait tous les jours des rescapés des bombardements britanniques ou américains, des enfants et des femmes atrocement mutilés, qui n'avaient eu que le tort de se trouver au mauvais moment au mauvais endroit... Lui qui, durant ses études, avait un peu oublié la religion avait retrouvé la foi et commençait à haïr les Américains.

Quand, un jour, un de ses collègues lui avait demandé s'il pouvait faire parvenir des antibiotiques à des taliban, il les avait volés lui-même dans son hôpital... Ensuite, les liens s'étaient resserrés avec les taliban. Il avait rencontré le mollah Dadullah en personne. Devenant, au fil des mois, un militant de l'Émirat islamique d'Afghanistan que les taliban rêvaient de restaurer.

Lorsqu'on lui avait offert cette mission, il avait accepté sans hésiter. Tout en conduisant, il serrait dans sa main gauche le portable qui devait déclencher l'explosion. Le numéro était composé. Il suffisait de lancer l'appel. Le second appareil qui lui servait à communiquer avec l'agent de la CIA était dans sa poche et il ne se servait que de l'oreillette. Sa roue avant passa soudain sur un énorme trou et il faillit lâcher le portable. Furieux, il se résigna à le glisser dans la poche de sa *camiz*. Pendant quelques centaines de mètres, la route était complétement défoncée et il avait besoin de ses deux mains...

Il n'y avait plus que deux kilomètres avant l'entrée du camp et, dans quelques minutes, il aurait mené sa mission à bien. Même s'il ne parvenait pas à s'enfuir, il mourrait en martyr.

**

Maureen Kieffer avait l'impression que ses mains étaient soudées au volant. La sueur coulait dans ses yeux. Elle était penchée en avant, ne quittant pas du regard la moto dont elle se rapprochait. Un petit engin noir comme il y en avait des centaines en Afghanistan. Environ trente mètres les séparaient encore.

Le pouls en folie, elle accéléra progressivement et mit son clignotant comme si elle s'apprêtait à doubler le 4 × 4 des « Blackwater » et la voiture piégée. Rien ne devait alerter le conducteur de la moto. Il lui suffisait d'une fraction de seconde pour agir. S'il voyait dans son rétroviseur une voiture conduite par une femme en train de doubler, cela ne devrait pas l'alarmer.

La distance diminuait. Maureen n'était plus qu'un bloc de muscles tendus. La Cherokee arriva à la hauteur de la moto. La Sud-Africaine regardait droit devant elle, comme si la moto n'existait pas. Priant de toutes ses forces, elle dut faire un violent écart pour éviter un énorme trou et fut obligée d'accélérer à nouveau pour se retrouver à la hauteur de la moto. Du coin de l'œil, elle vérifia sa position et donna un violent coup de volant à droite. L'aile de la Cherokee heurta le pilote de la moto à la hauteur du genou gauche, déséquilibrant la machine qui fila vers le fossé. Maureen accéléra et donna un autre coup de volant, heurtant cette fois la roue arrière de la moto que le conducteur tentait désespérément de redresser. Cette fois, la moto fit presque un tête-à-queue et bascula dans le profond fossé, éjectant son conducteur.

Maureen Kieffer écrasait déjà le frein. Elle sauta sur la chaussée, attrapant sa Kalach. La moto gisait dans le fossé et sur le bas-côté, son conducteur, le turban arraché, se tenait la jambe gauche en hurlant. La Sud-Africaine n'hésita pas une seconde : de toutes ses forces, elle abattit la crosse du fusil d'assaut sur le visage du blessé, frappant et frappant, sentant les os craquer. Lorsqu'elle s'arrêta, le motard n'avait plus figure humaine : juste une masse rougeâtre par laquelle s'échappaient des bulles d'air. Maureen Kieffer se précipita, examinant ses mains. Elles étaient vides. Elle tâta le jeune homme et sentit sous ses doigts la forme rectangulaire d'un portable. Son pouls s'envola. Très, très doucement, elle enfonça sa main dans la poche et le sortit. Son cœur cognait à tout rompre dans sa poitrine.

C'était un Nokia gris, un modèle basique qu'on trouvait partout pour quarante dollars. Elle alla le déposer au bord du fossé et regarda enfin vers la route. Le 4×4 et la voiture conduite par Malko étaient déjà loin.

Comment allait-elle le prévenir ?

* * *

D'abord, Malko ne voulut pas y croire : la moto avait disparu ! Il ralentit, le regard glué au rétroviseur, sans la voir, alors que toutes les trente secondes, elle déboitait pour le survéiller.

Seul le 4×4 des « Blackwater » roulait derrière lui. Il n'apercevait pas non plus la Cherokee de Maureen Kieffer. Le cerveau en ébullition, il se dit qu'il avait très peu de temps pour prendre une décision. Moins d'un kilomètre le séparait de l'entrée du camp « New Frontier ». Moins d'une minute au bout de laquelle les hommes de garde aux chicanes ouvriraient le feu sur lui.

Il regarda à nouveau le rétroviseur.

Toujours pas de moto.

Il ralentit. Aucune réaction dans le haut-parleur.

Il ralentit encore, descendant à vingt à l'heure. La Land Cruiser des « Blackwater » le collait.

Il ouvrit la portière. Toujours rien.

Alors, il donna un coup de volant à droite, freina brutalement, s'immobilisa sur le bas-côté, sauta à terre et détala de toute la vitesse dont il était capable, perpen-

diculairement à la route, s'allongeant finalement à plat
ventre sur le sol rugueux, la bouche sèche, le souffle
court, le pouls à 150.

Il se retourna enfin, vit la voiture blanche immobile
sous le soleil brûlant et comprit qu'il était sauvé.

Les quatre « Blackwater » déployés autour du lieu de
l'accident, interdisaient à qui que ce soit d'approcher
de la moto et de son conducteur, en train de râler dans
le fossé. Des policiers afghans, alertés par des témoins,
se tenaient à bonne distance, peu soucieux de se frotter à ces supermen armés jusqu'aux dents.

Maureen Kieffer, partie récupérer Malko, revint
avec lui.

Quatre Humwee des *Special Forces* interrompirent
la circulation, établissant un cordon de sécurité autour
de la voiture piégée. John Muffet se trouvait avec eux.

Malko, dans un état second, ne sentait même plus la
chaleur. Il regarda des infirmiers en train de placer le
conducteur de la moto sur une civière.

– Où l'emmènent-ils ? demanda John Muffet à un
policier afghan anglophone.

– À l'hopital Alhad. Cet homme est gravement
blessé.

– Pas question, trancha l'Américain. Cet homme est
en état d'arrestation. Nous le prenons en charge.

Le taleb aurait sûrement des choses intéressantes à
dire. John Muffet s'approcha de Malko.

– Vous êtes O.K. ?

– Ça va.

Il y eut quelques instants de silence. L'Américain
ajouta :

– Il n'y a plus beaucoup de chances de sauver Ron.

– Non, reconnut Malko.

Ce qui venait de se passer donnait une sérieuse

indication sur l'état d'esprit du mollah Dadullah. Il avait déclaré une guerre à mort aux Américains, et le « sacrifice » de Habib Noorzai risquait fort de rester virtuel.

CHAPITRE XXIV

Le choc avait été trop fort, Malko avait l'impression d'être un ordinateur débranché. À côté de lui, Maureen tentait de le ramener à la vie, mais n'y parvenait guère. En plus de l'émotion, il était obsédé par les heures qui s'écoulaient inexorablement. Il était plus de quatre heures de l'après-midi. Après être revenu au camp «New Frontier», il avait appelé Mohammad Saleh Mohammad. Sans réussir à le joindre. Et les portables afghans n'avaient pas de messagerie. De toute façon, le sort de Ron Lauder semblait scellé. Si ce n'était pas déjà fait.

Malko avait du mal à calmer son amertume. Tous ces morts, tous ces risques pour un échec !

On frappa à sa porte.

– *Briefing !* cria John Muffet.

Ils se retrouvèrent dans la salle d'ops avec le colonel Davidson, un major de l'armée britannique et un pilote américain de F-16 basé à Kandahar. Le portable trouvé sur le conducteur de la moto avait parlé. Grâce à la collaboration de Roshan, le réseau de mobiles afghans, ils savaient que le jeune médecin qui avait tenté de mener Malko à la mort avait appelé à plusieurs reprises un numéro dans la province du Hilmand, à côté de Lashka Gah, qui avait activé un relais excentré.

Dans son rayon de captation, il n'y avait qu'un tout petit village au cœur d'une zone infestée de taliban, Sayadan. Il y avait de fortes chances que le mollah Dadullah s'y trouve, après avoir quitté Samizi, le village où il avait rencontré Teymour.

Le conducteur de la moto, Abdul Shahi, la mâchoire brisée, le nez écrasé, le visage broyé par les coups de crosse de Maureen Kieffer, était en réanimation, difficile à interroger.

Il survivrait mais serait défiguré à vie. Avec au minimum un œil en moins, crevé par les éclats de verre de ses lunettes. On avait trouvé exactement cent soixante-cinq kilos d'explosifs dans la voiture piégée. Le jeune taleb qui l'avait amenée dans le bazar n'avait pu être retrouvé.

— Qu'est-ce qu'on fait ? demanda John Muffet.

— Je n'arrive pas à joindre Mohammad Saleh Mohammad. Sans lui, impossible de joindre le mollah Dadullah, avoua Malko.

Le chef de station de la CIA lui jeta un regard furieux.

— Pour qu'il vous envoie dans un nouveau piège… Vous êtes maso ?

— Nous avons désormais l'offre de Habib Noorzai à lui transmettre, plaida Malko.

— Je n'y crois pas, trancha John Muffet. Le problème est simple. Pour la seconde fois en quarante-huit heures, nous avons des éléments précis sur la localisation de Dadullah. Allons-nous exploiter cette information ?

Son regard fit le tour de la table. Le colonel Davidson réagit le premier.

— Je peux monter pour demain matin une attaque sur ce village mais, sans informations précises, nous aurons des pertes et il n'est pas certain que nous atteignions notre objectif.

Malko se tourna vers le chef de station de la CIA.

– John, même si nous liquidons le mollah Dadullah, rien ne dit que l'otage soit dans le même village.

Un ange passa, volant lourdement. C'était du simple bon sens. Le pilote de F-16 renchérit :

– Nous pouvons intervenir très rapidement, mais ce ne sera pas précis. Il y aura des dommages «collatéraux».

Façon pudique de dire qu'il allait écrabouiller le village sous des bombes plus ou moins intelligentes. Malko revint à la charge.

– Le mollah Dadullah, visiblement, nous a déclaré la guerre. Mais, depuis le début, il veut échanger Ron Lauder contre Habib Noorzai. Or, ce dernier, pour des raisons qui lui sont propres, a décidé de se livrer à Dadullah. Il faudrait le persuader que c'est une offre sérieuse.

John Muffet s'étrangla.

– Vous trouvez que Noorzai ne nous a pas assez menés en bateau ! Dix-sept morts à Kaboul… Puis le cousin Farid qui s'est servi de nous pour s'approprier un monceau d'opium…

– Je pense qu'Habib Noorzai n'était pas au courant, soutint Malko. De toute façon, à part attaquer ce village demain matin très tôt, avec les risques que cela comporte, c'est la seule chance qui nous reste de sauver Ron Lauder.

John Muffet soupira.

– Je voudrais entendre de mes propres oreilles Habib Noorzai.

– Je vais le chercher, dit Malko en se levant.

**
*

Habib Noorzai, très digne dans sa traditionnelle tenue marron, évoquait une certaine noblesse. Il s'assit au bout de la table et tourna la tête vers Malko, demandant avec son accent chantant :

– Que voulez-vous ?

– Que vous répétiez à ces messieurs ce que vous m'avez dit.

L'Afghan parcourut la table des yeux et annonça d'une voix calme :

– Le mollah Dadullah m'a fait savoir qu'il me méprisait profondément et que je déshonorais le nom de ma tribu. J'ai donc décidé de m'expliquer avec lui et de me rendre à son invitation. Quels que soient les risques…

On voyait que John Muffet avait envie de se frotter les yeux.

– Mais les risques ! lança-t-il, vous les connaissez : il va vous égorger.

Habib Noorzai ne broncha pas.

– C'est possible, reconnut-il, c'est même probable, mais c'est mon problème. L'honneur de ma tribu est plus important que ma vie.

Les trois Américains assis autour de la table n'en croyaient pas leurs oreilles. John Muffet s'ébroua et dit :

– Vous savez que le mollah Dadullah a demandé à vous échanger contre un otage qu'il détient. Vous êtes d'accord ?

– Je suis d'accord.

– Cela va être délicat…

L'Afghan hocha la tête.

– Certainement. Il faudra prendre certaines précautions mais chez nous, en Afghanistan, ce genre d'échange est monnaie courante. Il suffit de nommer un intermédiaire agréé par les deux parties.

– Vous avez un nom ?

– Oui, peut-être le Qari Abdul Jawad, qui est respecté de tous à cause de ses connaissances religieuses. Je pense qu'il acceptera. Si vous l'acceptez, vous aussi.

– Il y a un autre problème, souligna Malko. Le mollah Dadullah semble très remonté contre nous. Ce matin même, il m'a tendu un piège pour m'utiliser dans un attentat où j'aurais péri à coup sûr, alors que je lui avais demandé un contact pour lui transmettre votre offre.

Habib Noorzai eut un léger sourire.

— Il ne vous a pas cru. Il est très en colère à cause de ce qu'a fait mon cousin Farid.

— Nous n'avons plus de contact avec lui et le temps presse, souligna Malko, s'il n'est pas déjà trop tard.

Habib Noorzai réfléchit quelques instants.

— Si vous m'y autorisez, je vais entrer en contact avec Qari Abdul Jawad par un canal sûr. Il sait comment joindre mollah Dadullah. Si je lui dis que je suis prêt à cet échange, il me croira.

— Je vous y autorise, confirma Malko. Mais, méfiez-vous, je ne voudrais pas vous sacrifier pour rien.

— Ce n'est pas un sacrifice, corrigea vivement Habib Noorzai de sa voix douce, c'est une obligation vis-à-vis de moi-même. Toute fin est préférable à des années de prison en Amérique, loin des miens et de mon pays... Mais je vous ai demandé autre chose : je veux passer une journée avec les miens. Ce sera probablement la dernière. Je ne peux pas transiger sur ce point.

Malko échangea un regard avec John Muffet et répliqua :

— Je pense que cela peut s'arranger. Dès que vous aurez la réponse du mollah Dadullah.

Habib Noorzai se leva, salua d'un léger signe de tête et s'éclipsa. Aussitôt, John Muffet explosa :

— C'est encore une arnaque pour nous filer entre les pattes !

— Sécurisez au maximum l'endroit où il sera, conseilla Malko. Mais, si vous n'y croyez pas, déclenchez cette attaque demain matin à l'aube. Avec les risques que vous connaissez.

Lourd silence. John Muffet émit une sorte de sifflement découragé et laissa tomber :

— O.K., on essaie la solution Noorzai. Mais il me

faut une réponse de sa part avant ce soir, huit heures.
Que nous puissions éventuellement monter le plan B.

*
* *

Ron Lauder essayait de ne pas penser. Accroupi
en face de lui, un jeune taleb le fixait comme si
c'était un insecte. Un pieux. Réglé comme une hor-
loge, il s'agenouillait à intervalle régulier sur un
bout de tapis usé jusqu'à la corde, face à La Mecque.
Pas un mot au prisonnier. Ce dernier était au-delà du
désespoir. Il savait qu'il était en train de vivre ses dernières heures et n'arrivait pas à articuler une pensée
logique.

Impuissant.

Il avait songé à se jeter sur son gardien, mais d'abord
il était trop faible, ensuite, ses chevilles entravées l'em-
pêchaient de se déplacer et enfin, il serait roué de
coups. Cela, il ne pouvait plus le supporter. Il voulait
bien mourir mais pas souffrir.

De temps en temps, il pensait à sa femme, à sa fille,
mais c'était presque abstrait, comme s'il était déjà de
l'autre côté. Il ne maudissait même pas l'Agence qui
n'avait pas pu le sortir de là. Il ne ressentait plus qu'un
grand vide. Et son œil continuait à le faire souffrir. Personne ne s'en occupait plus. Il se coucha sur le côté et
tenta de trouver le sommeil dans la température d'étuve
Sous le regard indifférent du jeune automate barbu au
regard vide.

*
* *

— J'ai parlé au Qari Abdul Jawad, annonça de sa
voix calme et chantante Habib Noorzai. C'est un
homme bon et juste. Il m'a cru et s'est mis aussitôt en
relation avec le frère de mollah Dadullah qu'il connaît
bien : ils étaient tous les deux dans la même *madrasa*.

Celui-ci, à son tour, a contacté Dadullah et je viens de recevoir sa réponse, de la bouche du Qari Abdul Jawad. Puisqu'il a ma parole, garantie par Abdul Jawad, il accepte de laisser l'otage en vie encore quarante-huit heures, le temps d'organiser l'échange.

Malko regarda d'abord sa montre : sept heures dix. Il était dans les temps. Il éprouvait un soulagement indicible : l'otage était toujours vivant !

Il fixa Habib Noorzai, perplexe, oubliant presque que l'Afghan avait voulu le tuer à Kaboul. Il semblait transformé, paisible, le regard assuré.

— M. Noorzai, dit-il, vous êtes certain de votre décision ? Vous en connaissez les conséquences...

— Bien sûr, répondit aussitôt l'Afghan. Je ne changerai pas d'avis. Déjà, le mollah Dadullah m'a fait dire par son frère qu'il regrettait de m'avoir envoyé cette burqa.

— Comment envisagez-vous cet échange ?

— Je pense qu'il faut demander au Qari Abdul Jawad de l'organiser. Si le mollah Dadullah s'engage auprès de lui, il ne pourra pas revenir sur sa parole.

Il s'inclina légèrement et sortit. Malko était médusé ! Il parlait de ce rendez-vous comme d'une rencontre banale. Alors qu'il allait à une mort certaine... Il était encore plongé dans ses réflexions lorsque Maureen Kieffer débarqua. Arborant une robe longue, ajustée du buste et descendant jusqu'aux chevilles. Maquillée, des boucles d'oreilles.

— Tu es magnifique ! dit Malko.

Elle sourit.

— Merci. Après ce matin, j'avais besoin de me changer les idées. J'ai appelé Tony Hamilton, à la Croix-Rouge. Il nous invite ce soir à dîner. Ce sera plus gai qu'ici...

— Bonne idée, approuva Malko.

Depuis sa conversation avec Habib Noorzai, il se sentait mieux.

– Ce matin, continua la Sud-Africaine, quand je poursuivais le motard, j'ai cru que mon cœur allait exploser ! À chaque tour de roue, j'avais tellement peur de voir ta voiture sauter ! C'était horrible. Et, même lorsque je l'ai renversé, j'étais totalement nouée. On ne saura jamais pourquoi il n'a pas appuyé sur le déclencheur.

– Peu importe, dit Malko, tu m'as sauvé la vie…

Elle haussa les épaules.

– Je n'ai pas réfléchi. On y va ?

Au moment où ils partaient, ils se heurtèrent à Habib Noorzai.

– Le Qari Abdul Jawad va vous contacter dès qu'il aura mis au point avec le mollah Dadullah les modalités de cet échange. Je pense qu'il serait bien que la Croix-Rouge intervienne. Les taliban ont confiance dans ses membres.

– Je les vois ce soir, dit Malko.

– *Roh*[1]. Je souhaite partir dans ma propriété demain matin. Je n'en ressortirai que pour aller retrouver le mollah Dadullah, si vous n'y voyez pas d'inconvénient…

– Je donnerai des instructions dans ce sens, promit Malko.

John Muffet allait encore se rouler par terre, mais, cette fois, Malko avait confiance. Il n'avait plus qu'une crainte : que le mollah Dadullah ne tienne pas sa promesse et exécute l'otage. Dans ce cas, ce serait sa dernière mauvaise action.

C'était presque la fête ! Un grand jardin plein de citronniers et d'orangers, une piscine et des gens normaux ! Le « compound » de la Croix-Rouge de Kandahar était très étendu, comprenant plusieurs

---

1. Bien.

bâtiments séparés par des espaces verts, pour loger la douzaine d'expatriés, le tout protégé par de hauts murs.

Malko laissa un peu de champagne glisser sur sa langue. Maureen avait apporté trois bouteilles de Taittinger amenées de Kaboul. C'était bien la première occasion de faire la fête ! Il faisait encore très chaud mais c'était supportable. La jeune femme, qui avait retrouvé une coreligionnaire, Jane, était plongée dans une grande conversation sur l'hôpital géré par la Croix-Rouge à Kandahar. Elle se tourna vers Malko.

– Tu te rends compte ! Ils lui ont apporté un bébé de huit mois qui pesait deux kilos…

– Ici, la vie humaine vaut dix dollars, laissa tomber Tony Hamilton, le responsable du CICR.

Malko en profita, un peu plus tard, pour le prendre à part.

– Je vais avoir besoin de vous, dit-il. Probablement après-demain.

Le Britannique lui jeta un regard étonné.

– Il court de mauvais bruits en ville : l'otage serait exécuté demain matin. C'est ce que disent les gens de Dadullah. Il y en a partout.

– C'est ce qui était probablement prévu, reconnut Malko, mais je crois avoir obtenu un accord avec le mollah Dadullah. Si tout se passe bien, êtes-vous prêt à aller prendre livraison de Ron Lauder, l'otage détenu ?

– Si le mollah Dadullah me le demande, bien sûr. À condition que j'aie un rôle uniquement passif. On me fixe un lieu de rendez-vous et on me remet l'otage. C'est tout ce que mes statuts m'autorisent à faire.

– Cela se passera ainsi, promit Malko. *Inch'Allah*, j'en saurai plus demain.

Ils se mirent à table. L'agneau était délicieux. Et les employés de la Croix-Rouge n'en revenaient pas de dîner au Taittinger Comtes de Champagne Blanc de

Blancs. Peu à peu, la tension nerveuse de Malko diminuait, et du coup, sa libido se réveillait. Il échangea
plusieurs regards éloquents avec Maureen Kieffer, qui
semblait sur la même longueur d'onde. Il était près de
onze heures lorsqu'ils terminèrent.

Tony Hamilton regarda sa montre.

— On va se coucher, demain, nous commençons très
tôt…

Malko se levait déjà quand Maureen demanda :

— Est-ce qu'on pourrait utiliser la piscine, Jane et
moi ?

— Bien sûr, accepta le délégué de la Croix-Rouge.
On va vous laisser des serviettes.

Dix minutes plus tard, ils étaient tous partis se coucher. De son fauteuil d'osier, Malko regardait les deux
femmes jouer dans la piscine. Jane avait un maillot,
Maureen non. Ce qui permettait à Malko d'admirer la
croupe cambrée et les seins qui flottaient sur l'eau,
comme des nénuphars. La Sud-Africaine lui fit signe.

— Viens nous rejoindre !

— Je n'ai pas de maillot, fit Malko.

— *So what ?*

Discrète, Jane se hissa hors de l'eau.

— Je vais me coucher, lança-t-elle.

Lorsque Malko se laissa glisser dans l'eau tiède,
entièrement nu, Maureen l'enlaça aussitôt, espiègle.

— Tu sais ce dont j'ai envie…

Elle massait déjà son sexe, debout dans l'eau. Il ne
mit pas longtemps à durcir. Le silence était absolu, à
part quelques oiseaux de nuit et le bourdonnement des
moustiques. Il y eut une sourde explosion dans le lointain et puis quelques rafales, comme pour rappeler
qu'ils n'étaient pas sur la Côte d'Azur malgré la tièdeur
de l'air et la piscine.

Maureen Kieffer se retourna, les avant-bras appuyés
sur le rebord de pierre, debout sur la pointe des pieds,
et avança sa croupe vers Malko.

– Comme ça ! dit-elle.

Il s'enfonça d'un trait en elle, verticalement, emprisonnant ses seins lourds à deux mains, à la fois pour se retenir et pour profiter d'une possession totale. Comme toujours après le danger, sa libido était au zénith. Ses mauvais instincts aussi. Lorsqu'il se retira, Maureen poussa une petite exclamation déçue. Qui se mua en un cri bref quand elle sentit la masse dure et chaude se poser sur l'entrée de ses reins.

– Comme ça ! fit Malko.

Les deux mains crochées dans les hanches de Maureen, il força lentement mais sûrement le sphincter qui ne résista que pour la forme.

Apaisés, ils jouaient dans l'eau. Toujours dans la piscine, ils avaient terminé la dernière bouteille de Champagne Taittinger. C'était presque la civilisation ! Une sorte de parenthèse irréelle, ponctuée de rafales lointaines et du décollage d'un F-16. L'Afghanistan était en guerre et eux faisaient l'amour. Malko regarda le ciel étoilé.

Comment être certain que, cette fois, le mollah Dadullah tiendrait sa promesse ?

Lorsqu'il fut sec, il n'avait pas encore trouvé la réponse.

CHAPITRE XXV

Le jour se levait.

Malko regardait le ciel s'éclaircir, étreint de nouveau par l'angoisse. Le bref moment de détente de la veille, à la Croix-Rouge, semblait bien loin. Les dernières réactions du mollah Dadullah ne l'incitaient pas à l'optimisme. Il s'habilla et gagna la cafétéria.

John Muffet était déjà installé, les traits tirés.

– Je viens d'organiser le transfert d'Habib Noorzai dans sa résidence, annonça-t-il. Il est parti avec les quatre «Blackwater» qui ne le lâcheront pas d'une semelle. Je reste en contact radio permanent avec eux. J'espère que ce n'est pas encore une arnaque de sa part...

– Vous avez parlé avec lui des modalités de l'échange?

– Oui, il m'a dit qu'on lui communiquera directement l'endroit où il doit se rendre pour se livrer au mollah Dadullah, et il nous mettra immédiatement au courant.

– De toute façon, renchérit Malko, il n'est pas question que Dadullah s'empare de lui tant que Ron Lauder ne sera pas entre nos mains.

John Muffet but une gorgée de café et dit :

– Langley est suspendu à ce qui se passe ici. Nous

avons encore vingt-quatre heures difficiles. J'ai prévu le pire, en accord avec le CentCom. S'il y a un problème, on attaquera simultanément les deux villages où s'est trouvé le mollah Dadullah récemment. Avec les *Special Forces* et les F-16 de l'Otan. Et on enverra ce salopard en enfer !

– On ne sera pas obligé d'en venir là, assura Malko.

Par moments, il fallait pratiquer la méthode Coué.

Habib Noorzai, allongé sur une chaise longue, dans le jardin de sa propriété, lisait un verset du Coran. Il avait toujours été un homme pieux, même s'il avait pris quelques libertés avec les préceptes de sa religion. Aujourd'hui, pour la première fois depuis longtemps, il se sentait en paix. Il avait longuement téléphoné à sa femme, restée à Quetta, et à ses enfants. Il ne voulait pas les voir et ne leur avait rien dit de sa décision.

Seuls quelques intimes étaient au courant.

Un domestique vint lui apprendre que son cousin Kebir était arrivé et il alla l'accueillir. Les deux hommes s'étreignirent. Kebir était beaucoup plus jeune. Il montra à Habib un gros sac de toile verte posé à ses pieds.

– Je t'ai apporté la tenue que tu m'as demandée, annonça-t-il.

– Nous verrons cela tout à l'heure, dit Habib Noorzai. Prenons d'abord le thé…

Ils restèrent un long moment ensemble, puis le cousin Kebir lui montra ce qu'il lui avait apporté et prit congé. Une demi-heure plus tard, une voiture pénétra dans la propriété : un 4×4 immatriculé à Kaboul, à bord duquel se trouvait sa maîtresse canadienne, Bianca Robinson. La voiture n'avait mis que six heures pour parcourir les 485 kilomètres.

Elle l'étreignit fougueusement et s'exclama :

— C'est merveilleux de te retrouver ! Tu comptes revenir à Kaboul avec moi ?

— Je ne sais pas encore, fit évasivement l'Afghan. Toi, tu repartiras demain matin. *Inch'Allah.*

Elle se serra contre lui.

— Je vais me faire très belle pour toi.

* *
*

Les heures s'écoulaient avec une lenteur exaspérante pour Malko. Il n'avait même pas envie d'aller à Kandahar. Pourquoi faire ?

Maureen Kieffer en avait profité pour aller déjeuner avec son client, qui avait une affaire à lui proposer : le blindage de deux Mercedes 560 volées en Allemagne, qui venaient de passer la frontière à Herat. Leur acheteur, un *druglord* local, exigeait un blindage à l'épreuve de tout.

* *
*

Habib Noorzai sourit à l'apparition qui venait de surgir sur le seuil de sa chambre. Bianca Robinson ressemblait à une princesse baloutche ! Elle avait souligné ses sourcils d'une rangée de perles de couleur et portait dans les cheveux des roses de plastique vert. De lourds bracelets d'argent ornaient ses poignets et ses chevilles.

Un boléro en soie rebrodé vert et or offrait ses seins comme sur un plateau, laissant apparaître une large bande de peau, avant la longue jupe taille basse retenue par une ceinture d'argent. Elle avait à la main un lecteur de CD. Elle l'enclencha et une musique sensuelle et rythmée s'éleva dans la pièce.

Elle s'approcha de son amant, en ondulant. Celui-ci se leva et lorsqu'elle fut en face de lui, posa les mains sur ses hanches.

Tout en dansant, Bianca commença à se frotter légèrement à lui, virevoltant, se déhanchant, faisant semblant de lui échapper. Comme une vraie danseuse orientale… Chaque fois, les doigts d'Habib Noorzai effleuraient un sein, une hanche, le creux du ventre, lui permettant de constater qu'elle ne portait rien sous sa longue jupe. Tout en dansant, elle fit passer sa longue *camiz* par-dessus sa tête, puis défit la cordelière de son *charouar* et enfin défit son caleçon blanc, libérant un gros sexe dressé.

Habib Noorzai avait toujours été fier de sa virilité, mais il n'avait jamais eu l'impression d'être si fort. Bianca tomba à genoux devant lui et, prenant le membre entre ses doigts, dit d'un ton extasié :

– Je te jure que je n'ai jamais vu un membre aussi gros et aussi long. Viens vite me transpercer.

Habib Noorzai se jeta sur elle, relevant la longue jupe, découvrant une peau frottée d'huile parfumée puis un sexe déjà humide.

La jeune femme le prit par la main et l'entraîna jusqu'au lit, l'aidant à s'y allonger sur le dos, le sexe imposant dressé vers le plafond. Serrant les lèvres, elle s'empala dessus, s'abaissant lentement jusqu'à ce que leurs deux peaux se touchent. Elle avait l'impression que cette tige brûlante et raide remontait jusqu'à son estomac. Rien qu'à cette idée, elle eut un orgasme brusque et violent, ce qui l'aida à coulisser encore mieux.

Habib Noorzai, ses grandes mains refermées sur ses hanches, guidait son va-et-vient. Le souffle bloqué pour prolonger cette extase.

Au bout d'un moment, Bianca s'arrêta de bouger et souffla :

– Attends ! Je vais te faire oublier tes problèmes.

Elle se souleva, l'arrachant à son ventre, bougea très légèrement afin de placer l'énorme gland gorgé de sang juste en face de l'ouverture de ses reins.

— Non, arrête ! souffla Habib Noorzai. Je vais te faire mal.

Bien qu'il en meure d'envie, il n'avait jamais sodomisé la jeune femme, à cause de ses dimensions exceptionnelles. Celle-ci ne répondit pas mais, les dents serrées, se laissa tomber sur lui de tout son poids. Comme elle s'était enduite d'huile, les premiers centimètres entrèrent sans peine. Et sans douleur. Mais c'en était trop pour son sphincter, la masse dure comme une massue le déchira et Bianca se mordit les lèvres pour ne pas hurler.

Pourtant, elle se laissa tomber jusqu'à ce que ses reins aient avalé l'intégralité de ce monstrueux organe. Elle haletait, avec l'impresion qu'on la brûlait avec un fer. Pourtant, elle lança :

— Vas-y, prends ton plaisir, mon amour ! Sers-toi de moi.

Habib Noorzai savait que c'était la dernière fois qu'il faisait l'amour. Il se déchaîna, donnant de puissants coups de reins, décollant du lit, comme pour ouvrir sa partenaire en deux. Elle hurlait, sans qu'il sache si c'était le plaisir ou la douleur. Lui n'avait jamais éprouvé une sensation aussi violente. Lorsqu'il explosa, les mains crispées sur ses hanches, il eut l'impression que son âme s'enfuyait.

Son cœur devait battre à deux cents pulsations-minute. Il ne pensait plus à rien qu'à cette gaine brûlante et étroite qui venait de lui procurer un plaisir unique.

Doucement, Bianca s'arracha à lui, rabattant sa longue jupe pour qu'il ne voie pas le sang qui s'écoulait d'elle.

***

Les premières heures après le lever du soleil avaient passé très vite. D'abord, Malko avait reçu un coup de fil de Tony Hamilton, l'avertissant que les taliban lui avaient donné rendez-vous à Seh Tutak, minuscule village au nord de la route de Kandahar, dans la province du Hilmand, juste avant Marwand.

À huit heures pile.

Il devait, comme d'habitude, venir seul, ne poser aucune question et utiliser une voiture de la Croix-Rouge.

Ensuite, Habib Noorzai, encore dans sa résidence, l'avait appelé. Parfaitement calme.

– J'ai reçu la confirmation du rendez-vous, annonça-t-il. C'est un point situé à dix kilomètres au sud de la route d'Herat, une piste qui s'enfonce dans le désert, en direction de Lashka Gah. À un certain endroit, il y a une colline rocheuse, avec, un kilomètre plus loin, un village abandonné. C'est là que je retrouve le mollah Dadullah.

– Il va venir lui-même ?

Habib Noorzai eut un petit rire.

– Je lui ai dit que je ne me livrerais qu'à lui. Voilà ce que je vous propose… Partez maintenant et prenez position sur cette colline. Allez-y seul. Les gens qui me surveillent devront s'arrêter à l'embranchement de la route et de la piste. Je dois aussi être seul. Le mollah Dadullah exige également qu'il n'y ait aucune activité aérienne sur cette zone.

– Tout cela est possible, admit Malko.

Il avait vraiment l'impression de toucher à la victoire…

– Voilà ce que j'ai proposé au mollah Dadullah, continua Habib Noorzai. Je descendrai de voiture et j'irai à pied à sa rencontre. Je m'arrêterai lorsque je serai à cinquante mètres de lui, pour qu'il puisse m'identifier. À ce moment, il doit donner l'ordre, avec son Thuraya, de remettre l'otage au représentant de la Croix-Rouge. Ce n'est qu'une fois cet otage libéré que je le rejoindrai.

– Comment serons-nous prévenus ?

– Dites au représentant de la Croix-Rouge de vous appeler dès qu'il aura récupéré votre otage. À ce moment, tirez un coup de feu en l'air.

– C'est bien, conclut Malko, ému malgré tout par le calme incroyable de l'Afghan.

– Nous ne nous parlerons plus, fit ce dernier. Je pense que tout se passera bien.

Façon de parler.

Malko baissa les yeux sur sa Breitling : six heures trente-deux. Il n'y avait pas de temps à perdre. Gagnant la cafétéria, il y retrouva John Muffet, stressé, qui n'avait pas touché à ses *doughnuts*.

L'Américain leva son bouc vers lui.

– Alors ?

– Sauf imprévu, ce cauchemar sera fini dans deux heures. Habib Noorzai est déjà en route avec ses « baby-sitters ». Il faut que vous leur donniez vos instructions. Moi, je pars en sortant d'ici.

Le chef de station de la CIA l'écouta attentivement, puis hocha la tête.

– Que Dieu nous protège ! soupira-t-il d'une voix étranglée.

* *

Le ciel était vide, le soleil déjà haut et le désert ocre et plat semblait onduler sous l'effet de la chaleur. À perte de vue, dans le lointain, une ligne verdâtre signalait vaguement du nord au sud la présence de la rivière Hilmand. Le 4 × 4 rebondissait de trou en trou et Malko était parfois obligé de quitter l'ébauche de piste pour éviter un obstacle trop important.

En une demi-heure, il n'avait pas parcouru plus de dix kilomètres, sans croiser personne.

Enfin, il aperçut sur sa gauche un amas rocheux comme posé sur le désert, haut d'une centaine de mètres. Secoué comme un prunier, il le contourna et s'arrêta derrière. Dès qu'il eut mis pied à terre, la chaleur l'enveloppa comme un voile brûlant. Il devait faire plus de 50°… Il grimpa tant bien que mal au sommet de la colline et s'assit sur un rocher, posant à côté de lui une paire de jumelles et son Thuraya.

L'autre rendez-vous entre les taliban et le représentant de la Croix-Rouge se déroulait loin au nord-est du lieu où se trouvait Malko, à une quarantaine de kilomètres. Il cuisait sur place mais n'eut pas longtemps à attendre : un 4 × 4 beige s'approchait sur la piste, venant de la même direction que lui. Il passa devant la colline, parcourut quelques centaines de mètres et s'arrêta.

La haute silhouette de Habib Noorzai en émergea. L'Afghan arborait un turban rayé jaune et vert, aux couleurs de sa tribu, et une tenue traditionnelle – *camiz-charouar* – blanche. Il s'immobilisa près de son véhicule. Malko prit ses jumelles et le vit allumer une cigarette. Balayant l'horizon, il vit alors, à l'ouest, un nuage de poussière. Plusieurs véhicules se dirigeaient vers Habib Noorzai. Son pouls battit plus vite… Il vit grandir dans les jumelles deux 4 × 4, suivis d'un pick-up portant ce qui ressemblait à une mitrailleuse, et arborant au bout d'une longue antenne un drapeau blanc, celui de l'Émirat islamique de l'Afghanistan. Plusieurs motos fermaient le cortège.

L'insaisissable mollah Dadullah et sa protection rapprochée.

Le petit convoi s'arrêta à une centaine de mètres de Habib Noorzai. Des hommes descendirent des véhicules et se déployèrent.

Ensuite, tous demeurèrent immobiles sous le soleil brûlant.

La sueur coulait dans les yeux de Malko. Il respirait du feu. La sonnerie du Thuraya le fit sursauter. Il établit la communication et entendit aussitôt la voix de Tony Hamilton.

— On vient de me remettre la personne, annonça-t-il. Ils sont repartis.

— Comment est-il ?

— Très faible. Un œil infecté. Je repars sur Kandahar.

— John Muffet vous attend là-bas, dit Malko.

Il n'en croyait pas ses oreilles. Il prit le H&K dans sa ceinture, fit monter une balle dans le canon, leva l'arme à la verticale et appuya sur la détente.

La détonation retentit faiblement dans ce désert immense. Presque aussitôt, Habib Noorzai se mit en marche, d'un pas lent, presque majestueux.

En face, un homme se détacha du groupe des taliban. Grand, mince, coiffé d'un turban sombre assorti à sa tenue, une Kalachnikov en bandoulière. Pour marcher, il s'appuyait sur des béquilles, car sa jambe droite était sectionnée à hauteur du genou. Il fit quelques pas et s'arrêta.

Le mollah Dadullah avait visiblement du mal à se déplacer. Malko, les yeux rivés aux jumelles, ne sentait plus l'inhumaine chaleur. Habib Noorzai n'était plus qu'à quelques mètres du chef taliban. Dans un geste un peu théâtral, il écarta les deux bras, comme un ami qui en retrouve un autre après une longue séparation. Alors que l'un se préparait à égorger l'autre…

Appuyé sur ses béquilles, le mollah Dadullah demeurait strictement immobile. Habib Noorzai le rejoignit enfin et l'étreignit.

La déflagration souffla l'air immobile du désert. Instinctivement, Malko leva les yeux vers le ciel, puis les abaissa sur le lieu de la rencontre.

Habib Noorzai et le mollah Dadullah avaient disparu. Là où ils se trouvaient quelques minutes plus tôt, il y avait une excavation noirâtre dans le sol et le vent emportait quelques volutes de fumée noire. Ça et là, des lambeaux de tissu voletaient au-dessus du sol caillouteux… Plusieurs taliban couraient comme des fous vers l'endroit où les deux hommes venaient de se volatiliser.

Malko se releva, ému. Quiconque fait le sacrifice de sa vie mérite le respect. Habib Noorzai avait retrouvé son honneur et réglé ses comptes. Il ne retournerait plus jamais en prison.

Désormais
vous pouvez commander
sur le Net:

SAS

BRIGADE MONDAINE — L'EXECUTEUR

POLICE DES MOEURS — LE CELTE

HANK LE MERCENAIRE

BLADE — L'IMPLACABLE

NOUVEAUTÉS

BRUSSOLO : D.E.S.T.R.O.Y.

PATRICE DARD : ALIX KAROL

GUY DES CARS : INTÉGRALE

LES NOUVEAUX EROTIQUES

SERIE X

LE CERCLE POCHE — LE CERCLE

EN TAPANT

WWW.EDITIONSGDV.COM

Cercle Poche

*L'érotisme a trouvé
sa collection...*

Le Cercle poche
Prix France TTC 6 /9 €

Hank Frost, soldat de fortune.
Par dérision,
l'homme au bandeau noir s'est surnommé

LE MERCENAIRE

Il est marié avec l'Aventure.
Toutes les aventures.
De l'Afrique australe à l'Amazonie.
Des déserts du Yemen
aux jungles d'Amérique centrale.
Sachant qu'un jour,
il aura rendez-vous avec la mort.

CHEZ VOTRE LIBRAIRE LE N° 19

LE TRIANGLE D'OR

Les premières aventures de Richard Blade

BLADE
COLLECTOR

Projeté
par un ordinateur à travers l'immensité
de l'Univers et du Temps,
Richard Blade parcourt les mondes inconnus
des dimensions X pour le compte du
service secret britannique.

Pour toute commande, 5,80 €/titre
(Frais de port : 1,25 € par livre)

Désormais, vous pouvez retrouver les
premières aventures de MACK BOLAN

L'EXÉCUTEUR

COLLECTOR

HORS SÉRIE

Sanglantes tueries 7,60 €
en Californie

6,10 €
(+ Frais de port : 1,25 € par livre)

SAS THÉMATIQUES : 20 €

5 titres
rassemblés
pour mieux traquer la vérité

SÉRIE CULTE

SÉRIE KILLER

PRIX TTC: 5,80 €

INTÉGRALE

BRUSSOLO

PRIX TTC: 8 €

LE DERNIER SAS EST PARU...

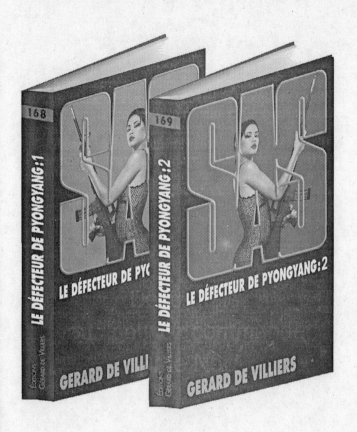

PARU EN MAI 2007

LE DÉFECTEUR DE PYONGYANG

Achevé d'imprimer sur les presses de

BUSSIÈRE

GROUPE CPI

*à Saint-Amand-Montrond (Cher)
en septembre 2007*

ÉDITIONS GÉRARD DE VILLIERS
14, rue Léonce Reynaud - 75116 Paris
Tél. : 01-40-70-95-57

— N° d'imp. 71493. —
Dépôt légal : octobre 2007.
Imprimé en France